Avec vue sur le Pacifique

KATHLEEN O'BRIEN

Avec vue sur le Pacifique

Prélud'

éditions HARLEQUIN

Collection : PRÉLUD'

Titre original : THE COST OF SILENCE

Traduction française de FLORENCE GUILLEMAT-SZARVAS

HARLEQUIN®
est une marque déposée par le Groupe Harlequin
PRÉLUD'®
est une marque déposée par Harlequin S.A.

Photo de couverture
Enfant : © CAROLINE HEBBARD 2011/ROYALTY FREE/GETTY IMAGES

83/85, boulevard Vincent-Auriol, 75646 PARIS CEDEX 13.
Service Lectrices — Tél. : 01 45 82 47 47
www.harlequin.fr
ISBN 978-2-2802-4755-9 — ISSN 1950-277X

1

Redmond Malone était garé depuis cinq bonnes minutes devant le *Peacock Café*, à Windsor Beach. Il contemplait tour à tour l'océan qui scintillait devant lui et le restaurant, avec ses stores à rayures bleu et vert et ses parasols en terrasse.

Qu'allait-il faire, alors ? Démarrer, trouver une boutique de surf, louer une planche et une combinaison, plonger dans le Pacifique et oublier toute cette histoire ? Ou pousser la porte du café pour repérer la mystérieuse Allison York, celle par qui l'adultère était arrivé ?

Comme s'il avait le choix…

Tout en marmonnant, il croisa son regard dans le rétroviseur. La prochaine fois, il éviterait de faire des promesses à un mourant… Premièrement, parce qu'on est trop bouleversé pour réfléchir quand on voit son ami s'éteindre devant ses yeux. Deuxièmement, parce qu'on ne peut pas revenir dessus. Impossible de les renégocier quand on s'aperçoit qu'on s'est fichu dans un beau m…

Soudain, sa voiture fit un bond en avant, suivi d'un crissement métallique violent juste derrière lui…

Il se retourna pour regarder par la lunette arrière.

Un abruti au volant d'une grosse Rolls noire venait de l'emboutir.

Décidément, cette mission était un vrai cauchemar. Arrachant la clé du contact, il descendit de voiture. Heureusement pour l'empoté en Rolls, Redmond n'était pas du genre à hurler, à casser la figure ou à porter plainte pour dommages physiques. Mais ce monsieur avait *vraiment* intérêt à être assuré.

Le chauffeur en question étant lent à réagir — Redmond arriva à sa hauteur au moment où il ouvrait seulement sa portière. Génial : ce type devait avoir dans les quatre-vingts ans. Costume, cravate, pochette… il était trop bien habillé pour se rendre au café. Peut-être à la banque, alors…

— Vous n'avez rien, mon garçon ?

L'homme paraissait inquiet. Il rappelait un peu à Red une sculpture sur bois représentant un vieux philosophe chinois.

— Ça va. Et vous ?

— Rien de cassé.

Le vieil homme extirpa ses jambes de la voiture comme s'il portait des œufs sur ses genoux. Il s'agrippa à la portière avec des doigts tremblants et tendit le cou pour apercevoir la Mercedes au bout de son énorme capot.

— Ah, bigre, comme c'est fâcheux. Je suis navré, jeune homme. Je n'ai aperçu votre automobile que beaucoup, beaucoup trop tard.

En d'autres circonstances, Red se serait amusé de ce langage désuet. Malheureusement, il avait aussi eu le temps d'examiner l'arrière de sa voiture, qu'il ne possédait que depuis trois mois et aimait davantage que toutes les filles avec lesquelles il était sorti. Inutile de dire qu'il n'était pas d'humeur à s'amuser.

Le vieil homme se lança d'un pas chancelant sur le trottoir, s'aidant du parcmètre au passage. Apparemment attirées par le bruit de la collision, plusieurs personnes étaient sorties devant le café. Des hommes firent la grimace en voyant l'état de la Mercedes, mais la plupart des badauds entourèrent le vieillard en le réconfortant comme si c'était lui la victime !

— Vous n'avez rien, Bill ? Vous ne vous êtes pas cogné la tête ? Vous n'avez mal nulle part ?

Personne ne se souciait de Red, ce qui n'était pas plus mal après tout. Il sortit son téléphone, demanda la police de Windsor Beach et coinça l'appareil dans son cou le temps de chercher les papiers du véhicule dans son portefeuille.

— « Non urgent », déclara-t-il au serveur vocal.

— Non, attendez ! Attendez, n'appelez pas la police !

Une jeune femme sortie de l'attroupement venait à sa rencontre. Ce devait être une employée du café à en juger par son uniforme à rayures bleu et vert. Elle faisait de grands gestes de la main, comme pour lui signifier qu'il devait raccrocher de toute urgence.

Et puis quoi encore ?

Voyant qu'il ne réagissait pas, elle pressa le pas, l'air contrarié. Lorsqu'elle le rejoignit, Red attendait toujours que quelqu'un lui réponde au téléphone. Apparemment, pour la police de Windsor Beach, *non urgent* et *indigne de réponse* étaient des synonymes.

— Je vous en prie, insista la jeune femme, légèrement essoufflée.

Jolie fille, un peu moins de la trentaine, des cheveux

bruns au carré, des taches de rousseur et un sourire suppliant.

— Raccrochez, s'il vous plaît. Inutile d'appeler la police, je vous assure. L'homme qui vous a embouti… c'est Bill Longmire.

— O.K. Et ce que vous voyez là, c'est une réparation à huit mille dollars, lui rétorqua Red.

Elle jeta un bref coup d'œil à la voiture, mais il était évident que la Mercedes n'était pas ce qui la préoccupait. Peut-être que le vieillard était son grand-père, ou alors le nabab de Windsor Beach, mais Red s'en moquait. Ce type était un vrai danger au volant.

Il consulta le badge de la fille.

Involontairement, il éloigna son téléphone de son oreille.

L'accident l'avait tellement énervé qu'il en avait oublié la raison de sa venue : sa ridicule mission d'espionnage pour en découvrir le maximum sur une serveuse nommée Allison York.

Et elle était juste devant lui.

Il est vrai qu'il s'était plutôt imaginé une bombe sexuelle. Il ne savait pas grand-chose sur elle. Vingt-sept ans, divorcée et, depuis quelques mois, mère de l'enfant adultérin du meilleur ami de Red.

Un homme *marié*.

Celui-là même qui avait succombé à un cancer quelques mois auparavant, et qui, sur son lit de mort, avait craint que son terrible faux pas — Allison York — n'anéantisse un jour les êtres chers qu'il laissait derrière lui.

Cette fille était jolie, mais elle n'était pas à tomber non plus. Dans un film, elle aurait plutôt joué la meilleure amie de l'héroïne. Maigrichonne, de beaux cheveux, mais sans apprêt. Un peu pâle pour une Californienne.

Un long cou qui évoquait les cours de danse et une enfance couvée par maman.

Red, un peu décontenancé, baissa les yeux vers son téléphone. Son appel était toujours en attente.

— Je vous en prie. Je vais tout vous expliquer.

Red raccrocha.

— Merci, dit-elle. Vous comprenez, Bill… Bill est un grand ami à moi. Il sait qu'il ne devrait pas conduire. Il a un chauffeur pour ça. Mais il a dû se passer quelque chose…

— Steve ne s'est pas présenté ce matin, voilà ce qui s'est passé, intervint l'intéressé qui les avait rejoints, suivi de son comité de soutien.

Allison passa son bras sous celui du vieil homme.

— Mais quand il est en retard, vous êtes censé l'attendre, vous le savez, Bill. Quelqu'un aurait pu être blessé.

— Personne ne l'a été, fit le vieillard avec un clin d'œil.

Tapotant de son long doigt le nez de la jeune femme, il ajouta :

— En outre, ma très chère, je ne pouvais plus patienter. Tu termines ton service à 10 heures et personne d'autre ne sait me préparer l'omelette comme je l'aime.

Cette momie flirtait-elle vraiment avec cette fille trois fois plus jeune que lui ? Cela n'avait pas l'air de gêner Allison, en tout cas, qui sourit et posa un instant sa tête sur l'épaule du vieil homme.

— Mais enfin, Bill, si vous continuez comme ça, c'est l'omelette de l'hôpital que vous mangerez.

— Allie a raison, approuva quelqu'un dans l'assistance.

Un murmure d'approbation parcourut l'attroupement.

Red serrait son téléphone dans sa main, de plus

en plus ennuyé. Ce Bill Longmire ne s'était pas tué en voiture cette fois-ci. Parfait. Mais sa voiture à lui, alors ? Et le traumatisme cervical qu'il aurait pu subir ? Tout le monde s'en fichait ?

— Il faut quand même appeler la police, conclut-il. Afin de communiquer l'incident à nos compagnies d'assurance.

Allison plissa le front et releva la tête, sans quitter le bras de Bill, comme si elle craignait qu'il ne tienne pas debout tout seul.

— Vous allez sûrement vous mettre d'accord…

— Certainement, intervint Bill. J'ignore combien j'ai sur moi… Voyons un peu…

Il mit la main à sa poche, d'où il sortit un vieux portefeuille en cuir.

Il devait encore calculer comme dans les années trente et allait vouloir le calmer avec deux billets de vingt dollars !

— Je regrette, dit Red. Mais je vais devoir faire établir un devis…

Bill lui tendit une énorme poignée de billets.

— Je n'ai que cinq mille dollars sur moi, mais si vous acceptez les chèques…

— Bill ! fit Allison en arrêtant son geste. Que faites-vous avec une telle somme sur vous ?

— Je rembourse monsieur. J'imagine que la réparation va vous coûter au moins le double. Les pièces Mercedes ne sont pas données mais, si vous voulez bien considérer cela comme un acompte, monsieur…

Le vieil homme n'acheva pas, attendant visiblement que Red se présente.

Ce dernier hésita un instant, mais à quoi bon ? Allison

ne pouvait établir de lien entre son nom et celui de Victor Wigham.

— Malone. Redmond Malone.

— Enchanté de faire votre connaissance, monsieur Malone. Vous n'êtes pas de Windsor Beach, si je ne m'abuse ?

— Je viens de San Francisco.

— Ah, charmante ville.

Bill lui tendit de nouveau les billets.

— Comme je le disais, considérez ceci comme un acompte. Je vais vous établir un chèque de cinq mille dollars pour couvrir le reste des frais.

— C'est très généreux, monsieur Longmire, mais je crains…

— Hé, fiche-lui la paix, au vieux.

Deux grands costauds étaient sortis de l'attroupement pour venir encadrer Allison, comme des gardes du corps professionnels.

— Puisqu'il te dit qu'il va rembourser les dégâts, pourquoi tu tiens tant à appeler la police ?

De nouveau, un murmure d'approbation parcourut la foule, visiblement favorable au vieillard. Le groupe se resserra et se mit à avancer. Il y avait de quoi se sentir dans la peau d'un personnage de film d'horreur débarquant dans une ville peuplée d'individus bizarres.

A moins que ce ne soit qu'un mauvais rêve. Peut-être n'était-il pas vraiment là, en train de parlementer avec ce vieillard probablement sénile. Peut-être Victor n'était-il pas vraiment mort. Peut-être même n'y avait-il pas d'Allison York, ni de bébé, ni de menace contre la famille endeuillée de Victor.

— Monsieur Malone ?

Allison le fixait avec de grands yeux, l'implorant

en silence. Encore un détail irréel. Brillants, ourlés de longs cils, aux prunelles d'un miel foncé : non, ces grands yeux n'allaient pas avec son physique ordinaire.

Il faillit accepter.

Mais ça aurait été se conduire encore plus déraisonnablement que ce vieux fou.

Ignorant la mine dépitée de la jeune femme et l'armée de zombies qui faisait front derrière elle, il brandit son téléphone.

— Je regrette. Je crois que je vais quand même appeler la police.

Dans l'après-midi, l'histoire s'était bonifiée à force de la raconter.

Red était bon imitateur et, lorsqu'il eut achevé de décrire la scène à Colby, son frère aîné, tous deux étaient hilares. Red pouvait désormais songer plus calmement à l'arrière en accordéon de sa Mercedes…

Le pompon, c'est que le policier de Windsor Beach que tout le monde craignait d'appeler s'était avéré être un petit-neveu de Bill Longmire. Ce boutonneux prénommé Larry semblait terrifié par son grand-oncle, mais également amoureux d'Allison York et prêt à faire n'importe quoi pour elle ! Pour le coup, Red avait même craint d'écoper d'une amende pour avoir contrarié la demoiselle.

— Les gens de cette ville n'ont pas l'air net, déclara Colby tout en inspectant le local qu'ils visitaient ensemble. Tu es sûr qu'on devrait y ouvrir une pizzeria ?

— Même les dingues mangent des pizzas, tu sais.

Red avait optimisé sa journée à Windsor Beach. Le matin, il s'était débrouillé pour rencontrer Allison York. L'après-midi, il visitait l'unique local commercial libre dans cette ville. Permettre aux pizzas à emporter *Diamante* de se redéployer faisait partie de son travail dans l'entreprise familiale et il avait cette station balnéaire huppée dans le viseur depuis des mois.

Il avait attendu qu'un bon emplacement se libère et croyait enfin l'avoir trouvé. Ce local libre était une rareté dans l'artère commerçante saturée. Il l'avait découvert grâce à l'ami d'un ami… L'adresse était facile d'accès, dotée d'un grand parking et située dans un secteur de riches oisifs.

— Et le prix est raisonnable.

Ouvrant la porte de la réserve, il recula, agressé par un parfum de vanille. *The Bath Goddess*, la parfumerie qui occupait les locaux précédemment, n'avait déménagé que la veille.

— Il va falloir se débarrasser de cette puanteur.

Colby, à travers la vitrine, contemplait le ciel où s'annonçait le coucher de soleil. En tant que juriste de l'entreprise, il ne s'intéresserait à cette boutique que lorsqu'il aurait le bail entre les mains.

— Quelle puanteur ? Je croyais que c'était toi.

En tant que benjamin de trois frères, Red était habitué à ce genre de remarques. Il fouina encore un peu, bien qu'il ait déjà décidé de signer. S'il avait appelé Colby, c'était uniquement parce qu'il avait besoin d'un chauffeur après l'avarie de sa Mercedes. Il n'avait pas besoin de sa permission pour louer ce local.

Il avait mis longtemps à trouver sa place dans l'entreprise familiale, mais Nana Lina lui laissait désormais carte blanche pour décider des acquisitions pratiquement seul. Il avait du flair en matière d'immobilier.

Et il le devait à son mentor, Victor Wigham.

Ce qui le ramenait à Allison York. Agacé, il donna

un coup de pied dans une corbeille remplie de pétales de roses qui servait de poubelle. Qu'allait-il faire, maintenant ? Et comment allait réagir Allison, cette serveuse aux joues parsemées de taches de rousseur, au nez retroussé, et aux yeux couleur ambre ?

Il avait cru pouvoir la cerner dès la première rencontre. Il aurait évalué le prix de son silence, comme il savait évaluer un bien immobilier, presque au dollar près.

Sauf que cela n'avait pas marché. Loin de ressembler à la maîtresse avide type, Allison semblait avoir une personnalité contradictoire. Mi-enfant, mi-sorcière. Mère célibataire, c'était une serveuse vivant de ses pourboires qui ne semblait pas rouler sur l'or. Mais il devinait aussi la femme forte. Elle avait froidement trompé l'épouse et les enfants de Victor, et en même temps elle fondait pour un vieux gâteux de quatre-vingts ans.

On ne pouvait pas la réduire à quelque chose de logique et de prévisible et pourtant, Red allait bien devoir trouver une solution.

— Tu sais…

Il se retourna vers Colby, qui l'observait d'un air inquiet.

— Quoi ?

— Ne fais pas semblant avec moi. Je connais cet air.

— Quel air ?

— Ton air d'être dans le pétrin. Tu étais en train de penser à Allison York ? Tu regrettes déjà, pas vrai ?

Red faillit nier. Depuis le début, son frère pensait qu'il n'aurait pas dû accepter de s'occuper de « l'affaire ».

Mais Red avait passé l'âge d'être sur la défensive. Il avait trente-deux ans et, même si Colby lui parlait de temps à autre sur un ton paternaliste, leurs trois petites années de différence ne comptaient plus depuis longtemps.

D'ailleurs, Colby, s'il le taquinait, finissait toujours par le soutenir et aurait peut-être de bons conseils à lui donner, en tant que juriste. Red rejoignit son frère près de la devanture.

— C'est vrai. Ou plutôt, le problème est que je ne sais pas trop quoi faire.

— Tu ne peux pas t'en tenir à ce que tu avais promis ? Lui proposer le contrat, en espérant qu'elle l'accepte ?

Red inspira profondément, suffoquant presque à cause de l'odeur de pot-pourri.

— Ce n'est pas aussi simple. Sinon, Victor aurait envoyé Lewis.

— Il aurait dû, fit son frère avec un regard entendu.

— Peut-être, mais tu sais à quel point Lewis manque de subtilité. J'ai remarqué que c'était fréquent chez les juristes…

— Si nous sommes comme ça, c'est parce que nous savons combien le droit peut être épineux, rétorqua Colby. Je t'ai déjà averti, mais je vais te le redire : les accords secrets avec clause de confidentialité ne sont pas seulement délicats à traiter, ce sont de vraies sources d'ennuis. Il suffit du moindre soupçon de contrainte, d'exploitation, d'influence indue…

— Mais il n'y a pas d'influence indue ! Il veut juste lui donner de l'argent pour l'aider à élever le bébé. En échange, elle doit promettre de ne pas débarquer à Russian Hill pour semer le chaos dans ce qu'il lui reste de famille. Libre à elle de refuser. Personne ne la force à accepter sous la menace.

Colby haussa les épaules. Il n'était pas du genre à insister. Il avait dit ce qu'il avait à dire — deux fois, même, ce qui était plutôt rare — et Red savait qu'il n'irait pas plus loin.

— Donc, Victor a jugé que Lewis ne pourrait pas s'en occuper. Est-ce que cette fille est du genre hostile ? A-t-il pensé qu'il faudrait l'amadouer et que tu pourrais user du charme des Malone ?

Red se détourna. Le coucher de soleil était plus facile à regarder en face que Colby.

— Du charme ? Je ne sais pas. En tout cas, il ne m'a pas demandé de sortir les roses et le dîner aux chandelles. Il a dû penser que je pourrais… enfin tu sais… présenter les choses avec finesse. Il ne faut surtout pas se la mettre à dos.

— Je pense que tu y as mis bon ordre aujourd'hui, en envoyant son vieillard préféré en prison. Je suppose que tu vas laisser faire Lewis maintenant ?

— Je te l'ai déjà dit : Victor ne veut pas que Lewis s'en mêle.

Un silence gêné s'installa.

— Red… Tu te rends compte que tu parles toujours de Victor au présent ?

Au présent. Bien sûr. Par opposition au passé, le temps des morts.

Que pouvait-il bien répondre ? Sa gorge serrée le brûlait. Il n'avait pas pleuré depuis l'enfance. Il n'avait pas pleuré non plus dans la pénombre de la chambre de Victor, quand il le regardait dériver entre les accès de douleur, dans ses moments de lucidité, et les hallucinations dues à la morphine.

Comment accepter que son ami soit mort ? A cinquante-deux ans seulement, à son zénith, si plein de vie ?

Victor était l'homme qui lui avait tenu lieu de père.

Il avait sauvé la vie de Red, quinze ans auparavant, en se trouvant là au bon moment pour le ramener à bon port, lui, sa planche, et l'inconscience de sa jeunesse. Il lui avait aussi sauvé la vie au sens figuré, cinq ans auparavant, en l'orientant vers son métier actuel.

Marianne, l'épouse de Victor, était trop jeune pour jouer les mères de substitution, mais c'était une amie loyale. Red était prêt à tout pour la protéger, que Colby l'approuve ou non.

Red venait peut-être de prendre un mauvais départ avec Allison York, mais ce n'était que la première opération d'une longue campagne. Colby avait vu juste : Victor l'avait probablement choisi pour cette mission en raison de son charme. Il n'était peut-être pas le meilleur exemple du sex-appeal légendaire des Malone — il laissait ça à ses frères — mais il lui en restait tout de même assez pour mener sa mission à bien.

Le soleil avait presque disparu à l'horizon et les immeubles de l'autre côté de la rue étaient à présent plongés dans le noir. Les ampoules nues allumées dans la boutique déserte brillaient d'un éclat déprimant.

Il était temps de rentrer. Ses frères et lui dînaient toujours dans la villa de Nana Lina à Belvedere Cove le vendredi soir ; ils allaient finir par être en retard. Il fallait compter une heure de route pour rejoindre San Francisco. Heureusement, le vendredi après-midi, le trafic était surtout intense en direction de Windsor Beach et non dans l'autre sens.

— On décolle ? dit Colby en sortant ses clés de voiture.

Red secoua la tête. Il venait de prendre sa décision.

— Vas-y sans moi. Je crois que je vais louer une voiture et rester quelques jours ici.

2

Il était 3 heures du matin et Allison tournait en rond. A force, elle avait dû creuser un sillon dans le tapis tressé qui décorait son petit salon. Le propriétaire exigerait sûrement un dédommagement le jour où elle s'en irait.

Un jour qui n'était pas près d'arriver.

Eclairée seulement par les rayons de la pleine lune et ceux du lampadaire au coin de la rue, elle continuait à aller et venir tout en fredonnant une chanson des Beatles. Ses yeux se fermaient, elle avait mal aux bras. Allez, il n'y avait plus longtemps à attendre avant son rendez-vous avec l'agent immobilier, à 8 heures précises.

Et pourtant Eddie ne voulait toujours pas s'endormir.

Soudain, il éternua. Ce petit rien à peine audible suffit à le réveiller. Il ouvrit de grands yeux et, comme si on venait de s'en prendre à lui, se cambra dans les bras de sa mère et se mit à hurler.

— Chut, chut, mon chéri…

Elle le fit sauter doucement dans ses bras tout en lui tenant la tête. Il éternua une deuxième fois. Allison tendit l'oreille, en quête du moindre sifflement dans ses poumons. S'il faisait une rechute de pneumonie…

Rien. Pour l'instant, tout allait bien.

— Hé, mets la sourdine, petit. Il y a des gens qui essaient de dormir, ici.

Jimbo Stipple, son colocataire, homme de ménage, baby-sitter et meilleur ami, s'était levé. Il ne portait jamais de pyjama pour dormir, seulement un pantalon de jogging tellement troué qu'il était à peine décent mais, après quatre ans dans la marine à bord d'un sous-marin, Jimbo n'était pas facilement gêné.

— Tu sais quelle heure il est ?

Il essayait d'avoir l'air fâché, mais un bâillement l'en empêcha. Il tendit le cou pour consulter l'heure à l'horloge de la cuisine.

— Merde… 3 heures du matin.

Allison l'accusa du retard. Ils avaient conclu un marché à la naissance du bébé : *plus de grossièretés.*

— Quoi ? fit-il en se grattant le dos. C'est bon, ce gamin n'a que trois mois. Il ne sait pas que m-e-r-d-e est un gros mot.

Allison se retint de rire. La vie avec Jimbo n'était pas toujours facile, mais au moins elle n'était jamais ennuyeuse.

— Désolée. Il a encore le nez bouché. Il n'arrive pas à trouver le sommeil.

— Il a de la fièvre ?

Il posa la main sur le front du bébé, dont la peau formait un contraste presque choquant avec ses phalanges tatouées de capitales d'imprimerie.

A-R-R-I disait la main droite, E-R-E- ! complétait la gauche.

Après quelques secondes, il retira la main, visiblement soulagé.

— Ça a l'air d'aller.

Il se pencha vers le petit visage rouge et énervé du bébé.

— Ne me fais plus de frayeur comme celle-là, vieux.

Eddie renifla puis, comme toujours lorsqu'il regardait Jimbo en face, se mit à sourire. Il tendit la main et saisit une pleine poignée de cheveux blonds.

— Aïe ! fit sa victime avec une voix comique.

Eddie, ravi, tira de plus belle, oubliant momentanément ses difficultés respiratoires.

Jimbo était une crème de garçon. Allison était consciente de sa chance. Le père biologique d'Eddie n'était peut-être qu'un menteur, un salaud incapable de l'aider durant les nuits difficiles mais, grâce à son colocataire, elle se sentait moins seule.

Jimbo reprit, la tête penchée, pour permettre à Eddie de continuer à lui tirer les cheveux.

— Si tu me le confiais et retournais te coucher ? Tu n'es pas censée signer aux aurores avec l'agent immobilier ?

— Presque : à 8 heures, soupira Allison.

— Tu ne peux vraiment pas repousser ?

— Pas question. J'attends ce jour depuis trop longtemps.

Jimbo hocha la tête. Inutile de lui expliquer pourquoi. Elle avait quatre ans quand ils s'étaient connus, six quand il était venu vivre chez elle. Jimbo était aussi proche qu'un frère, les gènes mis à part. L'année du bac, il lui préparait son velouté de tomates préféré pour la consoler de son petit ami qui la trompait. Cinq ans plus tard, il lui avait préparé la même chose le jour où elle avait signé les papiers de son divorce en jurant qu'elle renonçait définitivement aux hommes.

A la mort de son père, ses petits plats n'avaient pas

suffi à la consoler, mais il l'avait serrée contre lui de ses mains tatouées et, d'une certaine manière, empêchée d'être emportée par un torrent de chagrin.

Il savait, donc, tout ce que représentait pour elle son futur restaurant : sécurité, indépendance, projet de vie. Ce rêve avait déjà été repoussé trois fois. Avec cette signature, elle allait mettre fin à dix ans de déceptions.

Sous réserve qu'elle se lève à l'heure !

Jimbo lui effleura la joue.

— Bon, laisse-moi m'occuper de ce petit démon et essaie de dormir un peu.

La tentation d'accepter était forte, mais Allison se sentait un peu coupable. Jimbo aussi était fatigué. C'était à elle de s'occuper de son fils. Mais, lorsque son ami lui tendit les bras, Eddie s'y jeta littéralement.

Elle le lui confia en riant, les bras endoloris.

— Si sa respiration devient sifflante…

— Elle ne le sera pas, la coupa Jimbo sur un ton rassurant.

Il cala Eddie sur son épaule avec la dextérité d'un parent aguerri et la poussa vers le couloir.

— Personne ne siffle sous ma surveillance !

Allison sourit. Jimbo ferait tout ce qui était en son pouvoir pour que son petit respire normalement. A quarante ans, ce cuisinier-baby-sitter parlait trois langues et citait le théâtre grec dans le texte. Il pratiquait la réanimation et les premiers secours, connaissait par cœur le numéro de son généraliste et une partie du dictionnaire de médecine. Il aurait pu être chirurgien, agent de change, P.-D.G., bref, tout ce qu'il désirait.

Par miracle, il avait préféré être son ange gardien et celui d'Eddie.

Allison capitula et, après lui avoir planté sur la joue

un baiser reconnaissant, s'éloigna dans le couloir. A la porte de sa chambre, elle se retourna en bâillant vers le salon. Jimbo était planté devant la fenêtre, où l'éclairage de la rue lui permettait de lire son nouveau livre de cuisine.

Eddie le terrible s'était endormi.

Sue, collègue et amie d'Allison, était en train de rouler un couvert dans une serviette quand elle s'interrompit.

— Oh, regarde, le voilà.

Allison, trop occupée, jeta un bref coup d'œil en direction de la porte, où venait de retentir le carillon annonçant l'arrivée d'un client. Mais en ce beau samedi ensoleillé, à l'heure du déjeuner, une bonne dizaine de personnes attendaient déjà à l'accueil. Alors, pour savoir de qui Sue voulait parler…

— Qui ça ?

— Je ne sais pas comment il s'appelle. Tu ne le vois pas ? Un grand brun, beau gosse. Celui à la Mercedes accidentée.

Allison faillit laisser tomber les crevettes à la noix de coco qu'elle devait servir à la table n° 11. Dommage pour elle, vu que c'étaient des habitués qui donnaient de bons pourboires.

Effectivement, Sue avait bien vu. Il était là. Redmond Malone. Oui, Allison se souvenait parfaitement de son nom. Même dans une station huppée comme Windsor Beach, on ne voyait pas tous les jours des hommes aussi sexy. Très grand, avec des cheveux noirs ondulés et des yeux d'un bleu si intense qu'on les aurait crus retouchés par Photoshop.

Il était vêtu simplement, d'un jean ample et d'un T-shirt noir semblables à ceux qu'elle trouvait au supermarché, sauf que ses vêtements à lui devaient coûter plus qu'une semaine de pourboires. Rien qui attire le regard, rien qui moule ses muscles, qu'ils soient naturels ou acquis à force de séances en salle de gym. Pas de bijoux en or, pas de gel dans les cheveux, pas d'accessoire Armani. Il avait l'air d'un homme chez qui le plaisir d'être beau gosse avait perdu de son attrait entre vingt et trente ans, et qui s'était lassé de voir les filles tomber comme des mouches sur son passage.

Malgré ça, il avait de l'assurance à revendre et adorait sa voiture. Bref, il n'était pas son type d'homme.

D'ailleurs, elle n'avait plus de type d'homme, sauf peut-être ceux qui portaient encore des couches…

Qu'était-il venu faire au café ? Chercher des noises à Bill ? Ce dernier aurait dû être à la table n° 11, avec ses amis. Ils s'étaient intitulés le Club des Vieux Barjos et laissaient rarement passer un samedi sans venir. Mais cette fois Bill était resté chez lui, pour bouder après l'incident de la veille.

— Il te regarde, roucoula Sue. Pourquoi les mecs sexy ne font jamais attention à moi ?

— Ne sois pas ridicule, la rassura Allison.

Elle prit le sandwich Ultimate Club que Sven avait fini de préparer, le déposa sur son plateau à côté des crevettes et mit le cap sur la table n° 11. Au passage, elle avertit d'un regard noir Moira, la réceptionniste, de ne pas attribuer au nouveau venu une table dans son secteur. Celle-ci se contenta de hausser les épaules. Elle n'avait pas le choix, donc. Flip, le propriétaire, gérait le *Peacock Café* avec une rigueur militaire et c'était au tour d'Allison de prendre des clients.

Tant pis. La signature de son nouveau restaurant s'était parfaitement déroulée ce matin et rien ne pourrait entamer sa bonne humeur. Pas même ce Redmond Malone, qui avait tenu à signaler à la police l'accident provoqué par Bill.

Ce dernier avait déjà tellement d'amendes qu'il risquait le retrait de permis à la prochaine anicroche. Ses amis luttaient pour l'empêcher de prendre le volant, sachant que se voir officiellement retirer le droit de conduire serait un coup dur pour son amour-propre. Durement touché par le décès de sa femme à Noël, il avait besoin de prouver qu'il était resté complètement indépendant.

Mais ce qui était fait était fait. Allison n'y changerait rien en se montrant impolie envers Redmond Malone. L'incident, c'était hier. Aujourd'hui, il n'était qu'un client comme les autres.

Tandis qu'elle approchait de la n° 11, Sarge Barker sortit des toilettes en sifflotant. Elle l'avait entendu annoncer qu'il avait gagné à la loterie. Ce gain de six dollars ne représentait rien pour un millionnaire comme lui, mais il aimait jouer.

Elle avait à peine posé son plateau que le vieil homme l'attira dans ses bras pour la faire danser autour de la table.

— Sarge ! protesta-t-elle en riant.

Mais il était resté presque aussi costaud qu'à son entrée dans l'armée, cinquante ans auparavant, ainsi qu'il s'en vantait à la fin de chaque repas tout en desserrant sa ceinture. Elle ne pouvait se dégager sans faire une scène.

— Sarge, vous allez me faire renvoyer.

— Et alors ? Tu es trop bien pour ce café.

Il voulut esquisser un quickstep mais, ses talents de danseur n'étant pas à la hauteur, il l'entraîna dans un pas maladroit et ils faillirent trébucher sur des chaises.

— Epouse-moi et je te ferai danser jusqu'à la fin du jour.

— Sarge…

Mais les autres membres du Club des Vieux Barjos applaudissaient et l'encourageaient. Son petit manège s'éternisait. Allison allait devoir se montrer ferme.

Tout en espérant qu'elle n'allait pas déséquilibrer Sarge, dont le ventre proéminent modifiait considérablement le centre de gravité, elle se faufila brusquement sous son bras en reculant rapidement.

Croyant probablement qu'elle était tombée, il tenta de la rattraper par une épaule… mais saisit son sein gauche par erreur. Il le relâcha aussitôt, perdit l'équilibre, et s'écrasa sur la table de tout son poids, échappant de peu aux dents d'une fourchette.

Tout aussi surprise, Allison recula de deux autres pas, s'emmêla les pieds et heurta la table pliante sur laquelle elle avait déposé son plateau. Avant même qu'elle ait pu songer à se rétablir, le plateau et son contenu se renversèrent dans un grand fracas.

Elle atterrit à son tour au beau milieu des crevettes et un verre de thé glacé se renversa sur ses genoux. Sarge la héla et, bêtement, voulut voler à son secours. Hélas, il glissa sur quelque chose, peut-être une tartine de mayonnaise, et s'étala de tout son long à ses pieds.

Décidément, il ne faisait pas dans la demi-mesure.

Malgré une douleur au coccyx, une coupure à la main, sa robe trempée et la gêne qu'elle éprouvait, Allison eut soudain envie de rire. Apparemment, passé un certain stade dans l'horreur, on atteignait celui du ridicule.

— Vous n'avez rien ?

Redmond Malone était accroupi à côté d'elle et la

dévisageait d'un drôle d'air. Peut-être se retenait-il de rire, lui aussi.

— Ça va.

Elle ramassa des glaçons sur ses genoux et les jeta dans un des verres intacts.

— Nous sommes presque au point pour *Danse avec les Stars*, vous ne croyez pas ?

Il saisit les plus gros morceaux de verre et les déposa prudemment sur le plateau.

— Eh bien… il faudrait peut-être travailler encore la réception.

— Allie ! Je suis vraiment désolé, mon petit.

Sarge, que ses amis avaient aidé à se relever, tendit à Allison une main secourable, mais grasse.

— Appelle Flip et je lui expliquerai que ce n'est pas ta faute.

Elle ne voulait pas le vexer mais, si elle acceptait sa main couverte de mayonnaise, elle allait se retrouver par terre de nouveau. Elle chercha des yeux une aide plus efficace.

Toujours accroupi près d'elle, Redmond, qui avait terminé de ramasser le verre, lui tendit les mains. Avec ses larges épaules, ses longues cuisses musclées, lui au moins paraissait capable de la soulever. Elle posa les mains dans les siennes.

Elle n'eut aucun effort à faire et se retrouva debout en un clin d'œil, légèrement penchée vers son T-shirt noir. Suffisamment près pour découvrir qu'il ne portait pas d'eau de toilette et sentait seulement le linge propre, le savon et… le sex-appeal.

Allison possédait un sens aigu de la sécurité. Elle cessa de respirer et releva la tête. Mais quelle idée de humer le T-shirt d'un inconnu !

D'ailleurs, pourquoi continuait-elle à fixer ses yeux d'un bleu électrique, comme un animal hypnotisé par les phares d'une voiture ? Elle avait à faire. Elle devait repasser commande en cuisine, faire nettoyer le sol, demander de nouvelles boissons…

En baissant les yeux, elle s'aperçut avec horreur qu'elle tenait toujours les mains de Redmond, comme si elle n'avait pas retrouvé l'équilibre. Elle les retira sur-le-champ et les essuya nerveusement sur sa jupe trempée.

— Merci, je…

— Que personne ne bouge !

Sue et Moira les rejoignirent et, en quelques instants, ramassèrent la nourriture et l'emportèrent. Puis Teddy, l'aide-serveur, arriva avec un balai à franges.

Le Club des Vieux Barjos s'était mobilisé aussi, en rapportant couverts et assiettes à salade. Ils faisaient cercle autour d'elle, s'inquiétant de sa jupe mouillée, vérifiant qu'elle ne s'était pas coupée avec le verre cassé. Sarge, qui s'était nettoyé les mains, lui passa un bras autour des épaules.

— Je vais tout arranger, Allie. Je vais parler à Flip pour qu'il ne retienne pas la commande sur ta paye. Ne t'inquiète pas.

— Je ne m'inquiète pas, fit Allison d'une voix morne.

Flip était absent pour la journée mais croirait sa version de l'incident. Il connaissait les vieux cinglés… De temps en temps, ils se lançaient dans des interprétations à quatre voix de vieilles chansons tristes comme *Apple Blossom Time* ou *Sixteen Tons* qui enchantaient les clients… jusqu'à ce que Dickey O'Connor se mette à pleurer. Et la semaine précédente, Bill et Stuart Phipps s'étaient bagarrés dans le café parce que Bill avait dit du mal d'Elizabeth Taylor.

Flip disait qu'ils faisaient le spectacle gratuitement. D'ailleurs, c'étaient d'excellents clients que ces veufs excentriques qui détestaient manger seuls chez eux. Surtout, Flip les supportait parce que, au fond de lui, comme tous ceux qui habitaient Windsor Beach à l'année, il les adorait.

— Allie, viens voir un peu.

Dickey O'Connor la hélait avec des airs de mystère. Merveilleux conteur, il avait un penchant exagéré pour le drame et avait tendance à transformer un rien en roman de cape et d'épée.

Peut-être allait-il lui raconter que sa chute avait été orchestrée par d'affreux conspirateurs du Monde de Narnia. Mais elle jouait le jeu. Dickey était sans doute le plus proche de la maison de retraite parmi les Vieux Barjos.

— Psst, Allie.

Elle jeta un coup d'œil en direction de Redmond, qui semblait s'intéresser à la scène d'un point de vue purement analytique, comme un anthropologue qui étudierait une tribu étrange. Puis elle rejoignit Dickey près de la table.

— Par ici, mon petit, fit-il entre ses dents.

On aurait dit un gangster et non un honnête armateur irlandais à la retraite. Il cachait quelque chose dans sa main, de laquelle il faisait de petits gestes saccadés pour attirer son attention.

— Ici.

Allie tendit sa main discrètement, ainsi que Dickey semblait le vouloir.

— Tu n'as pas besoin de Sarge. Ceci te dédommagera.

Après lui avoir glissé un objet dans la main, il posa un doigt sur sa bouche et s'éloigna comme si de rien n'était.

Allie lui tourna le dos et ouvrit la main. Elle y découvrit un diamant très gros, très scintillant — mais très faux.

Avec un énorme soupir, elle referma les doigts sur la pierre et la glissa dans sa poche. Comme si elle n'avait pas déjà suffisamment de problèmes.

Soudain, elle sentit un regard sur elle et se tourna. Redmond Malone l'observait, les yeux plissés. L'expression de son visage avait changé du tout au tout.

Son regard était froid, ses lèvres pincées. Il baissa les yeux vers la poche d'Allison, puis les releva sans ciller une seule fois.

Elle l'interrogea du regard. Pour toute réponse, il jeta quelques billets sur la table.

— Désolé, je crois que je ne vais pas rester, finalement, dit-il, poli mais glacial.

Il tourna les talons et sortit.

Quelle mouche le piquait ?

Allison fixait bêtement la porte. Avait-il reçu un coup de fil ? Une urgence ? Non, il lui avait paru plutôt hostile… Comme s'il lui en voulait *personnellement*.

Avait-il assisté à son manège bizarre avec Dickey ? La croyait-il coupable de pratiques illégales ? Il la prenait peut-être pour une fille vénale. Le rouge monta aux joues d'Allie. Avait-il le culot de porter un jugement sur elle parce qu'elle avait accepté ce diamant, en toc de surcroît ?

Que savait-il de Dickey, d'elle et de tout le reste ?

Elle préférait oublier cet incident. Redmond Malone n'était rien pour elle. C'était un parfait inconnu qu'elle ne trouvait guère sympathique, en plus. Quant à son sex-appeal, elle s'en moquait. Il ne le rendait que plus indésirable dans sa vie.

Bon vent, l'homme à la Mercedes. Elle n'allait pas se soucier de lui une seconde de plus. En tant que mère célibataire, elle s'était suffisamment battue et depuis suffisamment longtemps pour arriver là où elle en était. Elle avait dû se débarrasser des vieux schémas bien ancrés et, pour ne pas perdre le nord, dresser une liste des choses à faire et à ne pas faire.

Dans la liste des choses à faire figuraient économiser de l'argent, travailler dur, positiver, ouvrir son propre restaurant et offrir la sécurité et une vie agréable à son petit garçon.

La liste des choses à ne pas faire se résumait à un mot : les hommes.

3

Red connaissait l'adresse personnelle de cette fille. Lewis la lui avait fournie avec le contrat et autres paperasses légales. Elle habitait un appartement au premier étage d'un immeuble blanc, équipé d'une jolie galerie d'où l'on devait apercevoir un coin de Pacifique au loin — à condition de mesurer trois mètres de haut.

Le propriétaire ne se ruinait pas vraiment en frais de paysage, les espaces verts se composant de rocailles et d'un hibiscus filiforme. Le bâtiment, en revanche, semblait bien entretenu et régulièrement ravalé.

Ce n'était pas un quartier miteux à proprement parler, mais l'immeuble se trouvait du « mauvais » côté de la ville, celui qui ne donnait pas sur l'océan. Windsor, situé dans une petite baie à environ une heure au sud de San Francisco, était une des rares petites villes qui n'essayaient même pas d'attirer les bobos. Ses falaises pittoresques, sa plage de sable fin et ses eaux chaudes avaient séduit des retraités cherchant la tranquillité. Ces derniers se bagarraient à présent avec la Chambre de Commerce qui cherchait à intéresser plus de touristes.

Les habitants de Windsor Beach à l'année se divisaient en deux catégories. La première était constituée desdits retraités fortunés et tranquilles. Le personnel de maison, les employés de la restauration, les commerçants et artisans assurant leur existence dorée formaient la seconde. La station comptait 2 500 habitants au total.

Red était garé en face de l'immeuble depuis une heure. Tout en espérant que Bill Longmire ne fasse aucune apparition ce soir, il avait souscrit une assurance supplémentaire auprès de l'agence de location de véhicules, juste au cas où…

Le ciel avait déjà pris des couleurs flamboyantes à l'ouest quand Allison arriva enfin au volant de sa Honda. Dès qu'elle fut garée, Red descendit de son véhicule et la héla.

Elle ne réagit pas, descendit lentement de sa voiture, rangea ses baskets dans son sac et prit le temps de masser et étirer ses pieds. Elle portait encore son uniforme de serveuse. Elle devait avoir travaillé toute la journée.

Posant son sac sur le capot, elle contourna sa voiture, ouvrit la portière arrière et se pencha à l'intérieur. Evidemment… Il n'avait pas réfléchi. Elle devait avoir son bébé avec elle.

Le fils de Victor. Le certificat de naissance indiquait qu'il se nommait Edward James York. Mère : Allison Rowena York. Père : inconnu.

Elle sortit le petit paquet de son siège auto. Red s'arma de courage pour ne pas réagir. Il connaissait suffisamment les enfants pour savoir que celui-ci ne pouvait pas ressembler à son père à un si jeune âge. Le fils de son frère Matt était le portrait craché de sa maman, Belle, mais seulement depuis qu'il avait deux ans et quelque. Pareil pour le fils de David Gerard, un ami. A trois mois à peine, tous les bébés avaient la même tête.

Il la héla de nouveau et, cette fois, elle se retourna, baissant la couverture du bébé sous son menton pour voir qu'il l'appelait. Red était à contre-jour dans la lumière déclinante. Elle plissa les yeux pour mieux le voir.

Soudain, elle se raidit. Il s'y attendait. S'il lui avait demandé son numéro de téléphone pendant qu'elle le servait au café, elle aurait peut-être refusé, mais elle n'aurait pas paniqué. Cela devait lui arriver souvent.

Mais un client qui surgit de nulle part et l'a suivie jusque chez elle… cela ressemblait à du harcèlement. Tant pis, il avait décidé de prendre ce risque. A coup sûr, elle aurait refusé de lui parler si elle avait su qui il était. Pourvu qu'elle n'ait pas de bombe lacrymogène sur elle.

— Ecoutez, je regrette de vous déranger ici mais j'espérais que nous pourrions discuter en privé. Je m'appelle Red Malone. C'est moi qui…

— Je sais qui vous êtes.

Elle colla le bébé contre elle. Le petit se mit à se plaindre, comme si elle le serrait trop fort.

— Que voulez-vous ? C'est à propos de Bill ?

— Non. Nos compagnies d'assurance s'occupent de tout. Ma voiture a déjà été remorquée jusqu'à un garage de San Francisco. C'est pour une tout autre raison que je désire vous voir.

— Vraiment ? Laquelle ?

Il regarda autour de lui. La rue n'était pas noire de monde mais, avec la douceur d'avril, beaucoup de gens avaient ouvert leurs fenêtres pour aérer. On pouvait surprendre leur conversation.

— Une raison personnelle. Pourrions-nous discuter quelque part seul à seule ?

Fronçant les sourcils, elle recula d'un pas.

— Je ne crois pas, monsieur Malone. Je ne sais pas comment vous avez eu mon adresse ni de quoi vous désirez me parler, mais je ne vous connais pas. Il n'est pas question que vous montiez chez moi.

— Appelez-moi Red, je vous en prie. Je suis désolé. Je sais que cela peut paraître étrange mais je vous assure que je ne suis pas un malade qui vous a suivie depuis le café. Je viens de la part d'un ami commun. C'est important.

Elle ouvrit de grands yeux. La lumière du couchant traversa son iris couleur de miel et rosit ses joues couvertes de taches de rousseur, sans oublier ses lèvres pulpeuses. L'effet était saisissant. Le corps de Red ne manqua pas de réagir mais il se ressaisit aussitôt. Après ce qu'il venait de lui déclarer, ce n'était pas le moment de la regarder comme un pervers.

— Un ami commun ?

Elle paraissait affolée, ou bien en colère. A qui pensait-elle ? Commençait-elle à deviner ?

Le bébé se mit à s'agiter, comme s'il réagissait aux émotions de sa mère. Elle déposa un baiser sur sa tête pour l'apaiser et regarda Red.

— De quoi s'agit-il ? De quel ami commun parlez-vous ?

Red affronta son regard. C'était le moment de vérité.

— Victor Wigham.

Elle releva la tête, le regard méprisant.

— Victor Wigham n'est *pas* un ami.

— Bon, le terme est peut-être mal choisi…

Aïe. Et Victor qui avait compté sur ses qualités diplomatiques !

— … mais, si j'ai bien compris, il est le père de votre enfant, se rattrapa-t-il.

Elle ne broncha pas.

— Cette paternité ne semblant pas intéresser Victor, je ne vois pas du tout en quoi elle vous concerne, monsieur Malone.

Red hésita. Elle parlait de Victor au présent, comme il se surprenait à le faire parfois. Mais lui, il le faisait parce qu'il avait de la peine, alors qu'elle ne semblait porter aucune affection pour le père de son enfant.

Donc… elle ne devait pas savoir qu'il était décédé.

Voilà qui compliquait les choses. Red avait toujours supposé qu'elle était au courant. Mais comment aurait-elle appris la nouvelle ? Les Wigham possédaient bien une résidence secondaire à Windsor, mais ils la louaient à des vacanciers. Ils ne devaient donc pas être considérés comme des gens du coin à proprement parler, et ils n'avaient probablement pas fait paraître d'article nécrologique dans le *Windsor Beach Bulletin*.

En outre, le nom d'Allison ne devait pas figurer dans le testament. Donc, à moins de se renseigner sur lui via internet, comment aurait-elle pu savoir ?

Le bébé éternua. Allison remonta la couverture, couvrant la dernière parcelle de front encore visible.

— Je dois emmener Eddie à l'intérieur. Il fait trop frais pour lui. Donc, si vous n'y voyez pas d'inconvénient…

— Allison, Victor est mort il y a deux mois.

Elle se figea. Des émotions diverses défilèrent sur son visage. La surprise, sûr et certain, mais aussi… Pouvait-il s'agir de peur ? de colère ? Cela avait été trop fugace pour que Red le saisisse.

Le bébé se mit à pleurer, la tirant de sa torpeur, et toute trace d'émotion disparut de sa physionomie.

— Je vois, dit-elle.

Elle prit son sac de sa main libre et fit un geste en direction de l'escalier.

— Dans ce cas, je pense effectivement que vous devriez entrer.

Une demi-heure plus tard, Allison ne s'était toujours pas remise. Elle avait joué son rôle d'hôtesse, préparé un café à Red — deux sucres, sans crème — et lui avait proposé de s'asseoir pendant qu'elle changeait Eddie et le couchait.

Heureusement, ce dernier, épuisé, s'endormit immédiatement. Elle demeura quelques instants encore dans sa chambre, abasourdie, rechignant à se secouer. Son cerveau était en panne. Elle ne savait par où commencer.

Pourquoi la mort de Victor la bouleversait-elle autant ? Depuis longtemps elle avait compris qu'il ne serait jamais un père pour son enfant. Mais apparemment, quelque part au fond d'elle-même, elle avait gardé l'espoir qu'un jour Victor serait pris de curiosité, tenterait de retrouver son fils et de rattraper le temps perdu.

A présent, Eddie n'avait littéralement plus de père et n'en aurait jamais.

Elle devait retourner dans le salon. Depuis l'endroit où elle se trouvait, elle pouvait voir Red, muni d'un magazine, confortablement installé dans le canapé à carreaux.

C'était le genre d'homme — le genre très sûr de lui — qui avait toujours su envahir son espace personnel. Victor aussi avait l'air comme chez lui sur ce canapé. Pour ce que cela avait donné, en fin de compte…

Consciente qu'elle ne pouvait pas reculer éternellement, Allison redressa les épaules et regagna le salon.

— Excusez-moi de vous avoir fait attendre.

— Je vous en prie.

Il se leva, peut-être parce qu'il était bien élevé, peut-être pour reposer le magazine sur la table basse.

— Je viens de lire un article très instructif sur les ragoûts sans matière grasse.

Pour gagner du temps, elle fit le tour du salon et alluma la lumière avant de s'asseoir sur le second canapé, en face de son visiteur.

— Alors, qu'est-il arrivé à Victor ?

Red se pencha en avant, les mains sur les genoux. Il paraissait grave mais très maître de lui-même. Impossible de déduire de sa façon d'être son degré d'intimité avec Victor.

— Cancer de la gorge. On l'a diagnostiqué il y a environ un an. Il ne nous en a parlé qu'il y a six mois.

Il semblait l'observer attentivement.

— Je suppose qu'il ne vous avait rien dit ?

— Cela fait au moins un an que Victor et moi avons cessé toute relation. Donc, non, il ne m'avait pas dit qu'il était malade.

Allison s'efforçait de rester naturelle. Ils étaient comme deux joueurs de poker qui ne veulent pas donner le moindre avantage à l'adversaire.

En son for intérieur, elle calculait. Un an… A peu près l'époque où elle avait connu Victor. C'était un habitué du restaurant de son père. Il paraissait très triste — un divorce qui se passait mal, lui avait-il dit. Elle s'occupait du restaurant depuis la mort de son père. Le jour où l'établissement avait définitivement fermé ses portes, elle avait fait l'amour avec Victor.

Savait-il déjà qu'il avait un cancer ? Sa maladie avait-elle un rapport avec son départ ?

Ce n'était pas une excuse suffisante. Malade ou pas,

il n'aurait pas dû partir sans lui parler. Leur liaison avait duré environ cinq semaines. Ce n'était pas une histoire d'amour, ils en étaient conscients tous deux. Juste de l'amitié et un moyen de s'aider mutuellement à passer un cap difficile.

On n'est jamais malade au point de ne pas pouvoir décrocher son téléphone pour dire au revoir à quelqu'un de proche.

D'ailleurs, il semblait en forme, quatre mois plus tard, quand elle l'avait appelé pour lui annoncer qu'elle était enceinte. D'une voix parfaitement normale, il lui avait expliqué qu'il n'avait pas été tout à fait honnête avec elle.

Pas tout à fait honnête ? C'était le moins que l'on puisse dire !

Il était marié, il avait deux enfants.

Naturellement, il lui avait présenté des excuses et avait demandé à ses avocats de lui envoyer un chèque. Pas une somme énorme, juste de quoi payer l'IVG qu'il lui conseillait fortement, plus une petite compensation pour les « dommages émotionnels ».

Elle avait déchiré ce fameux chèque le jour où Eddie était né. Ensuite, elle avait effectué la seule démarche dont elle ait vraiment honte dans cette histoire : elle avait cherché l'adresse de Victor et lui avait envoyé les morceaux du chèque, accompagnés d'une photo du bébé. Sans un mot d'accompagnement.

Elle n'avait plus jamais eu de nouvelles.

Donc, que lui voulait cet émissaire à présent ?

Elle se sentait soudain très fatiguée. Elle était debout depuis 6 heures du matin après seulement trois heures de sommeil. Eddie se réveillait toutes les deux heures, comme s'il n'était pas complètement guéri.

Quelle que soit la raison de sa présence, Redmond Malone avait intérêt à en finir vite.

— Victor m'a clairement fait comprendre qu'il ne voulait pas entendre parler de moi, ni d'Eddie. J'avoue que je ne comprends pas. Que faites-vous ici ?

Il se pencha en avant, la moitié du visage dans l'ombre.

— Je suis venu vous voir parce qu'il me l'a demandé. Il… Il était inquiet à votre sujet. Il souhaitait que je vous remette quelque chose.

— Quoi ?

— Ceci.

D'une poche de son coupe-vent qu'il avait posé près de lui sur le canapé, il tira une longue enveloppe brune, l'ouvrit, et en sortit un petit rectangle de papier.

— C'est un chèque. Pour vous et votre fils.

Elle le prit sans un mot et le déchiffra. Le montant — 25 000 dollars — avait de quoi surprendre. C'était beaucoup, cinq fois ce qu'il lui avait proposé pour avorter. Sauf que ce chèque n'avait pas été émis par la bonne personne.

— C'est vous qui m'avez fait ce chèque, pas Victor, remarqua-t-elle en relevant la tête.

— C'est l'argent de Victor, je vous assure. Il me l'a remis pour que je vous le transmette.

— Vous blanchissez pour lui ? Comme c'est gentil de votre part, fit-elle, ironique. Vous deviez être très proches.

Son interlocuteur, qui comprenait visiblement sa réaction, baissa les yeux.

— Oui, dit-il. Il occupait une place immense dans ma vie. Je suis également proche de sa famille. De sa femme, de son fils et de sa fille.

Il se tut quelques instants, comme pour lui laisser le

temps de digérer ses propos. S'imaginait-il vraiment qu'elle n'était pas au courant que Victor avait une autre famille ?

— Oui, reprit-elle. Cherry et Dylan.

Victor lui avait dit leurs prénoms lorsqu'elle l'avait appelé pour lui annoncer qu'elle était enceinte. Il lui avait tout raconté. Cherry, l'aînée, était belle, ambitieuse et forte en maths. Dylan, qui commençait à jouer au foot, traversait une période difficile. Victor tenait à ce qu'elle comprenne que ses chers enfants légitimes étaient beaucoup plus importants pour lui que le bâtard qu'elle portait.

— Oui, Cherry et Dylan, répéta son visiteur. Ils ont beaucoup de chagrin. Victor a souhaité qu'ils ne soient pas davantage blessés par... des révélations dérangeantes. Mais il a aussi tenu à ce que vous ne soyez pas oubliés, votre fils et vous. J'ai accepté bien volontiers de veiller à ce que personne ne souffre inutilement.

Visiblement, il n'avait pas l'intention de reprendre son chèque. Elle le déposa sur la table basse qui les séparait et croisa les mains sur ses genoux — en les serrant très fort.

— Vingt-cinq mille dollars, c'est une somme, reprit Malone sans cesser de la jauger. Vous ne semblez pas impressionnée, pourtant.

— En effet.

Il attendit, apparemment imperturbable. Elle l'aurait giflé tant son arrogance l'exaspérait. Il était trop sûr de lui. Sûr de l'avoir évaluée. Et il l'estimait à vingt-cinq mille dollars.

— J'ai l'impression que vous n'avez jamais cherché à savoir combien coûtait l'éducation d'un enfant de zéro à dix-huit ans, monsieur Malone. Moi, je l'ai fait. Voulez-vous en connaître le montant ?

— Environ dix fois plus, répondit-il en souriant.

— Exactement. C'est pourquoi ce chèque ne m'impressionne pas, comme vous l'avez si finement observé.

— Vous voulez davantage ?

— Non, je veux moins.

Elle s'obligeait à parler bas pour pas réveiller Eddie, mais elle était hors d'elle.

— Je veux que vous revoyiez à la baisse vos foutaises doucereuses, votre arrogance et vos airs supérieurs. Ce chèque n'est ni un legs, ni un cadeau, mais un paiement et rien d'autre.

— Un paiement ?

— Oui. Ou plutôt une récompense. Je ne suis pas idiote, monsieur Malone. Victor n'a jamais éprouvé le besoin de me donner cet argent de son vivant. Alors pourquoi aujourd'hui ? Que veut-il ? Quelque chose me dit que la réponse se trouve dans cette enveloppe. Pourquoi ne me montrez-vous pas ce qu'elle contient ?

Il la contempla différemment, avec un mélange de mépris, d'admiration et de rancœur cette fois, comme si elle s'avérait une adversaire plus coriace que prévu. Qu'à cela ne tienne ! Les masques venaient de tomber, et c'était tant mieux. Ils jouaient maintenant cartes sur table et la partie était presque terminée.

Avec un sourire, il sortit de l'enveloppe une liasse de papiers qu'il déplia avant de les lui tendre.

— Il s'agit d'un accord de confidentialité. En résumé, Victor souhaitait que vous vous engagiez à ne jamais révéler à personne qu'il est le père de votre enfant. En signant, vous renoncerez également à toute prétention sur ses biens.

Elle prit le contrat et le parcourut rapidement, mais les caractères noirs se brouillaient tant son regard était voilé par la colère.

Elle se pencha pour saisir le chèque et le glissa dans les papiers qu'elle replia soigneusement.

Puis elle déchira le tout en petits morceaux.

— Mademoiselle York, je pense que vous devriez…

Comme dans un scénario parfaitement réglé, c'est ce moment que choisit Jimbo pour rentrer.

Il fit irruption en chantant, son beau corps musclé à peine dissimulé par son pantalon de yoga taille basse. Son torse nu affichait ses tatouages multicolores. Des pics de cheveux blonds pointaient au-dessus d'une pile de plats à emporter qui lui cachait la vue.

— Salut, beauté ! Regarde ce que papa a rapporté de chez *Mamma Loo* !

Red Malone resta interdit une seconde, puis passa une main dans ses cheveux avec un rire amer.

— Je vois. Votre nouveau protecteur, je présume ?

Jimbo pointa son nez de derrière l'amoncellement de boîtes, visiblement irrité par ce ton.

— Hé ! Qui vous êtes, vous ?

— Personne, rétorqua Red Malone. Je m'en vais.

Il se leva, toujours souriant.

— Non, vraiment, ne vous dérangez pas. Je trouverai la sortie tout seul.

4

Lewis Porterfield, avocat de profession, déjeunait d'ordinaire seul dans son superbe cadre gothique. Il n'était visiblement pas ravi que Red lui tienne compagnie.

Tant pis. Red ne s'amusait pas spécialement non plus. La grande salle de réunion lambrissée d'acajou semblait avoir été décorée par un entrepreneur de pompes funèbres. Quant à l'éclairage tamisé, il ne dépassait pas en intensité celui d'un tombeau éclairé par des bougies en appliques.

La pièce, en outre, était fraîche comme une crypte — à moins que le froid n'émane tout simplement de Lewis.

La silhouette menue et pâle de l'avocat émergeait à peine de son fauteuil à haut dossier placé au bout de la table. Seul l'éclat fantomatique des calamars bouillis qu'il portait régulièrement à sa bouche trahissait sa présence. Bref, rien ne manquait au tableau.

Red s'était souvent demandé pourquoi Victor recourait aux services de cet individu. Certes, Lewis avait l'art de rédiger des contrats si contraignants que même le diable en personne n'aurait pu y trouver une faille. Mais Colby et un tas d'autres avocats de la baie de San

Francisco possédaient les mêmes talents tout en étant nettement moins… comment dire ? *Funèbres*.

Lewis but une gorgée d'eau, la seule boisson que Red l'ait jamais vu avaler.

— Bien, dites-moi encore une fois : à votre avis, Mlle York dit-elle non parce qu'elle n'est pas d'accord, ou parce qu'elle espère obtenir une somme plus importante ?

— Je ne suis pas sûr.

C'était la cinquième fois au moins que Red répondait à cette question, mais Lewis semblait prêt à insister jusqu'à ce qu'il obtienne une réponse qui lui plaise.

— J'ai eu l'impression qu'elle était sincère, mais il est difficile d'en être sûr. C'est une personne… compliquée.

Les calamars s'arrêtèrent à quelques centimètres de la bouche de l'avocat.

— Compliquée *comment* ?

— Je ne sais pas… Elle est ordinaire et vit très simplement…

Il revoyait son appartement impeccable et dépouillé.

— … Disons que, si c'est une croqueuse de diamants, elle n'est pas très douée. On sent aussi qu'il s'agit d'une personne sensible. Mais elle a du cran. Ce n'est pas une faible femme.

Que penserait d'elle Nana Lina ? La grand-mère de Red était redoutable quand il s'agissait de juger du caractère d'une personne. Elle aimait les femmes possédant ce qu'elle appelait de la « tenue ».

Lewis se tamponna les lèvres à l'aide de sa serviette. Trois fois, comme toujours.

— Est-elle belle ?

Belle ? Avec son nez court et ses taches de rousseur

sur les joues ? Cette maigrichonne avec ses cheveux sans apprêt ? Non, pas vraiment.

Red avait hésité un instant de trop. Lewis posa sa fourchette en argent sur son assiette en porcelaine fine.

— Donc, elle l'est. Est-ce cela qui la rend « compliquée » ? Les difficultés que vous avez à l'analyser viennent-elles du fait que c'est à la fois une jolie fille et une traînée ?

Quel jugement à l'emporte-pièce ! Red aurait dû s'y attendre : c'est ainsi que Lewis avait l'habitude de s'exprimer, mais quand même… Il éprouva soudain l'envie irrésistible de quitter la pièce, de respirer de l'air frais et de manger quelque chose qui ne ressemble pas à des limaces bouillies.

Une heure de cette ambiance victorienne, c'était trop pour lui. C'était à se demander si Lewis le faisait exprès, pour le plaisir. Une fois chez lui, peut-être enfilait-il une casquette des Giants, une paire de Nike, et sirotait-il une bière en regardant *The Voice*. On pouvait rêver…

Il avait la cinquantaine, comme Victor. Peut-être avait-il une petite amie, lui aussi. Une fille qui…

Non. Cela dépassait les suppositions les plus folles. S'il existait sur terre une fille assez folle pour sortir avec Lewis Porterfield, Red préférait ne pas la connaître.

— Le terme « traînée » est un peu exagéré, vous ne trouvez pas ? reprit-il calmement après un silence. Elle a peut-être aimé passionnément Victor.

— Elle l'a déjà remplacé, m'avez-vous dit. D'ailleurs, elle vous a affirmé qu'elle détestait Victor.

— Comment en être sûr ? L'amour peut se changer rapidement en haine. Maintenant, je ne dis pas qu'elle l'aimait, seulement que nous n'en savons rien.

Silence. Les lèvres de Lewis se tordirent pour former une sorte de sourire.

— Et, naturellement, il y a le fait qu'il s'agit d'une personne… compliquée.

Le sarcasme, à présent. C'était bien le problème avec Lewis : sous son apparence d'avocat vieux jeu caricatural se cachait un esprit vif et implacable.

Red repoussa son assiette de calamars, à laquelle il n'avait pas touché.

— Bon, écoutez. Si je devais hasarder un avis, je dirais qu'elle n'acceptera pas d'argent de Victor, même si nous augmentons la somme. Elle en aurait besoin, pourtant, mais il y avait quelque chose de… déterminé dans son regard. Elle était sincère en refusant.

— Très bien. Malheureusement, cela n'a aucune importance puisque nous devons suivre coûte que coûte les dernières volontés de Victor.

— Que voulez-vous dire ? Je croyais que la volonté de Victor était que je lui fasse une offre et…

— Il s'agissait juste du plan A.

— Et pourriez-vous me dire en quoi consiste le plan B, alors ?

— Nous laissons passer une semaine. Si elle n'a toujours pas accepté notre offre, nous y retournons et lui offrons 50 000.

— Non. C'est la pire des choses à faire. Victor souhaitait surtout que Marianne et les enfants n'apprennent jamais la vérité. Je vous assure qu'Allison York n'a pas l'air du genre à cafarder. Je parierais n'importe quoi que, à moins de la chercher, nous n'entendrons plus jamais parler d'elle.

Lewis fixa longuement Red du regard avant de répondre. Enfin, après une nouvelle gorgée d'eau et trois tapotements de serviette sur ses lèvres, il s'éclaircit la voix.

— Mais ce n'est pas *votre* existence qui est en jeu, monsieur Malone. Il ne s'agit ni de votre famille, ni de votre succession.

— Non, mais…

— Nous ne pouvons pas substituer notre jugement à celui de Victor. Il voulait que nous attendions une semaine avant de faire une nouvelle offre et c'est exactement ce que nous allons faire.

— Grossière erreur, rétorqua Red. Cette fille trouve choquante l'idée que nous cherchions à acheter son silence. D'ailleurs, l'offre elle-même est insultante : elle est insuffisante, même si nous la doublons ou la triplons. Etant donné ce qu'elle vit…

— Et que vit-elle exactement ?

Lewis inclina la tête, ce qui, à cause de son nez crochu, lui donnait une vague ressemblance avec un vautour, impression renforcée par la présence des filaments blanchâtres et gluants au fond de son assiette.

— On dirait que vous éprouvez de la pitié pour cette fille, commenta-t-il froidement.

— Pas vraiment, mais je vois la réalité de sa situation. Cela ne doit pas être facile tous les jours d'être mère célibataire.

— Tout acte immoral conduit à une situation difficile, trancha Lewis. Elle aurait dû y penser avant.

— Porterfield, je me disais que cette pièce a quelque chose de victorien et voilà une réflexion en parfaite harmonie avec le décor, ironisa Red.

Lewis sourit de nouveau.

— Seriez-vous en train de la défendre ? *Intéressant.* Cet excès d'empathie pique ma curiosité. En fait, monsieur Malone, je me demande si vous n'êtes pas un tantinet partial dans cette affaire.

— Vraiment ? Et moi je me demande si vous n'êtes pas un peu reptile sur les bords, rétorqua Red. Exclure toute empathie, c'est ce que ferait une créature à sang-froid, non ?

Lewis le dévisagea par-dessus ses mains jointes et se mit à parler d'une voix contemplative, presque comme s'il était seul et réfléchissait à un point de droit épineux.

— En vérité, je ne suis pas vraiment surpris. J'avais averti Victor qu'il y avait un risque à charger un homme comme vous d'une mission telle que celle-là.

— Un homme comme moi ?

— Oui, un homme doté… d'une certaine *attirance* pour un certain type de jeunes femmes, dirais-je. D'une certaine *vulnérabilité* à leur charme, si je peux m'exprimer ainsi.

Red se retrouva debout sans même savoir à quel moment il s'était levé.

— Vous dépassez les bornes, Porterfield !

Malgré l'évidente supériorité physique de Red, l'avocat ne parut pas intimidé le moins du monde.

— Quelque terme que vous choisissiez, reprit ce dernier, je dis que nous avons un problème. Il serait peut-être plus judicieux que j'effectue moi-même la prochaine proposition.

— Non !

— Non ? Et pourquoi ? interrogea Lewis sans ciller.

— Parce que…

Parce que vous êtes un imbécile arrogant capable de la mettre tellement hors d'elle qu'elle dira tout à Marianne juste pour le plaisir de vous cracher au visage.

Tel était le fond de sa pensée, le but de l'opération

restant de protéger la veuve de Victor et Dylan. A vingt-huit ans, Cherry avait certainement la maturité et le recul suffisant pour digérer la vérité, mais son frère filait un mauvais coton. Marianne et lui avaient besoin de tranquillité, et de temps pour récupérer.

Red avait promis de faire son possible pour qu'ils obtiennent l'un et l'autre.

Il repoussa sa chaise, prêt à quitter cette pièce oppressante.

— Parce que c'est moi l'imbécile qui a promis de m'occuper de cette histoire. Et c'est exactement ce que je vais faire.

Cette entrevue avec Lewis lui avait laissé un goût amer dans la bouche — et le souvenir de ces calamars écœurants n'était pas seul en cause. Il se rendit au bureau de *Diamante* en espérant s'absorber dans la paperasse. La commune lui avait envoyé les statistiques de fréquentation de trois nouvelles adresses sur lesquelles il avait des vues. Ces chiffres étaient encourageants mais il voulait les analyser soigneusement.

Cette fois-ci, pourtant, le travail ne lui fut d'aucune aide. Les chiffres se brouillaient sur son écran, comme des hiéroglyphes fous. Vers 15 heures, il éteignit son ordinateur et décida d'en rester là.

Red comme ses frères n'était pas du genre à broyer du noir. Nana Lina disait toujours que les soucis étaient solubles dans la sueur. C'est pourquoi ils travaillaient dur et faisaient du sport, ce qui ne leur laissait pas le temps de bouder.

Le travail ne lui ayant été d'aucun secours, il était temps d'essayer le sport.

Matt était parti avec Belle en lune de miel pour la

sixième fois en quatre ans, inutile donc de compter sur lui. Avant de sortir, Red passa par le bureau de Colby, à tout hasard. Une bonne partie de handball serait idéale et son frère était généralement plus fort que lui, il y avait ainsi toutes les chances qu'il accepte.

Hélas, il n'était pas là non plus, mais Nana Lina avait réquisitionné son bureau. Apercevant Red, elle sourit et lui fit signe d'entrer.

Il s'installa confortablement dans un fauteuil en face d'elle. Une dose de Nana Lina, c'était toujours salutaire.

— Tu t'es enfin décidée à virer Colby ? plaisanta-t-il. J'ai toujours pensé qu'on le surestimait.

La grand-mère de Red ne riait jamais aux plaisanteries stupides. Les jours de chance, lorsqu'on faisait véritablement preuve d'esprit, ses yeux pétillaient, à la rigueur, montrant qu'elle appréciait mais, pour avoir vécu si longtemps avec Red et ses frères, elle était immunisée contre les blagues bon marché du quotidien.

Elle se tourna vers le tableur qu'elle étudiait.

— Il est parti pour Half Moon Bay, au numéro 3. Il paraît que quelque chose cloche dans la caisse. C'est la sixième fois de la semaine.

— Depuis quand le juriste de la maison doit-il se déplacer pour faire les comptes ? Il n'y a pas un gérant sur place ?

— Tu connais Colby. Il semblerait que le coupable soit le petit Mathison qu'ils ont embauché le mois dernier.

Red comprit : Colby prenait les choses trop à cœur. Il avait beau jouer les durs, c'était au fond un idéaliste incurable. Il n'arrivait pas à croire que les fils des amis, embauchés pour les jobs d'été, puissent voler l'entreprise.

Red s'étira en bâillant.

— Je ne sais pas ce qui se passe avec ces gosses de

riches. Aucune moralité. Ce ne sont pas des modèles d'industrie et de vertu comme moi.

Nana Lina émit un petit bruit désapprobateur, puis sourit.

— Si tes frères et toi étiez aussi désespérants que vous le prétendez, je serais obligée de sortir la badine.

— Oh, la badine…

C'était l'éternelle plaisanterie de son grand-père Colm. Personne, ni ses parents, ni ses grands-parents, n'avaient jamais levé la main sur Red ou ses frères, mais Grandpa aimait faire des allusions à la mythique badine comme s'il en usait tous les jours.

De temps en temps, lorsqu'elle était particulièrement attendrie, Nana Lina reprenait cette plaisanterie. Cela faisait chaud au cœur et rappelait à Red son grand-père plein de vie et cet accent irlandais chantant qui ne l'avait jamais quitté, bien qu'il soit arrivé jeune aux Etats-Unis.

Non, Red et ses frères n'avaient jamais tâté de la légendaire badine. Personne dans la famille n'avait jamais eu besoin d'aller jusque-là. Ils avaient eu des parents intelligents, calmes et aimants, et les trois frères n'étaient pas de mauvais gars non plus, même s'ils avaient parfois un peu défié l'autorité. Red était au beau milieu de l'adolescence et de ses affres quand ses parents les avaient quittés.

Après le drame — un terrible accident automobile à quelques kilomètres de chez eux — ses frères et lui avaient subitement renoncé à leur attitude rebelle. Ayant connu une vraie tragédie, ils n'avaient plus confondu les petites contrariétés — comme le couvre-feu ou les corvées domestiques — avec le vrai malheur. Faire une montagne d'un petit rien, c'était terminé.

— Dommage que Dylan Wigham n'ait pas quelqu'un

comme toi vers qui se tourner, reprit Red, songeur. Il traverse une sale période depuis la mort de Victor.

Nana Lina hocha la tête. Comme tous les Malone, elle connaissait bien cette famille. Elle n'avait jamais beaucoup aimé Victor mais ils se rencontraient souvent ici et là, appartenant au même milieu. Sans compter que, en raison de son amitié avec Red, il était invité à la plupart des fêtes des Malone ou de l'entreprise familiale.

Si elle ne connaissait pas tout des problèmes de Dylan, elle devait au moins savoir qu'il avait passé les dernières semaines en clinique de désintoxication.

— Quand sort-il ? demanda-t-elle simplement.

— Je ne sais pas exactement. Bientôt, je l'espère. Marianne a besoin de sa présence. Elle est si seule.

— Oui, je comprends.

Nana Lina avait acquiescé d'un ton sec. Elle n'appréciait guère les deuils extravagants. Red savait qu'elle regrettait chaque jour Grandpa, mais elle s'était tournée vers le travail pour donner un sens à sa vie. Le travail, et ses petits-fils.

Et, bien entendu, elle pensait que tout le monde devait l'imiter.

— J'espère que tu ne comptes pas combler cette solitude toi-même, fit-elle en haussant un sourcil.

— Je passe le plus de temps possible avec elle mais, si tu veux savoir si je lui fais la cour, la réponse est non. Cela fait seulement deux mois que Victor nous a quittés, mais même deux ans n'y changeraient rien : Marianne et moi sommes simplement amis.

Nana Lina ne s'appuyait jamais vraiment au dossier de son fauteuil, mais Red remarqua que ses épaules se détendaient.

— Tant mieux. Ce n'est pas une femme pour toi.

Red ne put s'empêcher de rire.

— Parce qu'elle manque de « tenue » ?

Sa grand-mère avait souvent critiqué en ces termes les petites amies de ses frères. En revanche, lorsqu'elle décrétait qu'une femme avait de la tenue, cela signifiait qu'elle la respectait infiniment. La première fois que Red l'avait entendue employer cette formule, c'était à propos de sa mère. La belle-fille et la belle-mère étaient particulièrement proches et unies.

— En effet, elle manque totalement de tenue ! Elle a dû en avoir autrefois… Cela transparaît parfois sous toutes ses singeries et son anxiété, mais son mariage avec Victor est sans doute la pire bêtise de sa vie. Il l'aimait pour son physique, pas pour ses qualités intrinsèques, bien plus intéressantes. C'est ainsi qu'elle a perdu le respect d'elle-même. Il ne lui reste plus qu'un joli minois, ce qui n'a jamais aidé personne à surmonter une crise.

C'était une analyse perspicace et Nana Lina était bien placée pour parler ainsi. Elle était restée une des plus belles femmes que Red connaisse, avec de beaux cheveux argentés ondulés, des yeux bleus pétillant d'intelligence et un visage en cœur. Sur quelques photos jaunies, il avait pu constater quelle beauté c'était dans sa jeunesse.

Malgré cela, elle ne s'était jamais laissé gouverner par la vanité. Elle avait travaillé dur, comme tous les Malone, hommes ou femmes, jeunes ou vieux. Il l'avait vue, ébouriffée et couverte de farine, s'activer toute la nuit en cuisine avant que *Diamante* ne marche suffisamment bien pour embaucher quelqu'un à sa place. Il l'avait vue, aussi, en nage et couverte de peinture, manipulant la terre ou la sciure. Toujours, il l'avait trouvée belle, éclatante, respirant l'intelligence et aimant la vie qui était la sienne.

— Dommage que tu ne puisses pas adopter Marianne. Je suis sûr que tu la requinquerais en un rien de temps.

— J'ai déjà suffisamment à faire ! s'esclaffa Nana Lina. D'ailleurs, tu n'as pas besoin de moi. Tu sais comment l'aider. Dis-lui de passer moins de temps à choisir ses boucles d'oreilles et plus de temps à faire des choses utiles. Trouver un travail par exemple, ou, si elle trouve cela indigne d'une Wigham, entrer les mots-clés « bénévole » ou « caritatif » sur Google.

Elle parlait d'une voix plus tendue que d'ordinaire. Red l'étudia avec attention. N'était-elle pas un peu pâle ? Colby lui avait confié l'avant-veille qu'il la trouvait fatiguée.

— Bien. Je suivrai tes conseils. Assez parlé de Marianne. Et toi, comment ça va ? Tout se passe bien ?

— Tout va bien. Sauf qu'on n'arrête pas de m'interrompre dans mon travail et que je n'arriverai jamais à analyser ce rapport. Tu n'as rien de mieux à faire ? Pas d'opération immobilière en cours, pas de veuve à consoler ?

Red se leva et sourit.

— A vos ordres, madame.

Il parlerait de Nana Lina à Colby. Pas question de la laisser tomber malade… dût-il recourir à la badine.

Lorsque Red repartit, ébloui par le soleil après quelques heures passées dans la lumière artificielle du bureau, il aperçut un papier coincé sous l'un de ses essuie-glaces. C'était une publicité pour le lancement du *Splash Camp* qui devait avoir lieu le jour même à la *Baker Day School* dans le quartier de Russian Hill.

Ce tract devait avoir été placé là par Marianne Wigham, qui était bénévole pour la manifestation. Comment pouvait-il avoir oublié cette fête ? C'était la première fois que Marianne se rendait à une manifestation officielle ou publique depuis la mort de Victor et, comme tout le monde au lycée devait être au courant des problèmes de son fils, cette journée s'annonçait éprouvante pour elle.

Sans vraiment demander à Red de venir, elle s'était arrangée pour qu'il sache exactement à quelle heure elle y serait, et dans quelle tente elle travaillerait. Il était clair qu'elle comptait sur son soutien moral.

C'était normal. Au cours des deux derniers mois, il était passé la voir au moins trois fois par semaine, lui apportant toujours des fleurs ou quelque chose à manger. Il était aussi allé voir Dylan à la clinique. Il leur avait procuré une épaule pour pleurer, une main à tenir.

Et voilà qu'à cause de cette histoire compliquée avec Allison York, il avait failli laisser tomber Marianne.

Sa montre affichait 15 h 15 — en se dépêchant, il devrait pouvoir être à l'heure.

La circulation étant fluide, il arriva même en avance, trouva une place libre pour se garer et grimpa sur la colline recouverte d'une pelouse vert émeraude jusqu'au bâtiment à l'architecture gothique qui abritait les salles de classe.

Seule la crème de la crème fréquentait *Baker School*. Malgré un QI exceptionnel et une adresse dans les beaux quartiers, Dylan avait failli ne pas y entrer. Victor possédait le pedigree adéquat, mais Marianne, elle, sortait du néant. Il l'avait épousée alors qu'elle n'était qu'un jeune mannequin de dix-neuf ans posant pour des cosmétiques, ce qui faisait poliment frémir les mères les plus âgées et pâlir d'envie les plus jeunes.

Autre défaut de Marianne, elle n'était tout simplement pas Erna, la première épouse de Victor, fauchée par une crise cardiaque.

Le jardin était paisible, des jonquilles se balançaient dans le vent et des oiseaux tournoyaient haut dans le ciel. La fête se déroulait principalement à l'arrière, où se trouvaient une piscine olympique et des dépendances. Quelques tentes étaient néanmoins disposées devant le bâtiment. Marianne s'était vu attribuer la dernière, située à l'endroit où le parc descendait vers une zone ombragée.

Ces snobs incapables de voir plus loin que ses origines modestes ne l'avaient pas placée à l'écart par hasard.

Ou peut-être avaient-ils justement compris qu'elle valait mieux qu'eux. C'était peut-être ce qu'ils lui reprochaient, au fond.

Il trouva la tente sans peine. Marianne était apparemment chargée de distribuer des bouteilles d'eau, encore que peu de personnes ne se soient aventurées jusqu'à son stand. Il n'y avait qu'un petit gamin, venu visiblement pour se soustraire à la surveillance de ses parents, et un couple d'ados qui lorgnaient le sous-bois avec des intentions assez évidentes.

— Bonjour, tout le monde ! lança Red sur un ton joyeux. Il paraît que c'est ici qu'il faut venir pour se désaltérer.

Marianne lui tournait le dos, tellement occupée à se battre avec une glacière qu'elle ne l'avait pas vu approcher. Elle portait une robe chemisier blanche ceinturée d'un foulard turquoise, et ses cheveux dorés tombaient librement sur ses épaules. Elle était toujours en beauté, même si, d'après Red, elle aurait été encore plus belle si elle abandonnait ce style vestimentaire un peu guindé qui ne lui correspondait pas.

Dès qu'elle se retourna, il comprit que la journée avait été rude.

— Salut, fit-elle avec un soulagement évident.

Ses yeux bleus étaient tout rouges, comme si elle avait pleuré.

— Je craignais que tu ne puisses pas venir, dit-elle.

— Il s'en est fallu de peu ! Je sors de deux journées éprouvantes et j'ai failli oublier.

— Ce n'est pas grave.

— Si, ça l'est.

Il posa une main sur son épaule pour l'empêcher de s'excuser davantage.

— Je suis là maintenant. Raconte-moi.

Elle entrouvrit les lèvres, ce bouton de rose parfait qui avait fait vendre un million de tubes de rouge à lèvres. Puis elle les referma en secouant la tête.

— Ce n'est rien. Raconte-moi ces journées éprouvantes. Que s'est-il passé ?

Ce n'était certainement pas à elle qu'il allait pouvoir tout raconter !

— Crois-moi, des journées comme celles-là, il vaut mieux les oublier.

Red contourna la table et y posa la glacière pleine de bouteilles. Si d'aventure quelqu'un se présentait, il pourrait se servir.

— Suis-moi. Tu as besoin de faire une pause.

Il renonça à la prendre par la main, de crainte que les mauvaises langues ne se mettent à jaser. Les snobs de *Baker School* se moquaient qu'ils soient amis depuis quinze ans et qu'ils aient perdu tous deux un être cher.

Dire que même Nana Lina s'était demandé jusqu'où le pousserait cette amitié !

Il conduisit Marianne jusqu'à un banc de pierre, et balaya quelques feuilles d'un revers de main avant de s'asseoir.

Marianne resta quelques instants silencieuse, jouant avec les franges de son foulard bleu et évitant son regard. Elle reniflait, et Red comprit qu'elle essayait de se ressaisir.

— Tu as l'air épuisé. J'espère que tu ne t'es pas laissé faire par ces snobinardes.

Comme il l'espérait, cette approche directe la surprit et lui arracha un sourire.

— Non. Pas trop. Enfin, peut-être un peu quand même.

— Envoie-les paître !

Red secoua la tête. Marianne et lui avaient des réactions complètement opposées face aux snobs qui gravitaient autour d'eux. Marianne se repliait sur elle-même et tentait de cacher ses origines — un placement en famille d'accueil, un simple baccalauréat et une carrière en autodidacte. Lui, en revanche, était terriblement fier d'être un petit-fils d'immigrant. Parfois, avant de se rendre à une réception chic, il faisait même exprès d'aller traîner dans les cuisines de *Diamante* pour se parfumer au poivron. Il adorait voir les gens de la bonne société le humer discrètement puis feindre de n'avoir rien remarqué.

Red contempla le lycée. Le soleil ardent brillait d'un éclat or rosé derrière les colonnes dont le granit scintillait. Il savait ce que cachait ce joli décor…

— Tu sais, cela ferait peut-être le plus grand bien à Dylan de quitter cet établissement. De fréquenter un vrai lycée pendant un certain temps. De rencontrer de vrais gens ayant de vrais problèmes.

— Ne dis pas cela. Tu sais combien Victor tenait à ce que Dylan entre ici.

Oh oui, Red le savait, même s'il n'avait jamais compris pourquoi Victor y tenait tant.

— C'est un peu à cause de cela que j'ai eu des problèmes aujourd'hui. Lorsque je suis arrivée, Gwen Anderton m'a dit que la direction avait prévu une réunion au sujet de… la fête. Celle qu'a organisée Dylan.

Red sortit son BlackBerry. Pas question d'oublier cette réunion. Marianne ne pourrait pas affronter seule cette bande de hyènes. Elle avait voulu que Victor soit fier d'elle et avait tenté de trouver sa place dans son milieu. Dans son combat désespéré pour être à la hauteur de ses attentes superficielles, elle avait fini par acquérir un complexe d'infériorité totalement irrationnel, comme si ces gens avaient le droit de la juger.

— Et quand aura-t-elle lieu ?

— Je crois que c'est le mois prochain. Elle a dit qu'ils m'avaient adressé un recommandé. Je suppose que je le trouverai en rentrant à la maison.

Red passa un bras autour de ses épaules. Tant pis pour les ragots.

— Je viendrai. On peut demander à Colby de se joindre à nous, si tu penses qu'un juriste peut être utile. Ça va bien se passer, ne t'inquiète pas.

— Tu crois ? Parfois je me dis au contraire que plus rien ne se passera jamais bien.

Elle releva la tête. Ses yeux étaient pleins de larmes, qu'elle contenait à grand-peine.

— Mais oui, je te le promets.

Il l'espérait, en tout cas. Si la direction de l'école avait organisé un conseil de discipline, c'est qu'elle prenait les transgressions de Dylan très au sérieux.

Ce dernier, qui venait d'avoir quinze ans, avait commis quelques plaisanteries, innocentes pour la plupart, comme de bomber la clôture d'un voisin grincheux. Jusque-là, rien que son père ne puisse réparer à coup de chèques.

Mais la mort de ce dernier l'avait durement secoué. Plus que la normale, même. Il était devenu renfermé, agressif, difficile à contrôler pour sa mère. Red lui avait consacré beaucoup de temps. Il le connaissait depuis son plus jeune âge et était apparemment la seule personne que l'adolescent n'ait pas pris en grippe.

Hélas, même « oncle Red » n'avait pas suffi. Environ un mois après la mort de Victor, Dylan s'était fait pincer dans une *pharm party* chez un copain, à moitié inconscient après avoir ingéré des médicaments piochés au hasard, médicaments récupérés par les ados participants à la soirée dans l'armoire à pharmacie familiale. Un voisin avait alerté la police et tous les ados en question, terrifiés, avaient passé quelques heures derrière les barreaux au poste de police local. Plusieurs d'entre eux, dont Dylan, avaient été conduits directement à l'hôpital. Quand le scandale était retombé, la plupart de ces jeunes séjournaient déjà dans de luxueux établissements de désintoxication.

D'abord, Marianne s'était déclarée catégoriquement hostile à l'idée de ce genre de cure. Elle croyait encore que Dylan était un bon garçon malgré ses bêtises. Mais après que Red se fut rendu plusieurs fois à la clinique pour lui parler, ce dernier avait compris la nécessité d'une désintoxication. Dylan n'en était pas à sa première *pharm party*, et de loin. Il avait de la chance d'être encore en vie.

— Il n'était pas le seul élève de *Baker School* à cette fameuse soirée, fit remarquer Red à Marianne. S'ils les mettent tous à la porte, comment les administrateurs vont-ils payer leur abonnement au country-club ?

Elle eut un petit sourire mais ne répondit pas. Le croyait-elle seulement ? Elle se remit à triturer son foulard tout en se mordant la lèvre.

Soudain, sans crier gare, elle releva la tête.

— Dylan sort la semaine prochaine.

Aussitôt, les larmes déferlèrent le long de ses joues. Secouée par les sanglots, elle porta les mains à son visage, comme pour les empêcher de couler.

Red compatit. Entre la douleur consécutive à la perte de son mari et le souci qu'elle se faisait pour son fils, pas étonnant qu'elle soit si fragile. Dylan… Dans son égoïsme, il ne voyait pas qu'il n'était pas le seul à souffrir. Ne pouvait-il pas apporter un peu de soutien à sa mère au lieu de devenir un fardeau supplémentaire ?

Mais comment aurait-il raisonné ainsi à quinze ans à peine ? A cet âge, le monde vous semble tout bonnement incompréhensible. Red avait quinze ans lui aussi à la mort de ses parents. Sans Grandpa Colm et Nana Lina, Dieu seul sait ce qu'il serait devenu. Certes, il avait aussi eu la chance de pouvoir compter sur deux frères aînés bien décidés à ne pas laisser tomber le petit dernier, même s'il leur en avait fait voir de toutes les couleurs.

Dylan, lui, n'était pas dans ce cas. Il n'avait que Cherry, sa demi-sœur, une jeune femme charmante et au caractère bien trempé. Mais Cherry vivait à Los Angeles. A la mort de Victor, Dylan s'était retrouvé seul avec une mère isolée et désemparée qui l'aimait, mais incapable de savoir quelle conduite adopter avec lui.

Il avait aussi Red, l'indéfectible Red.

— Allons, Marianne, ne pleure pas. Cette sortie est une bonne nouvelle, non ?

— Je suppose. Le Dr Packard pense que Dylan progressera davantage à la maison, où il se sentira moins isolé.

— Eh bien, voilà qui achève de me rassurer. Tu sais combien le Dr Packard est strict. Il n'est pas du genre à se laisser manipuler par ses patients.

— Je le sais. Je suis convaincu qu'il a raison. S'il dit que Dylan est prêt, c'est qu'il est prêt…

Elle se tourna vers Red, les yeux rougis.

— Mais moi ?

— Que veux-tu dire ?

— Est-ce que… moi je suis prête ?

— Mais bien sûr, voyons !

— Je n'en suis pas si certaine, soupira Marianne.

Elle posa les mains sur ses genoux et les entrecroisa en les serrant si fort que ses jointures en devinrent toutes blanches.

— Je me sens tellement peu à la hauteur. Il est si révolté… contre moi, contre son père, contre tout le monde. Quand je vais le voir à la clinique, je me sens comme une étrangère. J'ai l'impression de ne plus le connaître. Nous étions si proches quand il était petit. Mais depuis quelque temps…

— C'est ça, les ados, la rassura Red. A cet âge, les garçons testent de nouveaux comportements mais, au fond, on est toujours les mêmes petits morveux.

Marianne sourit, comme pour le remercier d'essayer

de lui remonter le moral. Mais il voyait bien qu'il ne lui était pas d'un grand secours.

— Peut-être, dit-elle. Mais... Je suis tellement perdue. J'oublie sans cesse ce que je voulais faire. Je sors un plat du freezer et, tout d'un coup, je me rends compte que je pleure depuis vingt minutes devant la porte du freezer ouverte et que tout est en train de dégeler. Comment quelqu'un au bout du rouleau comme moi pourrait-il prendre soin d'une autre personne ? Et si je me trompe ? Si je n'arrive pas à le protéger ?

— Tu te débrouilleras très bien, lui dit Red d'une voix douce. Tu n'es pas au bout du rouleau : tu as du chagrin, et c'est normal. Ne sois pas trop dure avec toi-même, Marianne, cela ne fait que deux mois.

— Soixante-quinze jours, s'étrangla-t-elle. C'est étrange. Parfois, quand je me réveille, j'ai l'impression que Victor est dans la pièce juste à côté. Je pourrais presque l'entendre respirer. Et d'autres fois, en revanche, j'ai l'impression qu'il est parti depuis une éternité. Ou qu'il n'a jamais vraiment existé. Comme si j'avais simplement rêvé de lui.

Red ne dit rien. Les platitudes n'étaient d'aucun secours dans un cas pareil. Le chagrin de Marianne était si réel qu'il formait comme un halo sombre autour d'elle. Comment pouvait-on aimer quelqu'un à ce point ?

Ce devait être terrifiant.

Ils restèrent silencieux quelques minutes, regardant les ombres des arbres qui s'allongeaient sur le gazon. Des enfants riaient et plongeaient non loin, derrière le bâtiment administratif. Il ne devait pas être loin de 5 heures. Le vent avait fraîchi et des traînées roses sur les nuages annonçaient le coucher du soleil.

La voix de Marianne trancha soudain, nette, dans l'air vif.

— Tu sais ce que je me dis parfois ? Je me dis que Victor m'a été enlevé parce que je ne le méritais pas.

— Quoi ?

— Je sais que cela paraît absurde et même égocentrique, reprit-elle. Même les dieux les plus cruels n'enlèveraient pas un père à son fils pour punir sa femme, même si elle était indigne de lui.

Red s'était juré de respecter les sentiments de Marianne, mais là il ne pouvait pas laisser passer de telles énormités sans réagir.

— C'est une idée absurde à tous les niveaux, s'écria-t-il. D'abord, qu'est-ce qui te fait croire que tu ne le méritais pas ?

— Je ne le méritais pas, c'est tout.

— Marianne, c'est ridicule, voyons !

— Non. Depuis au moins deux ans, j'ai été une épouse minable, toujours à faire des remarques, à se plaindre.

— Je n'en crois pas un mot.

Elle se tourna vers lui, le regard comme perdu dans le lointain, comme si elle regardait au-delà et ne le distinguait pas en détail.

— C'est parce que tu es quelqu'un d'accommodant, Red. Tu n'exiges jamais trop des autres. Moi, si. Du moins j'exigeais beaucoup de Victor. Il était tout pour moi alors que je n'étais qu'une petite partie de sa vie. Je lui en voulais de travailler autant. Je lui en voulais de ne pas passer plus de temps à la maison avec nous. Je…

Red attendit la suite. Marianne finit par baisser les yeux et contempler ses mains, les joues rouges.

— Je voulais un autre enfant. J'étais très déçue de

ne pas arriver à tomber enceinte. J'étais en colère. Je lui reprochais surtout son travail, qui l'éloignait si souvent de nous. Nous nous disputions sans cesse.

Visiblement, elle s'attendait à ce que Red soit surpris.

Il l'aurait sans doute été, deux mois auparavant. Jusqu'à ce que Victor lui parle d'Allison et de son enfant, Red croyait la vie de couple de son ami idyllique. Tout le monde le croyait. Leur résidence élégante de Russian Hill semblait respirer la paix et la tranquillité. Il enviait à Victor cette famille aimante, sa chance d'avoir trouvé le grand amour non pas une, mais deux fois.

Sous ce vernis serein régnaient apparemment la même douleur et la même confusion que dans d'autres foyers. Marianne était insatisfaite et malheureuse. Dylan s'évadait dans les drogues. Et Victor s'était jeté dans les bras d'une inconnue à Windsor Beach.

Mais quel rôle ses problèmes avec Marianne avaient-ils joué dans tout cela ?

Jamais Victor ne l'avait blâmée dans les conversations que Red avait pu avoir avec lui. Jamais il ne s'était abaissé à des critiques du type « elle ne me comprend pas » ; jamais il n'avait laissé entendre que son épouse était froide et le critiquait, que cela l'avait poussé dans les bras d'une autre. Il avait endossé la pleine responsabilité de son adultère, et l'avait même qualifié d'acte égoïste et impardonnable. Il était rongé par la honte.

Red se souvenait encore de la vigueur avec laquelle il avait agrippé sa main, quelques heures seulement avant sa mort.

Il faut qu'elle n'apprenne jamais. Jamais. Promets-le-moi, Red. Cela lui briserait le cœur. Elle ne mérite pas ça.

Il se tourna alors vers la veuve de son ami.

— Je suis sûr que tu n'étais pas si affreuse que cela.

— Si… quand j'ai découvert sa maladie, nous ne nous adressions presque plus la parole. Tu imagines ce que j'ai ressenti ? Dylan le savait et me détestait pour cela. Il m'en veut probablement encore, pour avoir rejeté son père.

— Tu ne l'as pas *rejeté*, dit Red d'un ton ferme. Tous les couples mariés se disputent, c'est normal. Cela ne veut rien dire. Si ton fils ne l'a pas encore compris, il finira bien par le comprendre un jour ou l'autre. Ce qui est arrivé à Victor n'est pas ta faute.

Marianne n'écoutait pas vraiment, elle parlait toujours.

— La maladie l'a emporté si vite… Elle nous a laissé si peu de temps. Quelques mois, pas plus, pour nous réconcilier. Pour lui faire savoir combien je l'avais toujours aimé, malgré mon comportement envers lui.

Ses larmes coulaient maintenant librement, laissant des traînées brillantes sur ses joues avant de disparaître sous son menton.

— Sans cesse, je me demande s'il m'a crue, s'il m'aimait toujours, bien que je me sois montrée si… Son amour a été la plus belle chose dans ma vie, tu comprends ? Si j'ai tué cet amour, comment pourrai-je encore regarder notre fils en face ? Si je l'ai tué…

— Tu n'as rien fait. C'est impossible. Je n'ai pas beaucoup de certitudes à propos de ce monde insensé, Marianne, mais je suis absolument certain de cela.

Il songea brièvement à une jeune serveuse brune, un bébé dans les bras, des prunelles dorées furieuses. Il repoussa cette vision. Il ne comprenait pas ce qui s'était passé entre Victor et Allison York et ne le comprendrait probablement jamais.

En revanche, il était certain que cette relation ne changeait rien à ce qu'il allait dire.

— Marianne, dès la seconde où il a posé les yeux sur toi jusqu'à celle où il a rendu son dernier soupir, ton mari t'a aimée de tout son cœur.

5

Allison choisit une patate douce et la déposa dans son sac en toile avec les autres légumes. Un long bâillement sonore lui décrocha la mâchoire.

— Oh, excuse-moi, dit-elle en riant.

— Non ! s'écria Jimbo.

Il extirpa la patate du sac.

— Non, non et non ! Trop fine. Il faut choisir les plus charnues. Je savais que ce n'était pas une bonne idée de t'emmener. Tu tiens à peine debout. Il est clair que tu es trop fatiguée pour reconnaître un beau légume d'un avorton.

C'est vrai, elle était fatiguée. Mais, de toute façon, ils se bagarraient sur le choix des légumes pratiquement tous les samedis ! Elle aimait ce marché fermier, adorait y flâner au soleil avec Eddie, lové dans son porte-bébé. Jimbo aurait préféré qu'elle reste à la maison. Il était de ces chefs qui choisissent eux-mêmes chaque ingrédient et ne délèguent à personne. Avant de payer, il éliminait toujours la moitié de ce qu'elle avait choisi.

Cette manie la faisait rire. Leur futur restaurant serait à elle, du moins sur le papier — autrement dit, c'est elle qui ferait les chèques. Mais Jimbo s'investissait personnellement autant qu'elle. Si le *Summer Moon* fermait, ce ne serait pas faute de s'être démené.

Peut-être faute d'argent, par contre. Elle avait passé un moment avec un représentant de son fournisseur de denrées alimentaires ce matin, et ses estimations l'avaient affolée. Elles étaient supérieures d'au moins vingt-cinq pour cent à ses prévisions !

Malgré elle, Allison songea au chèque de Red Malone, celui qu'il avait agité devant ses yeux comme elle secouait des jouets en plastique devant ceux d'Eddie pour le distraire. Il ne manquait pas de culot ! Il avait jaugé son appartement d'un seul coup d'œil et en avait conclu qu'elle se laisserait acheter à bon marché. Maintenant... Elle avait trop besoin de cet argent pour se permettre d'avoir de la fierté.

En toute honnêteté, cette somme pourrait servir à payer mille et une choses. Pour Eddie, pour le restaurant, pour Jimbo. Elle pourrait constituer un filet de sécurité qui l'aiderait à mieux dormir la nuit.

Mais comment accepter ce chèque sans perdre la face ? Red pensait-il qu'elle n'avait couché avec Victor que dans l'espoir de récolter des miettes de sa fortune ? Elle ne savait même pas qu'il était riche, à l'époque ! Il s'était présenté comme « quelqu'un qui prenait quelques congés pour se changer les idées ». *Il en avait besoin après un divorce difficile*, disait-il. Il appréciait l'anonymat d'un petit hôtel balnéaire, la bonne cuisine et la compagnie d'un petit restaurant tenu en famille.

Elle ne se doutait pas qu'il possédait une luxueuse résidence à San Francisco, et encore moins qu'il y vivait avec femme et enfants !

Comment Red Malone pouvait-il espérer qu'elle puisse seulement songer à couper définitivement Eddie de sa famille biologique ? Allison ignorait ce que l'avenir lui réservait. Si son enfant avait un jour besoin d'une transfusion, d'une greffe de moelle osseuse, d'un rein ? C'était hautement improbable, et heureusement, mais elle ne pouvait pas lui ôter la possibilité de trouver de l'aide, un jour, si le destin le frappait.

Enfin… Pour être tout à fait honnête avec elle-même, il n'y avait pas que cet argument dans la balance. La tête ailleurs, elle se pencha au-dessus d'une coupe de myrtilles. La sécurité d'Eddie passait avant tout, bien sûr, mais la proposition de Red l'avait aussi profondément humiliée. Si elle l'avait repoussée, c'était également parce que, en l'acceptant, elle aurait perdu le respect d'elle-même.

Devant elle, Jimbo contemplait d'un œil sévère une rangée de fraises. Elle posa une main sur la tête d'Eddie, autant pour le calmer que pour se calmer les nerfs.

— Tu ne crois pas que le *Summer Moon* ne devrait ouvrir que le soir pour commencer ? dit-elle. Juste le temps de mettre un peu d'argent de côté ? On pourrait ajouter un service à midi par la suite…

Il ne se retourna même pas. De ses grands doigts tatoués, il saisit une fraise rebondie et la goba, puis la mâcha les yeux fermés, aussi concentré qu'un taste-vin en pleine dégustation. Il fit une pause avant de l'avaler.

— Ça, du local ? Ça m'étonnerait ! fit-il.

Le marchand, heureusement, était trop loin pour l'entendre. Elle poussa Jimbo d'un coup de hanche pour l'obliger à avancer avant qu'il ne fasse un esclandre.

— Hé, tu n'as pas entendu ma question ? lui fit-elle.

— Bien sûr que si. Je n'ai pas répondu parce que ce n'était pas vraiment une question. Tu sais bien que nous ne pouvons plus changer notre fusil d'épaule. Tu es prisonnière d'un budget prévisionnel qui t'oblige à servir midi et soir.

Elle lui emboîta le pas tandis qu'il se frayait un passage dans la foule, grâce à sa large carrure, jusqu'à un étal de melons. Il avait raison, naturellement. Elle s'était engagée trois mois auparavant en ce jour fatidique où elle avait soumis un budget prévisionnel pour obtenir un prêt. Dès qu'il lui avait été accordé, elle avait tout mis en branle. Achat du local, recrutement du décorateur, commande des appareils, création des hors-d'œuvre, impression des menus, publicité pour l'inauguration, mémorisation des codes de sécurité et des températures de conservation… Elle avait même fait passer les tests d'embauche des serveurs, aides, plongeurs, réceptionnistes et gérants.

L'inauguration aurait lieu dans quatre semaines et les dépenses engagées étaient d'ores et déjà telles qu'elle ne pouvait plus faire machine arrière. C'était comme lorsqu'on abaisse la barre de sécurité sur les montagnes russes et que le wagon s'ébranle : il n'y a plus qu'à s'accrocher et espérer que tout se passe bien.

Allison effleura les pétales d'un bouquet de marguerites multicolores sur l'étal du fleuriste et respira profondément, la main toujours posée sur la tête d'Eddie. Oui, c'était exactement pareil. Le même sentiment de nausée, la même envie de descendre, le même mélange de peur et d'excitation.

Elle avait peur, certes, mais elle était aussi aux anges.

Elle adorait les montagnes russes.

Eddie, qui s'ennuyait lorsqu'elle faisait une pause, émit un petit son en agitant les jambes. Elle se remit en marche. Sa fatigue s'était évanouie comme par miracle.

Elle rejoignit Jimbo. Il devait avoir enfin découvert

des produits à son goût et respirait un melon avec une énergie hors du commun.

— Là, je suis d'accord. Ça, c'est un melon ! lança-t-il à la marchande derrière son étal.

Cette dernière parue flattée. Etait-ce à cause du compliment ou à cause de cet homme au physique avantageux qui avait surgi juste devant elle ? Allison, qui était persuadée que Jimbo avait besoin de quelqu'un dans sa vie, examina la jeune femme. Son ami aimait ses produits, ce qui était déjà un bon début. Et si la productrice le tentait également ?

Hum… Peut-être. Trente ans environ, l'air vif, jolie — dans le genre saine et amoureuse du grand air, le seul genre qui trouvait grâce aux yeux de Jimbo.

Il aurait piqué une crise s'il avait lu dans ses pensées. Ils avaient conclu un marché : ils ne se mêlaient pas de la vie privée de l'autre et ne cherchaient pas à le marier. Mais Allison n'aimait pas l'idée qu'il se consacre à Eddie au point de ne plus avoir de temps pour sa vie sentimentale. Il n'avait pas officiellement renoncé aux femmes et n'avait aucune intention de demeurer célibataire. Mais il sentait visiblement qu'elle avait besoin de lui pour le moment et ne voulait pas se laisser distraire de cette mission.

Cela dit, il ne pouvait pas l'empêcher de se rapprocher de personnes pouvant être utiles au restaurant, non ? Allison s'avança en tendant la main.

— Bonjour ! Allison York. J'ouvre un nouveau restaurant le mois prochain et je compte travailler avec les meilleurs producteurs locaux. A en juger par la mine de Jimbo, vos fruits doivent être exceptionnels. Auriez-vous une carte de visite ?

La jeune femme sourit et lui serra énergiquement la main.

— Ravie de faire votre connaissance, Allison,

Elle avait une voix grave et sortit une carte de visite de sous son étal.

— Meg Bretton.

Elles échangèrent leurs coordonnées et Allison examina d'un coup d'œil discret la carte de Meg. Simple et professionnelle — nom, numéro de téléphone et site internet. Parfait. En outre, elle avait gagné un point en ne se laissant pas décontenancer par le sex-appeal de Jimbo.

— Je ne crois pas vous avoir déjà vue sur le marché, reprit Allison.

Elle fit mine d'inspecter les melons d'Espagne, qui avaient l'air exquis. Leur couleur — cela la frappa soudain — était exactement celle qu'elle désirait pour les murs de la salle à manger. Elle en mit un dans son sac sans que Jimbo ne soulève d'objection.

— Vous êtes nouvelle dans le coin ? reprit-elle.

— Non. Nous avons un stand ici depuis presque deux ans. Mais c'est mon ex-mari qui avait la mainmise dessus. Enfin, qui le tenait, je veux dire.

Voilà d'où venait l'immunité de Meg au charme de Jimbo : elle sortait d'un divorce difficile et n'était pas d'humeur à s'extasier devant un homme. Allison était passée par là aussi.

Comme toujours, Eddie commençait à s'ennuyer parce qu'elle n'avançait plus. Il se mit à gigoter dans son porte-bébé en faisant des petits bruits que Jimbo avait baptisés « compte à rebours avant l'explosion ». Dans dix secondes, il allait pousser son cri de guerre.

Son ami examinait toujours les fruits sans montrer

aucune intention d'aller voir plus loin. Allison sortit Eddie de son porte-bébé et le prit dans ses bras, le dos contre elle afin qu'il puisse observer les mouvements autour de lui. Le petit agita les jambes avec enthousiasme, apparemment ravi de cette liberté de mouvement et, le regard rivé sur Meg, se lança dans un long discours incompréhensible.

— Vraiment ? sourit cette dernière.

Elle tendit le bras pour jouer avec ses orteils, ce qui arracha des hurlements de plaisir à Eddie, puis elle se tourna vers Allison, le regard mélancolique.

— Votre petit garçon est adorable.

— Merci !

Meg avait-elle eu des enfants de son précédent mari ? L'attribution du droit de garde était parfois injuste…

Quelque chose attira son regard. A quelques mètres de là, près du parking et de l'air de jeu pour les petits, deux hommes discutaient… Non, ils se *disputaient*, même s'ils restaient discrets. Cela n'avait rien en soi de très surprenant, même si les problèmes au marché étaient plutôt rares. Quel détail pouvait l'avoir alertée, alors ?

L'homme qui lui faisait face était menu, pâle et d'âge mûr. Elle ne l'avait jamais vu. Les deux hommes étaient en costume, ce qui était un peu étrange en ces lieux, mais pas inédit pour autant. L'autre homme était…

Allison inspira profondément. L'autre homme, c'était *Red Malone*.

Sans un mot, elle les rejoignit. Elle était si furieuse qu'elle aurait voulu hurler, faire de grands gestes et les chasser comme des renards d'un poulailler.

Malheureusement, elle connaissait presque tout le monde sur ce marché, qu'il s'agisse des commerçants ou des clients. Elle était chez elle, ses relations avec ces producteurs étaient désormais d'ordre professionnel, c'était son gagne-pain. Elle ne pouvait pas se permettre de faire une scène en public — mais ce n'était pas l'envie qui lui manquait !

Comment osaient-ils ?

Elle était à un mètre quand l'homme plus âgé, comprenant qu'il se passait quelque chose, se redressa en bombant le torse. Il parut aussitôt plus costaud et plus jeune, comme si son apparence guindée n'était qu'un camouflage.

— Vous avez deux minutes pour débarrasser le plancher, dit-elle, les dents serrées mais sans hausser le ton. Ensuite, j'appelle la police.

Red se retourna au son de sa voix.

— Euh… Allison, je vous présente Lewis Porterfield, l'avocat de Victor, et…

Ce dernier haussa le sourcil.

— Appeler la police ? Pour lui dire quoi ?

— Que vous me suivez, que vous me harcelez, rétorqua-t-elle. C'est vous l'avocat, vous connaissez le terme exact. J'en ai assez de vous voir dans le secteur. Si vous n'arrêtez pas, je demande une injonction contre vous.

— Au sens strict, c'est la première fois que vous me voyez, fit remarquer le dénommé Porterfield. Malgré cela, vous pourriez probablement plaider le harcèlement, mais encore faudrait-il prouver la détresse émotionnelle. Chose encore plus ardue, vous devriez apporter la preuve qu'aucune démarche légale ne justifie nos visites. Je ne crois pas que vous y parviendriez, étant donné que nous sommes là pour exécuter les dispositions testamentaires d'un défunt et vous remettre un chèque d'un montant important. Néanmoins, vous pouvez toujours essayer.

Allison resta presque sans voix après ce discours débité avec une monotonie de robot. Ce ton neutre et dépourvu d'émotion devait être un atout devant le juge, mais il était exaspérant, ici et maintenant !

— Ecoutez, monsieur…

— Lewis, je vous en prie, intervint Red Malone au même moment.

Il semblait tout aussi exaspéré qu'elle et se retourna avec une expression presque gênée.

— J'ai voulu l'empêcher de venir. Je sais que cela peut ressembler à de l'insistance excessive, mais…

— Je ne vous le fais pas dire…, coupa-t-elle.

Elle saisit au vol la petite main qu'Eddie tendait vers la montre étincelante de Red Malone. Elle ne voulait pas qu'il touche ces individus.

— Cela ressemble à deux fouineurs culottés qui me poursuivent et me harcèlent pour que je signe un contrat par lequel je renoncerais à je ne sais quels droits…

— Le seul droit auquel nous vous demandons de renoncer est celui qui vous permettrait de détruire l'héritage d'un défunt, coupa Porterfield.

L'avocat au visage livide pencha la tête en avant pour l'étudier de plus près.

— Vous ne feriez pas une chose pareille, n'est-ce pas, mademoiselle York ? Quelle que soit mon opinion sur votre moralité…

— Lewis ! l'interrompit Red sans ménagement.

Pour le coup, il paraissait *vraiment* furieux. Il n'allait tout de même pas envoyer son poing dans la figure de l'avocat ?

— Il vaut mieux que vous la fermiez. Si vous voulez rendre service à Victor, bouclez-la, ordonna-t-il.

Ce conseil n'eut pas plus d'effet sur l'avocat que s'il

avait réellement été un robot. Il continua d'examiner Allison.

— Peut-être, du vivant de Victor, avez-vous espéré qu'il quitterait sa femme pour vous épouser. Mais, à présent qu'il est mort, cela ne vous servirait à rien d'aller parler à sa veuve. Au contraire. Afin de nous assurer qu'elle n'entende jamais parler de vous, nous sommes prêts à vous offrir…

— Fichez le camp.

La voix d'Allison avait tremblé malgré elle et Eddie commençait à geindre, sentant son émotion.

— Déguerpissez, un point c'est tout, martela-t-elle.

— Mademoiselle York, vous n'avez pas pris connaissance du montant…

— Je m'en moque !

Eddie s'était mis à pleurer, mais tout bas, effrayé sans doute par la tension qui régnait. Elle le hissa sur son épaule pour le tapoter et le rassurer, mais sa main tremblait aussi.

Red Malone contemplait le bébé. Une certaine mélancolie traversa ses yeux bleus ourlés de cils noirs. Etait-ce de la comédie ? Espérait-il obtenir par les sentiments ce que l'argent n'avait pas pu acheter ? S'il lui disait qu'Eddie ressemblait à son père, elle le giflait, public ou pas.

Elle se détourna afin qu'il ne puisse pas voir le visage du petit.

— J'avais déjà mauvaise opinion de Victor avant de faire votre connaissance à tous les deux. Elle a encore empiré depuis. Si je pouvais effacer son ADN de mon fils, je le ferais. Soyez rassurés, je n'ai aucune intention de le présenter au reste de la famille Wigham.

Le regard de l'avocat s'alluma et il plongea la main dans sa poche.

— Dans ce cas, vous ne verrez aucun inconvénient à signer…

— Je crois que vous ne m'avez pas comprise. Je ne signerai rien. *Rien.*

Sa voix tremblait encore. Non, non et non. Elle ne voulait montrer aucune faiblesse devant ces deux serpents.

— Je n'ai aucune intention de prendre contact avec la famille de Victor actuellement. Mais si un jour il est dans l'intérêt de mon fils de leur révéler son existence, je le ferai sans aucune hésitation.

— Allison, dit Red Malone en posant une main sur son bras. Acceptez mes excuses pour la conduite de Lewis. Il ne sait pas toujours présenter les choses…

— Ne m'appelez pas *Allison.*

Elle se détourna pour se soustraire à son contact.

— Vous n'êtes pas mon ami. Vous êtes plus agréable à regarder que votre comparse, et plus mielleux, mais je ne suis pas dupe. Vous êtes aussi hyène que lui. Vous êtes de la même race tous les deux, sous des apparences différentes, rien d'autre.

Il changea de visage, sans qu'elle puisse identifier son émotion. Elle ne le connaissait pas suffisamment pour cela. En un clin d'œil, il reprit une expression aussi neutre que celle de l'avocat.

Allison jeta un coup d'œil vers le stand de melons. Jimbo avait enfin remarqué son absence. Il avançait dans sa direction. Ses épaules légèrement roulées vers l'avant indiquaient qu'il était prêt pour la bagarre, au cas où. Elle devait mettre fin à la discussion avant qu'il ne soit suffisamment près pour les entendre.

— Vous avez votre réponse, dit-elle d'un ton cinglant. Maintenant, fichez le camp d'ici.

Red hocha la tête.

— Laissez tomber, Porterfield. C'est terminé.

L'avocat fit mine de partir, puis s'immobilisa.

— Cinquante mille, dit-il très vite, comme pour la prendre de vitesse. Cinquante mille dollars. C'est le montant de notre offre.

Jimbo les avait rejoints juste à temps pour entendre le montant.

— Alli ? fit-il sur un ton incrédule.

Elle était trop furieuse pour lui expliquer quoi que ce soit, ni même pour faire preuve de logique. Elle avança de quelques pas et se retrouva nez à nez avec l'avocat, si près qu'elle sentit son haleine au froid parfum d'antiseptique.

Eddie s'agitait nerveusement entre eux.

— Ecoutez-moi attentivement, dit-elle en articulant soigneusement. Parce que je ne répéterai pas. Victor Wigham n'a pas les moyens de me faire signer ce contrat, il me semble. Vous y ajouteriez votre fortune et celle de votre ami que cela ne suffirait toujours pas. Fichez le camp, monsieur Porterfield. Je ne veux plus jamais vous revoir, vous et vos chacals.

6

Le lendemain de sa sortie de clinique, Red emmena Dylan déjeuner. Entre hommes, sans maman. Marianne était encore émotionnellement fragile et rien de tel qu'une mère toujours inquiète et au bord des larmes pour murer un adolescent de quinze ans dans le silence.

Et pourquoi ne pas emmener Dylan chez *Diamante* ? C'était un de ses restaurants préférés. D'un autre côté, ils risquaient d'être assaillis par les amis et la famille venus saluer son retour. C'était peut-être trop pour une première sortie. Il préféra donc *Banditos*, un restau mexicain décontracté sur le trottoir d'en face, où ils bénéficieraient d'un relatif anonymat.

Ils prirent une table dans l'angle, près des fenêtres — sans doute le coin le plus intime du restaurant. Pendant quelques minutes, alors qu'ils prenaient connaissance de la carte, Red observa attentivement Dylan. Il avait montré une humeur plutôt égale pendant le trajet en voiture. Pas cet équilibre artificiel et dépourvu d'émotion que procurent les médicaments. En vérité, il lui avait paru plutôt normal.

— Je crois que je vais prendre le n° 12, décréta

Dylan. On pourrait prendre des chips et de la sauce au fromage pour commencer ?

Red acquiesça, nullement surpris, bien que le n° 12 soit une assiette copieuse résumant à elle seule tout ce que le restaurant avait à offrir… Dylan avait toujours eu un solide appétit.

— Bien sûr, répondit-il. Tout ce qui te tente.

— Tant mieux. Je meurs de faim. Rien que de penser à la cuisine de la clinique, j'ai envie de vomir.

Dylan se tapota le ventre. Ses yeux bleus riaient sous sa touffe de cheveux blonds. Durant sa cure de désintoxication, on ne lui avait pas permis de les garder aussi longs qu'il le désirait, mais il avait tout de même réussi à sauver quelques mèches qu'il rejetait sur les côtés. S'il cherchait toujours à être un bourreau des cœurs, il n'avait pas de quoi se désespérer.

Red pouvait s'estimer soulagé. Il y avait du pain sur la planche, mais Dylan était sorti à peu près indemne de cette épreuve.

Ils commandèrent. Dylan lui narra quelques anecdotes amusantes sur les autres ados en cure de désintoxication. Apparemment, deux de ses compagnons de dortoir étaient des copains de la *Baker School*, Philip et Brock, deux des plus prétentieux de l'établissement. Red les avait toujours trouvés infects ; Dylan, lui, les trouvait cool et se comportait comme si faire partie de leurs amis constituait un privilège.

Red l'écouta patiemment raconter comment ses pseudo-copains avaient manipulé les psychologues. Mais pourquoi Marianne ne sortait-elle pas son fils de cette école pour l'inscrire dans un établissement normal, où il pourrait découvrir un univers moins artificiel ? Ce n'était pourtant pas faute de le lui avoir conseillé ! Là, il découvrirait vite qu'il n'était ni un dieu, ni un nul, juste un garçon moyen, et que c'était très bien ainsi.

Tout riches qu'ils étaient, les Wigham n'arrivaient pas à la hauteur des grosses fortunes de la *Baker School*. D'où le sentiment d'infériorité de Dylan. Il n'avait pas le caractère de son père et de sa sœur, Cherry. C'était un être émotif et vulnérable, doté d'une piètre estime de lui, comme Marianne.

Son besoin de se sentir accepté était tel qu'il était prêt à faire tout ce que ces gosses de riches lui demandaient. Un jour — il avait à peu près dix ans — ces derniers lui avaient demandé de glisser ses doigts dans l'appareil de musculation du père de Brock pour en déloger une épingle. Les poids étaient tombés « par hasard », écrasant sa main gauche.

Victor l'avait tancé avec mépris pour s'être laissé persuader de faire ce que Philip et Brock étaient trop malins pour tenter. Dylan avait versé plus de larmes à cause des réprimandes de son père qu'à cause de ses doigts cassés. Il voulait que ce dernier l'admire, mais n'avait pas compris pour autant la leçon qu'il cherchait à lui faire entendre.

— Dylan, tu te rappelles le jour où tu as eu les doigts écrasés ?

Red n'essayait pas de feindre le détachement. Dylan manquait peut-être de confiance en lui mais c'était un garçon intelligent. Il aurait tout de suite flairé la supercherie.

— Ouais. Evidemment que je m'en souviens.

Son visage s'était légèrement fermé. Il posa sa main gauche sur ses genoux, sous la table. L'ongle de son index n'avait jamais repoussé normalement.

— J'ai toujours pensé que tu n'avais pas bien compris pourquoi ton père s'était tellement énervé ce jour-là.

— Bien sûr que j'ai compris, maugréa Dylan. Il pensait que j'étais débile. Il aurait voulu que je ressemble à Philip et Brock.

— Non, le coupa Red, c'est justement là que tu te trompes, à mon avis. Il ne te trouvait pas débile, bien au contraire. Pour lui tu étais quelqu'un d'intelligent, bien plus intelligent que Philip et Brock. Il pensait que tu savais ce qu'il fallait faire ou pas, et que ce serait mieux que tu te fies à ton *propre* jugement.

Dylan contempla ses chips comme si soudain elles ne le tentaient plus du tout.

— Ben, je pense qu'il se trompait. Je ne suis *pas* intelligent. Je ne sais pas ce qu'il faut faire ou pas, justement. Quand Brock dit qu'un truc est marrant — ou même Philip — je les crois. C'est seulement après, quand je me retrouve dans un état bizarre ou que les flics rappliquent, que je me dis qu'ils se sont plantés.

— Tu en es sûr ?

— Sûr de quoi ?

— De ne pas te rendre compte, dès le départ, qu'ils font n'importe quoi ? Je pense qu'au fond de toi tu le sais. Crois-moi, avec deux frères aînés, j'en ai fait des bêtises sur commande. Je me laissais convaincre parce que je voulais qu'ils me trouvent cool. Mais chaque fois je me doutais bien que les choses n'étaient pas claires. Je le sentais. Il y avait toujours comme un léger malaise, tu vois, un petit doute.

Dylan haussa une épaule et enfourna sa plus grosse chips trempée dans la sauce au fromage. Il se remplissait la bouche pour ne pas avoir à répondre. Tout en mastiquant, il chercha une autre grande chips pour recommencer.

Mais Red n'était pas homme à abandonner la partie si facilement :

— Tu sais à quel moment ils ont commencé à me respecter ?

Dylan ne répondit pas. Il continuait de manger, comme s'il trouvait la conversation ennuyeuse et n'écoutait qu'à moitié.

Red l'observait tout en s'efforçant de ne pas laisser paraître son agacement. Il jouait de malchance ces jours-ci, dans tout ce qu'il entreprenait. Bonjour, le charisme des Malone ! D'abord Allison, maintenant Dylan.

Mais, alors qu'il pouvait toujours jeter l'éponge avec la maîtresse de Victor, il n'était pas question d'abandonner son fils.

— Ils ont commencé à me respecter le jour où je leur ai dit non, insista-t-il. Tant que j'étais leur jouet et faisais leurs quatre volontés, ils m'ont traité comme un jouet. Ils m'ont traité comme leur égal le jour où je leur ai dit d'aller se faire voir avec leurs idées stupides.

Dylan, la bouche pleine, lui lança un regard narquois et perçant. Comme Red venait de le dire, il n'était pas idiot. Il savait exactement où il voulait en venir.

— Et alors ? Ta petite leçon ne me concerne pas. Philip et Brock ne sont pas Colby et Matt. Et, au cas où tu l'aurais oublié, tu n'es pas mon père.

Red était aligné avec les autres hommes, tous équipés d'un pagne végétal, sur le podium du restaurant *Diamante* pour le concours de danse.

— Qu'est-ce qui t'arrive ce soir ? lui lança Matt. Tu te déhanches comme une nana.

— Oui, mais quel déhanché ! s'écria une femme dans l'assistance.

Des sifflements approbateurs saluèrent cette réponse. Red se déhancha de plus belle et toisa son frère avec un sourire triomphant. Matt répondit en se trémoussant à son tour, déclenchant l'hilarité dans toute la salle.

Red adorait ces soirées tests. Organisées le dernier dimanche du mois après une fermeture anticipée, elles servaient officiellement à présenter aux employées la nouvelle pizza maison et les boissons assorties adaptés au thème du mois. Dans les faits, c'était l'occasion pour les Malone de se mêler aux employés, de monter le son et de faire les fous toute une soirée.

Sous la direction de Nana Lina, les femmes organisaient la fête et les jeux. Comme la spécialité du mois de mai serait la pizza hawaïenne, la soirée comprenait des danses, et notamment un concours de hula — pour les hommes uniquement. Matt, Red, Colby et leur ami David Gerard avaient déjà promis de se venger le mois suivant : elles n'avaient qu'à bien se tenir.

Homme ou femme, on n'était pas facilement gêné chez les Malone. Plus on faisait les fous, plus on était contents. Pour l'instant, Belle, la femme de Matt, essayait de pousser son mari à se déchaîner encore plus à la hula et Kitty, l'épouse de David, postée derrière le comptoir, expliquait aux barmen sa version non alcoolisée du *Tropical Itch*.

Colby et Red étaient les seuls célibataires de la soirée. Colby était arrivé en galante compagnie — une bombe dont Red ne se rappelait pas le prénom. Ginny ? Jenny ? Non, Jenny, c'était la précédente. Colby changeait de petite amie aussi souvent que *Diamante* de spécialité du mois.

Red quant à lui était venu seul, sans savoir très bien pourquoi. Pour une femme, être invitée à l'une de ces soirées équivalait presque à des fiançailles. Non seulement c'était une fête, on y dégustait des plats délicieux, mais on accédait presque au rang de membre de la famille. Il était beaucoup plus difficile d'être invité à une soirée test qu'à une des soirées élégantes de Nana Lina à Belvedere Cove.

Red avait bien songé à venir avec Marianne, mais celle-ci n'était pas encore prête pour ce genre de petite fiesta. Elle se serait sentie encore plus isolée. Parmi toutes ses autres amies, il n'en avait trouvé aucune qui convienne. Il avait parcouru toute sa liste de contacts sur son portable — presque trop vite pour lire les noms — sans s'arrêter sur aucune.

Finalement, il avait refermé son répertoire en acceptant de regarder la vérité en face : il n'avait envie de voir aucune d'elles. Cela ne l'inquiétait pas outre mesure et il n'allait pas chercher à comprendre pourquoi. Son petit doigt lui disait que, s'il tentait d'analyser ses motivations, il risquait d'aboutir à des taches de rousseur et à des yeux dorés furibonds. Mieux valait ne pas trop y songer pour l'instant.

Donc, il était venu seul et avait oublié tout cela après le premier *Mai Tai* sans alcool. C'était bon d'oublier un peu le drame qui frappait les Wigham et de s'amuser sans penser à rien, tout simplement.

Harriet Alban vint lui passer autour du cou le collier de fleurs récompensant le meilleur danseur de hula. Red chercha des yeux son frère Matt pour le taquiner un peu. Il le trouva dans la salle. Quelqu'un avait mis la chanson *Blue Hawaii*, et Matt et Belle, qui revenaient justement d'un voyage à Hawaii, dansaient un slow sous les spots multicolores, comme un couple d'ados.

Ils étaient ridicules — Belle avec un verre de cocktail bleu turquoise dans chaque main, Matt avec son pagne hawaïen — mais ils avaient l'air si heureux, si amoureux, que Red ne parvint pas à en rire. A quelques pas de là, Colby, un plateau de pizzas sur les bras, les contemplait, immobile. Son visage arborait une expression saisissante. Colby accordait peu d'importance aux femmes, tout le monde le savait. Pourtant, Red ne lui avait jamais vu une telle expression de souffrance. Comme un chagrin à l'état brut, non dissimulé.

C'était comme s'il était sur le point de pleurer. Son visage trahissait l'absence, le cœur brisé, le regret, la douleur. Mais pourquoi ?

Soudain, Red eut comme une révélation. La cause de ce chagrin s'appelait *Hayley*.

Colby avait environ dix-huit ans quand sa petite amie, Hayley, avait déménagé. Red en avait donc quinze. C'était peu de temps après la mort de leurs parents. En tant que benjamin, on ne lui avait pas donné beaucoup de détails. Tout ce qu'il savait, c'est que tout le monde s'était comporté bizarrement pendant un moment, puis qu'elle était partie. La position officielle de son frère à l'époque était « bon débarras », mais ce n'était qu'une façade.

Quand Colby se retourna vers lui, plutôt que de montrer qu'il l'avait surpris, Red se tourna vers la porte, comme s'il la regardait depuis un moment. Une brune se tenait dans l'entrebâillement. Elle tenait la poignée d'une main et, la tête passée à l'intérieur, semblait se demander si le restaurant était vraiment ouvert.

Zut. Red avait été chargé de s'assurer que l'entrée était bien fermée à clé. A tous les coups il avait oublié de…

La jeune femme se tourna, éclairé par les spots multicolores.

Allison ?

Red sauta du podium et se dirigea vers elle aussi vite que le permettait la foule. Il écarta des plateaux de pizza à l'ananas et de cocktails décorés d'ombrelles en papier. On le félicita d'avoir gagné le concours, il dut serrer quelques mains, et au final un serveur arriva avant lui à la porte.

— Je regrette, mademoiselle, le restaurant est fermé. Il s'agit d'une… séance de travail.

Allison parut intriguée, mais Red les rejoignit enfin.

— C'est bon, Wally, dit-il en interceptant le serveur. C'est une amie.

— Oh. Excusez-moi, monsieur… Red.

Tout le monde s'appelait par son prénom chez *Diamante*. Wally, un jeune sympa tout nouveau dans la maison, rougit et se tourna vers Allison.

— Excusez-moi, mademoiselle.

— Je vous en prie.

Cette réponse polie était le signe qu'elle était venue faire la paix, non ? Si elle était venue faire une scène ou lui annoncer qu'elle portait plainte, elle n'aurait pas été aussi douce avec le serveur — et elle lui aurait envoyé dans les dents qu'elle n'était pas son « amie ».

Etait-elle venue accepter l'argent, finalement ?

Le serveur s'éloigna, et Red sourit.

— Bonsoir.

Elle semblait mal à l'aise, comme si elle cherchait les mots justes, ce qui lui donnait l'air encore plus juvénile et innocent.

— Salut.

Mieux valait s'en tenir au registre léger, du moins tant qu'elle ne lui aurait pas dit pourquoi elle était venue.

— Je me fais peut-être des films, mais j'ai eu l'impression que vous ne teniez pas vraiment à me revoir.

Cette boutade parut la surprendre. Ne connaissant pas les Malone, elle ne pouvait pas savoir qu'ils plaisantaient sans cesse. De son côté, Red avait pris un risque. Il ignorait si elle avait le sens de l'humour ou non.

Après quelques instants, sa tension parut se dissiper et il eut comme l'impression qu'elle le regardait vraiment pour la première fois. Elle remarqua le collier de fleurs bleues autour de son cou, puis le pagne végétal qui s'agitait dans le courant d'air de la porte entrouverte.

— Je… On dirait que j'arrive au beau milieu de…

— Non, pas du tout. C'est un dimanche soir comme les autres au *Diamante*. Vous voulez entrer ? Il y a de la pizza en quantité, si vous n'avez pas encore dîné.

— Non, merci. En fait, je suis venue vous présenter mes excuses. Pour… pour m'être énervée hier. J'étais en colère, mais c'était surtout à cause… Enfin, votre ami s'est montré…

— Odieux ? Oui, c'est l'effet que Lewis produit sur la plupart des gens. J'ai essayé de l'empêcher de s'en mêler. Je savais qu'il s'y prendrait mal.

— C'est le moins qu'on puisse dire.

— J'en suis désolé, soupira Red. Comme je suis désolé que nous ayons débarqué le week-end, en faisant irruption dans votre vie privée. J'ai essayé de l'en dissuader mais, voyant que je n'y arriverais pas, je me suis dit que je pourrais peut-être au moins limiter les dégâts. Je ne crois pas avoir été très efficace, malheureusement.

— Si, je vous assure. Vous m'avez probablement

évité de l'étrangler… C'est pour cela que je voulais vous présenter mes excuses. Je vous ai traité comme lui alors qu'il était le seul à… le seul qui m'ait mise hors de moi. J'ai dit certaines choses que je n'aurais pas dû.

La chanson suivante était *Tiny Bubbles* et quelqu'un — probablement Kitty — avait organisé un karaoké dessus. Les voix des participants, qui chantaient presque tous faux, rendaient la conversation pratiquement impossible.

— Ecoutez, j'ai une idée, fit Red. Si on allait prendre un café dans un endroit moins bruyant ? Je vous promets de ne parler ni du chèque, ni du contrat, ni de toute cette histoire. J'ai compris que vous étiez contre. J'aimerais juste que nous nous quittions… sur une note plus gaie.

Elle hésita.

— Je vous en prie. Regardez-moi, insista-t-il. Vous me rendriez service en me donnant l'occasion de sortir d'ici. Je ne leur donne pas dix minutes avant de sortir les soutiens-gorge en noix de coco.

Elle regarda la foule derrière lui. Dieu sait ce qu'elle s'imaginait ! S'il le lui disait, elle ne croirait probablement pas que Nana Lina interdisait l'alcool dans ces soirées et que tous ces gens n'étaient ivres que de bonne humeur.

— D'accord, dit-elle. Du moment que vous ne parlez pas du contrat… et que vous retirez ce pagne.

7

Où donc Red Malone avait-il l'intention d'aller prendre un café, un dimanche soir à cette heure ? Allison était arrivée à San Francisco depuis un moment, mais il lui avait fallu tellement de temps pour rassembler son courage qu'il était déjà plus de 21 heures lorsqu'elle s'était présentée chez *Diamante*.

Il connaissait bien le quartier apparemment, et se dirigea vers un petit café encore ouvert à quelques rues de là : le *Joey's*. Une tasse à café jaune brillait sur l'enseigne, avec des volutes de fumée blanche qui clignotaient dans le ciel noir.

L'établissement était propre, bien éclairé, et totalement désert, en dehors d'un employé derrière le comptoir, qui regardait un match de base-ball devant une télé dont le son avait été baissé. Il fit signe à Red sans détacher les yeux de l'écran.

— Attends… attends… attends-la… non… non… vas-y, idiot, vas-y… *mais vas-y* !

L'homme frappa le comptoir de la main en maugréant.

— Pour quinze millions de dollars, même ma grand-mère l'aurait rattrapée, cette balle.

Il se tourna enfin vers eux en soupirant.

— Salut, Red. Excuse-moi mais il fallait que je voie ça. Deux ? Normal ou déca ?

Red la consulta du regard.

— Déca, s'il te plaît.

Le serveur acquiesça sans sourire, râlant toujours à propos du match, insultant les joueurs à l'aide de jeux de mots qu'Allison comprenait parce que Jimbo employait les mêmes lorsqu'il regardait le base-ball à la télé.

Red choisit un petit coin tranquille le long de la vitrine, avec une table ornée de la classique toile cirée à carreaux rouges et blancs. Ils s'étaient à peine assis sur les banquettes en vinyle qu'on leur apporta leurs tasses, aussi fumantes que celle de l'enseigne et délicieusement odorantes. Le serveur n'était peut-être pas très liant mais c'était un as du café. Allison tendit le cou pour tenter de voir la marque de sa machine ou celle de son café, mais elle ne put apercevoir que l'employé qui, derrière son comptoir, avait repris sa faction devant la télé.

Un silence gêné s'installa, qu'Allison tenta de meubler en goûtant son café. Il était noir, ce qu'elle détestait, mais surtout il était brûlant. Son palais en fit les frais. Malgré ses efforts pour n'en rien montrer, Red fit aussi la grimace.

— Désolé, j'aurais dû vous avertir : ici le café est toujours brûlant.

Elle secoua la tête pour minimiser l'incident, mais à coup sûr elle allait s'en souvenir plusieurs jours.

Ce n'était peut-être pas une si bonne idée que ça de venir. La situation était terriblement gênante, et elle ne pourrait pas effacer les horreurs qu'elle lui avait dites la veille.

Pourtant, elle avait parcouru tous ces kilomètres pour

lui faire des excuses et ne partirait pas sans avoir au moins essayé. L'entrevue de la veille lui restait sur la conscience. Elle l'avait revécue plusieurs fois et, avec le recul, elle s'était rendu compte qu'elle avait dû faire figure de mégère. C'est l'avocat seul qui avait dépassé les bornes, et pourtant elle les avait traités tous les deux de... de hyènes ou de chacals ?

Des deux, à sa grande honte.

— Ecoutez, j'ai peut-être commis une erreur en venant ici, reprit-elle. Je ne voudrais pas que vous vous mépreniez. Il m'est toujours... très pénible de vous parler, ainsi qu'à toute personne ayant un lien avec Victor.

— Je comprends, fit-il simplement.

— Et si je suis ici, ce n'est pas parce que j'ai changé d'avis. A propos de l'argent ou du contrat.

— Quel contrat ? plaisanta-t-il.

Elle sourit malgré elle, mais du coin de la bouche, pour lui montrer qu'elle n'était pas dupe. Il avait promis de ne pas parler de ces fameux papiers et ne le ferait sans doute pas avant de l'avoir amadouée. Il n'était pas idiot. Mais elle non plus.

Elle versa la moitié de son sucre dans son café.

— En fait, j'ai eu l'impression que vous aviez vraiment de l'affection pour Victor, que vous étiez proche de lui. Et que vous vous inquiétiez peut-être sincèrement pour le bien-être de sa famille.

Red Malone hocha la tête avec un visage plus sérieux. Mais pas moins beau. Même lorsqu'il ne plaisantait pas, ne riait pas, ses traits harmonieux et sa chevelure noire d'Irlandais demeuraient. Elle versa la crème dans son café et remua. Etait-il marié, fiancé... voire même — comme Victor — père malgré lui ?

Autant ne pas penser à ces choses-là.

— Vous avez raison, dit-il. En dehors de ma famille, Victor était mon ami le plus proche. Il était mon mentor, en fait. Je suis comme un oncle pour ses enfants — du moins pour son fils. En venant vous voir, mon but n'était pas de vous harceler mais de les protéger… De protéger tout le monde, si possible. Votre enfant est aussi celui de Victor. Je n'aimerais pas qu'il soit lésé d'une manière ou d'une autre.

La gorge d'Allison se serra et elle dut baisser les yeux. Eddie était aussi *le fils de Victor* : c'était la première fois que quelqu'un le disait haut et fort devant elle. Bizarrement, cette simple constatation la bouleversait. Si seulement Victor avait prononcé lui-même ces mots…

Bon sang, Allison, il n'est pas trop tard pour t'en débarrasser, j'espère ? Voilà ce qu'il avait déclaré à la place.

Le souvenir de cet échange avait encore le pouvoir de la bouleverser.

— Hum, eh bien, j'ai apprécié dès le début votre attitude relativement respectueuse envers moi, étant donné les circonstances. C'est pourquoi je tenais à vous présenter mes excuses. J'ai encore beaucoup de rancœur envers Victor, et je dois également reconnaître que je ne raffole pas de votre ami Lewis Porterfield non plus. Cela dit, j'ai eu tort de m'en prendre à vous. En fait, lorsque je vous ai aperçus au marché…

Il passa une main dans ses cheveux, comme si ce souvenir le gênait.

— Je sais. C'était n'importe quoi. Je me doutais que vous paniqueriez mais Lewis… Lewis aime jouer à des petits jeux d'avocat. Il pensait vous mettre en position d'infériorité en vous surprenant.

— Vous étiez d'accord ?

— Non. Mais il a la même attitude avec moi. Il ne m'a appelé pour m'avertir qu'il allait à Windsor Beach que lorsqu'il a cru qu'il était trop tard pour que j'intervienne. Si je n'avais pas été en train de visiter un bien à Moon Bay lorsque j'ai eu son message, il aurait réussi son coup. Je suis arrivé au marché pile en même temps que lui.

— Mais, comment a-t-il su que j'y serais ? fit Allison en écarquillant les yeux.

Ce détail la tracassait vraiment. Comment l'avaient-ils retrouvée aussi facilement ? D'abord au travail, puis chez elle et même lorsqu'elle sortait le week-end… Comme si quelqu'un suivait le moindre de ses gestes, quelque part, sur un écran.

L'avocat l'aurait-il fait suivre ? Si elle tentait de se rendre chez Victor, des agents spéciaux allaient-ils surgir de derrière les buissons pour lui barrer le passage ? Cela faisait froid dans le dos. Jusqu'où ces gens pouvaient-ils aller ?

Red remuait son café.

— J'imagine qu'il a employé la même méthode que moi. Je me suis d'abord rendu chez vous. Le voisin du rez-de-chaussée m'a dit que vous alliez toujours au marché fermier le samedi matin.

C'était plausible. Hector était un amour, mais une vraie pipelette. Agé de quatre-vingt-neuf ans, il avait perdu sa femme et ses enfants et était très seul. Pour prolonger la conversation de quelques secondes, il aurait raconté tout ce qu'on lui demandait…

Cette explication la rassurait plus que la première. Elle ne s'imaginait pas passer le reste de sa vie à vérifier si elle n'était pas épiée. Originaire de la campagne, dans l'Iowa, elle aspirait à une vie de famille tranquille et n'avait pas pour ambition de devenir héroïne de roman noir.

— Je pourrais vous demander à mon tour comment vous m'avez trouvé ce soir, reprit Red avec un petit sourire. Mais je sais que ce n'est pas difficile. Si vous avez découvert que je travaillais chez *Diamante*, vous avez dû commencer par là.

Elle s'était effectivement renseignée sur lui. On parlait beaucoup des Malone dans les médias. Leur famille était très télégénique : une matriarche élégante et ses trois petits-fils séduisants et brillants, dont deux célibataires. La presse raffolait d'eux et ils jouaient le jeu — c'était bon pour l'image de leur entreprise.

Elle avait lu avec un réel intérêt les articles consacrés à leur chaîne de pizzerias. Elle ne projetait pas d'ouvrir de multiples succursales de *Summer Moon* — ce serait déjà bien que son restaurant soit rentable — mais il était toujours intéressant de voir comment les autres faisaient parler d'eux.

— Oui, dit-elle. J'avais à faire à San Francisco cet après-midi et je suis passée chez *Diamante* sur un coup de tête. Si je ne vous y avais pas trouvé, je serais probablement rentrée chez moi.

Inutile de préciser qu'elle était venue à San Francisco pour voir des fourneaux et machines à glace d'occasion. Red Malone devait déjà tout savoir sur elle, notamment qu'elle s'apprêtait à ouvrir un restaurant mais, si par le plus grand des hasards il ignorait ce détail, elle préférait ne pas le lui révéler.

Elle souffla sur son café et tenta une seconde fois d'y tremper les lèvres.

— Il est excellent.

Comment mener la conversation, maintenant ? La

veille, elle l'avait traité de chacal et avait failli lui cracher au visage. Quelle transition trouver pour faire la paix ?

Etait-elle seulement prête à passer l'éponge ? Malgré leurs efforts mutuels pour se comporter en êtres civilisés, l'atmosphère restait tendue. Le cessez-le-feu avait été décrété, mais les deux parties se demandaient encore si elles pouvaient déposer les armes ou non.

Elle reprit son café. Ce n'était pas un rendez-vous galant, ni une invitation d'aucune sorte. D'ailleurs, Red Malone était du genre futé. Elle allait donc le laisser se charger de la conversation jusqu'au moment où elle pourrait poliment se lever et prendre congé.

Comme prévu, il saisit la perche au vol.

— Oui, ce café est excellent. Joey est un génie en la matière.

Il se lança dans un discours sur l'établissement, la relation conflictuelle que le patron, qu'elle avait tout d'abord pris pour un simple serveur, entretenait avec l'équipe des Giants. Joey et lui se connaissaient apparemment depuis longtemps, leurs familles respectives ayant ouvert leurs restaurants en même temps dans le quartier.

Peu à peu, Allison se relâcha suffisamment pour s'adosser vraiment à la banquette. Elle termina tranquillement son café. Dommage qu'il soit décaféiné, car elle se sentait subitement trop détendue, presque hypnotisée.

Red parlait toujours, avec aisance et légèreté, irradiant le fameux charme des Malone. Il lui raconta comment, lorsque les Giants avaient remporté la World Series, il était venu au *Joey's* avec des amis et avait trouvé ce dernier prostré devant la télévision, agité de tics nerveux et parlant des langues étranges. Très vite, Allison se surprit à rire de bon cœur.

Il lui expliqua ensuite pourquoi il portait un pagne tout à l'heure, puis lui parla de son extraordinaire grand-mère…

C'était étrange, mais on aurait dit soudain que son visage n'était plus le même. Il avait quelque chose de plus sombre, plus excitant, ses yeux étaient d'un bleu plus foncé, entre le cobalt et le noir. Au même instant, le charme se rompit suffisamment pour que lui parvienne un petit bruit régulier de l'extérieur.

Elle se tourna vers la fenêtre. Au lieu de la rue paisible plongée dans la nuit, elle ne vit qu'une vitre opaque où les néons se reflétaient sur des coulées grisâtres.

Il pleuvait des cordes !

Elle consulta sa montre. Presque 22 h 30. Elle se frotta les yeux, comme si elle sortait d'une véritable hypnose ou d'un rêve et retrouvait la réalité.

Et quelle réalité ! Froide, humide, informe. Elle détestait conduire par ce temps. Sa vieille voiture tenait mal la route sous la pluie, il y avait toujours des courts-circuits et, depuis que des touristes avaient embouti son pare-chocs avant l'année précédente, le capot ne fermait plus hermétiquement.

Pourvu que la batterie soit suffisamment au sec pour démarrer !

En outre, à San Francisco, le brouillard succédait inévitablement aux averses. Elle appréhendait de conduire avec une visibilité réduite. Ses phares convergeaient légèrement. Elle avait l'intention de les faire régler mais, depuis la naissance d'Eddie, elle prenait rarement le volant de nuit — et n'avait plus d'antibrouillards depuis longtemps.

— Il faut que j'y aille, annonça-t-elle brusquement. Je devrais être partie depuis une heure. Je n'aime pas emprunter la route côtière par temps de pluie.

Red Malone parut surpris. Evidemment : il croyait la tenir sous son charme. Il pensait probablement l'avoir totalement apprivoisée d'ici minuit. Cette bonne blague ! Il n'avait visiblement pas l'habitude de séduire des mères de jeunes enfants, sans quoi il aurait su qu'il fallait mettre le turbo. A minuit, une maman tombe de sommeil, même en compagnie d'un homme brillantissime.

— Un vrai déluge, dit-il en regardant par la fenêtre. Ça va peut-être se calmer.

— Je n'ai pas le temps d'attendre, trancha-t-elle. Il faut que je rentre. Jimbo commence de bonne heure demain et Eddie ne fait toujours pas ses nuits.

L'attitude de Red Malone changea brusquement. Sa mâchoire se raidit comme s'il allait dire quelque chose, mais il se ravisa. La présence de Jimbo dans sa vie semblait lui poser problème. Comment l'avait-il surnommé l'autre soir, déjà ? Ah oui… *Son nouveau protecteur.*

Et avec quel mépris ! En fin de compte, l'avocat n'était pas le seul à avoir déversé son fiel sur elle.

— Vous aimeriez savoir qui est Jimbo.

Ce n'était pas une question.

Red Malone hésita, puis acquiesça :

— Ecoutez, votre vie privée ne me regarde pas. L'offre de Victor, l'argent, rien de tout cela ne vous oblige à rester… célibataire. Mais… il est évident que vous confiez le petit à ce type. Comment pouvez-vous lui faire confiance ? Je veux dire, depuis combien de temps le connaissez-vous ?

— Depuis suffisamment longtemps. Monsieur Malone, j'essaie de vous laisser le bénéfice du doute. Vous aviez de l'affection pour Victor, ce qui expliquerait que vous vous inquiétiez pour son fils, même illégitime. Mais seriez-vous en train d'insinuer que vous vous souciez de lui et que je ne compte pas, alors que je suis sa mère ?

Red Malone recula légèrement, visiblement surpris par le ton qu'elle employait.

— Je ne suis pas sûr de vous suivre.

— Eddie est mon fils. Mon unique enfant. Croyez-vous indispensable de me rappeler que je dois le protéger ?

— Non. Bien entendu. Seulement, après Victor… Je veux dire, vous étiez avec Victor il y a un an encore, donc vous ne devez connaître ce Jimbo que depuis peu et…

— Vous croyez ça ?

Allison était venue faire la paix, mais les jugements à l'emporte-pièce de Malone à propos d'elle et de Jimbo la révoltaient. Elle savait comment fonctionnait sa petite cervelle bornée de snob. Elle était tombée enceinte hors mariage, donc c'était une écervelée ou une traînée, voire les deux. Jimbo était mal habillé et tatoué, donc c'était un type louche et probablement un tordu.

— Vous rendez-vous compte de toutes les suppositions que vous faites, monsieur Malone ? Pourquoi Jimbo serait-il nouveau venu dans ma vie ? Pourquoi n'aurais-je pas déjà couché avec lui à l'époque où je couchais *aussi* avec Victor ?

Red avait trop de maîtrise de lui-même pour montrer qu'il était choqué, mais son regard se durcit encore.

— C'est vrai ?

— Non. Car il y a une autre éventualité que vous n'avez pas envisagée dans vos petites suppositions.

Vous avez omis de vous poser la question élémentaire : *Est-ce que je couche avec lui ?*

— Très bien. Je vous la pose.

— Non ! rétorqua-t-elle sur un ton cinglant. Alors, êtes-vous satisfait ?

— Je vois, soupira-t-il.

— Jimbo est mon frère. Pas de sang, mais de toutes les autres manières possibles. Mon père l'a pris à la maison alors qu'il n'avait que six ans. Il a toujours été mon ami le plus intime. C'est un garçon génial, bon et généreux. J'ai toujours pu compter sur lui dans les moments difficiles. Il s'est également occupé d'Eddie. Jamais il ne nous a laissés tomber.

Allison se leva.

— Comme vous ne l'ignorez pas, je ne peux pas en dire autant de Victor Wigham.

C'était une excellente réplique de sortie. Il ne lui restait plus qu'à quitter le café à grands pas et à rejoindre sa voiture sous la pluie, deux pâtés de maisons plus loin.

Mais son téléphone sonna à ce moment précis.

C'était Jimbo, justement. Il n'appelait pas de la maison mais de son portable.

Mais pourquoi ça ? Et pourquoi n'était-il toujours pas rentré, en pleine nuit, par ce temps ?

Une boule au ventre, elle ignora le regard interrogateur de Red Malone et répondit.

— Jimbo ? Tout va bien ?

— Ça va aller, dit-il de cette voix apaisante qu'il adoptait quand il savait qu'elle allait s'affoler. Mais je crois que tu devrais rentrer. C'est à propos d'Eddie.

— Eddie ?

Elle entendit le petit pleurer à distance. Ces pleurs lui mettaient les nerfs à vif. Elle devait rester logique avant tout. Ces cris étaient un bon signe. Le signe qu'il ne se laissait pas abattre.

— Oui, je suis sûr que ça va aller, reprit Jimbo. Mais... j'ai trouvé sa respiration bizarre et je l'ai amené aux urgences. Tu devrais nous rejoindre.

— Je fais le plus vite possible.

Elle raccrocha sans attendre et préféra garder l'appareil dans sa poche plutôt que dans son sac, au cas où Jimbo rappellerait. Son cœur battait si vite qu'elle n'était pas sûre de pouvoir s'exprimer sans bafouiller.

— Excusez-moi, articula-t-elle. Il faut que j'y aille.

Red se leva, comprenant visiblement que les nouvelles n'étaient pas bonnes.

— Ma voiture est garée en face. Je n'ai pas trouvé de place près du *Diamante* ce soir. Je vous raccompagne jusqu'à la vôtre.

Elle faillit refuser, mais... Elle rejoindrait sa voiture plus rapidement et serait moins mouillée s'il la conduisait. Ce n'était pas le moment de faire preuve de fierté mal placée.

— Merci. Je veux bien.

Il retira sa veste pour l'abriter sous le déluge. Ils marchèrent en plein dans des flaques, leurs pieds projetant des gerbes d'eau à chaque pas. De grosses gouttes s'écrasaient sur leurs visages et il fallait plisser les yeux pour y voir quelque chose.

La nouvelle voiture de Red Malone n'était heureusement qu'à quelques pas. La pluie empêchait de bien voir sa couleur mais c'était un gros engin coûteux. Il commanda l'ouverture des portières, lui ouvrit côté passager et attendit qu'elle s'installe à bord pour jeter sa veste sur la banquette arrière.

Allison était si ébranlée qu'elle ne se rappela pas tout

de suite où elle s'était garée. En arrivant au restaurant *Diamante*, elle avait tourné dans le quartier, attendant qu'une place se libère. En plus, là, ils venaient d'une autre direction, et elle n'arrivait pas à se repérer, ne connaissant pas le quartier. D'ailleurs, tout était méconnaissable sous ce déluge.

Red se montra extrêmement patient. Il avait un peu de ce grand calme dont faisait preuve Jimbo et qui se déployait, dans les moments de crise, comme une couverture apaisante. Elle lui décrivit sa voiture, pour qu'il tente de la repérer de son côté. Ils la retrouvèrent enfin après quelques minutes qui lui parurent interminables.

— Vous ne préféreriez vraiment pas que je vous ramène chez vous ? lui proposa-t-il. Cette berline de location est très fiable. Vous avez l'air bouleversé et il fait un temps de chien.

— Merci, mais je pense que ça va aller.

— Y a-t-il quoi que ce soit que je puisse faire pour vous ? insista-t-il.

— Non. Merci.

Elle était sensible à sa sollicitude mais avait déjà la main sur la poignée de porte, prête à descendre. Chaque seconde comptait.

— Attendez, je viens avec vous.

Il attrapa un petit parapluie pliant, sortit et contourna la voiture pour lui ouvrir. Il resta près d'elle tandis qu'elle se bagarrait avec la serrure déglinguée de sa vieille Civic. Elle monta à bord.

— Allison…

Sa voix était à peine audible dans le fracas de la pluie.

— Comment ?

— Soyez prudente, articula-t-il.

— Oui, merci.

Elle claqua sa portière et mit le contact. La température avait baissé à cause de l'orage et ses doigts étaient glacés. D'abord, la clé refusa de tourner. Allison marmonna une prière. La clé tourna.

Le moteur peinait. Il était toujours un peu long. Elle savait comment s'y prendre. Pourvu que Red ne soit pas resté sous la pluie à attendre qu'elle démarre. Enfin, le moteur se mit en branle.

Yes! Elle se cala au fond de son fauteuil et ferma les yeux un instant.

Au moment où elle actionnait le levier de vitesse, elle sentit une vibration familière et de mauvais augure. Le moteur frémit puis lança un bruit à mi-chemin entre la toux et le hoquet.

Alors qu'elle formulait une autre prière silencieuse, il rendit l'âme.

8

Comme le découvrit Red après avoir enfin convaincu Allison de le laisser l'emmener, les habitants de Windsor Bay devaient aller jusqu'au nord de Half Moon Bay en cas d'urgence médicale. Cela représentait de trente-cinq à quarante-cinq minutes en voiture depuis la pizzeria *Diamante* par temps clair, soit près d'une heure un soir comme celui-ci… L'autoroute 280 était praticable mais, dès qu'il bifurqua vers le sud-ouest et s'engagea sur la CA 1, la visibilité devint tellement mauvaise qu'il dut ralentir.

Allison se montra étonnamment calme. Pas une fois elle ne lui demanda d'aller plus vite. Elle paraissait angoissée, bien sûr — cela se voyait à la manière dont elle serrait ses bras croisés contre elle, comme si elle craignait de se désintégrer physiquement — mais sa tension était rentrée, silencieuse, hormis quelques appels de Jimbo.

Red, qui ne pouvait faire autrement que d'entendre leurs conversations, apprit plus de détails sur ce qui s'était produit. Jimbo était arrivé avec Eddie aux urgences, mais patientait toujours en salle d'attente. D'après ce que Red comprit, Eddie avait déjà essuyé une pneumonie malgré son jeune âge. Ce soir, alors qu'il le gardait, Jimbo avait trouvé qu'il respirait d'une manière suspecte et n'avait pas voulu prendre le risque d'ignorer ce signal d'alerte.

Il y avait apparemment un problème d'assurance médicale. Ou plutôt une *absence* d'assurance médicale. Les médecins ne refuseraient jamais de soigner un bébé mais tentaient apparemment de faire avancer à Allison le plus d'argent possible.

Celle-ci restait calme, mais sa voix trahissait sa tension.

— Tu as pensé à prendre un de mes chéquiers ?... Ce n'est pas grave, j'ai ma carte de crédit. Dis-leur que je les règle dès que j'arrive... Tout ce qu'ils voudront. Je me fiche de ce que ça coûtera ! Dis-leur de s'occuper d'Eddie et d'arrêter de perdre du temps. J'arrive dans...

Elle consulta Red du regard, qui jeta un coup d'œil à son GPS.

— *Vingt minutes.*

— Vingt minutes. Dis-leur que je leur paierai tout ce qu'ils veulent dans vingt minutes.

Elle se fichait de ce que ça allait lui coûter ? Red se remémora soudain le moment où ce type excentrique, au restaurant, lui avait discrètement glissé un diamant dans la main. Etait-il possible que, malgré un train de vie modeste, elle dispose d'un matelas confortable constitué grâce à des « cadeaux » de ses vieux amis ?

Dans ce cas, son appartement minable et sa vieille voiture n'étaient-ils qu'une façade ? Non. Seuls des cyniques comme Lewis Porterfield pouvaient imaginer qu'elle joue les pauvres petites orphelines pour escroquer les vieux gâteux de Windsor Bay.

Allison avait ouvert son sac d'où elle avait tiré son

chéquier. Le cou tendu pour lire malgré l'absence de lumière, elle consultait ses soldes, se livrant apparemment à de savants calculs. Sans dire un mot, elle alluma le plafonnier.

La lumière l'éclaira en plein visage, révélant une traînée de larmes sur ses taches de rousseur.

Red serra le volant plus fort pour se retenir de l'essuyer. Pas de matelas de sécurité, donc. Elle allait donner jusqu'à son dernier sou pour sauver son petit garçon.

Quelle somme cela pouvait-il bien représenter ? Que ferait-elle si elle n'avait pas assez ?

Ses calculs terminés, elle referma doucement son chéquier et éteignit la lampe. Le trajet se poursuivit en silence.

Heureusement, le trafic était fluide et l'orage s'apaisait. Ils arrivèrent devant les urgences un quart d'heure plus tard et Allison ouvrit sa portière avant même que la voiture soit complètement arrêtée.

Une fois descendue, elle repassa la tête à l'intérieur.

— Merci. Je…

— Allez-y ! coupa Red. Je vais garer la voiture. Allez voir et nous parlerons après.

Les urgences étaient tellement bondées qu'il eut du mal à trouver un siège. Le long de chaque mur, des patients aux bras tenus par des écharpes de fortune, aux mains enroulées dans des linges ensanglantés, penchés sur des récipients pour vomir, chuchotaient en attendant qu'on s'occupe d'eux. Red n'était pas particulièrement impressionné : ses frères et lui ayant toujours été sportifs, ils avaient passé pas mal de temps aux urgences et s'y sentaient comme chez eux…

N'ayant pas pu trouver Allison ni Jimbo, il en déduisit

que les médecins avaient enfin pris Eddie en charge et l'examinaient. Tant mieux. Red avait déjà prévu lequel de ses frères il appellerait pour aller le chercher au poste de police s'il devait casser la figure d'un toubib récalcitrant pour lui faire entendre raison.

Dieu seul savait combien de temps allait durer cet examen. Il ne partirait pas avant de savoir comment allait le bébé. Il trouva un siège près d'un blessé — au moins, ce n'était pas contagieux — et tua le temps en consultant ses emails. Bien sûr, il était un peu inquiet pour le petit mais, le stress n'ayant jamais guéri personne, il se força à se concentrer sur un document juridique fastidieux envoyé par Colby, à propos de la future location de Windsor Beach.

Au bout d'une heure, comme il y avait du mouvement dans le couloir, il tendit la tête. Effectivement, c'était bien Jimbo, encore plus ébouriffé que la dernière fois, mais aussi mieux vêtu : boots, jean, et polo considérablement étiré au niveau des biceps.

Red scruta son visage, en quête d'indices sur l'état d'Eddie. Jimbo avait l'air fatigué et plus âgé que dans son souvenir. La quarantaine, peut-être. Mais il n'avait pas l'air désespéré.

Donc, le pire ne s'était pas produit. Le bébé allait se remettre. Red se détendit.

Jimbo balaya la salle d'attente du regard, visiblement à la recherche de Red. Quand il le reconnut, ses sourcils se froncèrent sur ses yeux enfoncés. Il s'approcha d'un pas décidé et toisa la jeune femme blessée assise juste à côté.

— Excusez-moi, mais cette place est la mienne.

La jeune femme ouvrit la bouche. Elle savait que c'était faux mais n'eut pas le courage de tenir tête à ce colosse. Rajustant sa serviette ensanglantée, elle prit son sac et se leva.

Jimbo ne manquait pas de culot tout de même ! Combien d'hommes auraient eu celui de déloger une femme qui avait dû se couper le doigt avec son robot ménager ?

Red ferma sa boîte email tandis que sa malheureuse voisine cherchait refuge à l'autre bout de la salle. Puis il attendit, observant Jimbo qui casait son imposante carcasse sur la petite chaise.

— Red Malone, si je ne me trompe pas ? Il faut que je vous parle.

Il parlait comme John Wayne dans *Rio Bravo*, ce qui en disait long sur ses sentiments à l'égard d'Allison.

— Oui, d'accord.

Red tourna légèrement sa chaise pour mieux le voir.

— D'abord, dites-moi ce que disent les médecins.

Jimbo le fixa un instant, comme s'il se demandait s'il pouvait lui divulguer ce genre d'informations. Vu de près, ce dernier avait un regard surprenant, qui tranchait avec sa musculature et ses tatouages. Qui détonnait avec sa voix à la John Wayne. Un regard…

Futé. Oui, c'était ça : il avait un regard sacrément futé.

Assez en tout cas pour amener le petit aux urgences avant que ne se produise le pire. Red se détendit encore d'un cran.

Jimbo, qui semblait avoir fini de le jauger, s'adossa contre sa chaise avec un grommellement indéchiffrable.

— Le médecin dit que c'est encore la pneumonie. Bactérienne. Un streptocoque, probablement. Il doit prendre du Tylenol, des antibiotiques, et boire beaucoup. Sa température est redescendue en dessous de 38°C et les toubibs disent que ça va aller. Ils voudraient qu'Eddie rentre à la maison mais Alli est restée là-bas pour les convaincre de l'hospitaliser. Elle veut qu'on le mette sous perfusion pour l'hydrater et je pense qu'elle a raison. La dernière fois qu'il a été malade, il s'est très rapidement déshydraté.

Red avait d'autres questions à poser, mais elles attendraient. Jimbo lui avait résumé l'essentiel de la situation, avec tous les détails importants et en un minimum de mots.

— Tant mieux. Je m'en réjouis.

— Moi aussi, fit Jimbo d'un air sombre. Et maintenant, à vous de parler.

— Euh… D'accord, fit Red, perplexe. Que voulez-vous savoir ?

— Qu'est-ce qui se passe entre Allison et vous ?

Red fut un peu pris de court.

— Hum, il vaudrait peut-être mieux qu'elle vous le dise elle-même. C'est une affaire très personnelle et je ne sais pas si elle veut en révéler les détails, et si oui à qui.

— Laissez-moi vous dire que je la connais mieux que vous ne la connaîtrez jamais. Mais si ça vous gêne de parler du père d'Eddie, vous avez tort. Je sais déjà que vous êtes venu à Windsor Beach en tant que larbin de ce salaud de Victor Wigham.

— Victor était un ami et *il est mort*, le coupa Red.

— Pardon ! De ce salaud mort de Victor Wigham, railla Jimbo.

Ça avait le mérite d'être clair. Il n'était pas du genre à cacher ses sentiments — son mépris en l'occurrence. Que lui avait donc raconté Allison ?

— Bien, donc vous avez entendu parler de Victor et vous savez que je suis venu voir Allison l'autre jour.

Dans ces conditions, je ne vois pas ce que je pourrais vous apprendre de plus.

Jimbo, qui ne semblait pas apprécier ce ton, toisa Red de toute sa hauteur. Ce dernier soutint son regard sans ciller. Il était arrivé ici prêt à se colleter avec tout médecin qui refuserait de soigner le bébé, alors il était prêt à s'expliquer avec cet individu aussi, s'il le fallait. Les biceps de l'individu en question avaient néanmoins de quoi le faire pâlir. Il aurait dû passer plus de temps en salle de musculation et moins de temps à surfer ou danser chez *Diamante*.

Qu'à cela ne tienne. En temps que benjamin de la famille, il avait l'habitude de se faire botter les fesses et, si d'aventure Jimbo le réduisait en purée, au moins il était au bon endroit pour se faire soigner…

— Ce que je veux savoir, articula lentement Jimbo, c'est pourquoi, alors qu'elle vous a traité de chacal arrogant hier, elle est venue causer avec vous autour d'un café aujourd'hui. Je veux savoir pourquoi, alors qu'elle vous trouve écœurant, elle est arrivée aux urgences dans votre voiture.

— Probablement parce que la sienne…

Mais Jimbo n'écoutait plus. Changeant brutalement de physionomie, il se leva, entraînant presque la chaise avec lui.

— Alli…

Elle était au bout du couloir, les vêtements froissés, l'air épuisé. Ses taches de rousseur ressortaient sur ses joues pâles comme si elles étaient dessinées au crayon de couleur. Des cernes sombres soulignaient ses yeux.

— Il a fini par s'endormir.

Jimbo lui entoura les épaules de son bras.

— Comment ça s'est passé ?

A la surprise de Red, Allison ne se détendit pas à ce contact. A ce moment précis, elle ne semblait pas faite de chair et d'os, mais d'acier.

— Ils lui cherchent une chambre.

Elle s'exprimait d'une voix monocorde, inerte.

— J'ai dû me battre mais ils ont fini par entendre raison. Parce que c'est une rechute…

— Tu as raison, ma grande. Oblige-les à bien s'occuper de ce petit.

— C'est ce que je fais…

Red se leva à son tour, ne serait-ce que pour rappeler sa présence. Allison se tourna aussitôt vers lui.

— Vous êtes encore là ? Tant mieux.

— Je vous avais dit que j'attendrais que vous ayez un moment pour discuter, répondit Red. Il faudrait prendre des dispositions pour votre voiture…

— Tant pis pour la voiture.

Elle parlait d'une voix tendue et saccadée, méconnaissable.

— Je pourrais vous dire deux mots en privé ?

Red jeta un coup d'œil à Jimbo, qui ne protesta pas, même s'il ne semblait pas très enthousiaste. Allison était libre d'agir à sa guise, après tout. Red et elle s'éloignèrent donc sans attendre.

Une fois à l'écart, ils se regardèrent longuement sans rien dire. Red chercha quelque chose à ajouter.

— Je peux m'arranger pour que quelqu'un vous ramène la voiture. Je peux demander à un employé de *Diamante*…

— Merci, mais je m'en occuperai. Ce n'est pas la voiture qui importe pour l'instant. L'important, c'est…

Red patienta.

— L'important c'est Eddie, les frais d'hospitalisation et…

Elle plongea les deux mains dans ses cheveux et lâcha un son inarticulé, comme si elle avait du mal à déglutir. Depuis qu'elle attendait des nouvelles de son enfant, elle avait dû retenir tant de larmes qu'elle étouffait littéralement à présent.

— Allison…

Elle le fit taire d'un geste.

— L'important, reprit-elle, c'est la proposition de Victor. L'argent. Le contrat. J'ai changé d'avis, monsieur Malone. Je me fiche de ce à quoi je dois m'engager. Si cette offre est toujours valable, j'accepte.

Trois jours s'étaient écoulés. Dans la villa des Wigham à Russian Hill, dans le vaste salon situé à l'étage juste à côté des chambres, Red aidait Marianne à empaqueter les vêtements de Victor — une tâche qu'ils redoutaient depuis longtemps. Mais Marianne avait finalement décidé qu'ils pourraient servir à quelque chose au lieu de prendre la poussière dans un placard. Elle avait trouvé une œuvre caritative et s'était déclarée prête à régler l'affaire aujourd'hui.

Malheureusement, après moins d'une demi-heure de ce rangement, elle avait découvert au fond d'une poche le talon d'un billet de théâtre. Il correspondait au dernier concert auquel Victor et elle s'étaient rendus ensemble.

Elle s'était effondrée.

Red continuait seul depuis une heure tandis que Marianne, blottie sur le sofa, pleurait en silence. Elle était censée trier le contenu du valet vide-poches de Victor placé près d'elle, mais la tâche n'avançait guère.

Tant pis, ce n'était pas grave. Red s'y attendait un

peu. En revanche, il aurait aimé qu'elle arrête le CD déprimant qu'elle écoutait en boucle. Une sorte de requiem classique qui pour lui revenait à remuer le couteau dans la plaie.

Chez les Malone, se morfondre dans la douleur était considéré comme une insulte envers la mémoire des morts. On ne parlait jamais de l'anniversaire d'un décès. En revanche, pour l'anniversaire de son grand-père, toute la famille se réunissait dans l'abri à bateau qu'il avait construit de ses mains pour chanter, pleurer de rire et rire à force de pleurer.

Il est vrai qu'ils étaient à moitié irlandais et comme le disait Nana Lina, l'Italienne, ces Irlandais étaient tous fous.

D'ailleurs, chacun gérait différemment sa peine.

— Comment va Dylan ? hasarda-t-il.

Après le déjeuner avec lui, qui s'était plutôt mal passé, Red tenait à savoir s'il n'y avait pas eu de retombées.

Peut-être aussi qu'en s'entendant rappeler qu'elle n'était pas seule dans la maison, Marianne éteindrait sa musique funèbre.

— Il a l'air d'aller beaucoup mieux, fit-elle d'une voix morne. Nous avons bien discuté hier soir, avant qu'il aille se coucher. Une *vraie* discussion. Je voulais l'avertir que nous allions donner les vêtements de son père. Je voulais être sûre qu'il soit d'accord.

— Tu as bien fait.

Non que Dylan puisse vouloir de ces vêtements. Mais voir les placards vides, savoir que quelqu'un d'autre allait porter les affaires de son père… Cela pouvait être dur quand on n'était pas prévenu.

— Il t'a parlé de sa cure ? reprit Red.

— Non, soupira Marianne. Il dit qu'il n'a pas envie

d'en parler pour l'instant. Mis à part qu'il avait l'impression d'être en prison.

Pas étonnant, étant donné le luxe auquel Dylan était habitué chez lui.

Red survola les étagères de chaussures. Il devait bien y en avoir deux ou trois douzaines de paires — et encore, Victor n'était pas particulièrement soucieux de la mode. Cela indiquait seulement combien l'argent coulait à profusion dans cette maison.

Par exemple, les ravissantes boucles d'oreilles en diamant que portait Marianne aujourd'hui auraient suffi à payer une semaine d'hospitalisation du petit Eddie.

Des pensées dérangeantes comme celle-là, Red en avait eu toute la matinée. Chaque fois qu'il ouvrait un tiroir et découvrait une liasse de billets oubliée là par Victor. Chaque fois qu'il ôtait un costume luxueux de son cintre d'acajou. Même lorsque Marianne essuyait ses larmes… le soleil qui filtrait à travers les vitraux faisait étinceler son bracelet d'or à breloques et il songeait…

Si Allison possédait un bijou comme celui-là, elle pourrait le vendre pour faire réparer sa voiture.

Cela le mettait un peu mal à l'aise mais… quand il entendait Marianne renifler sur son élégant sofa, il revoyait Allison se masser les chevilles en rentrant du travail, avant de gravir les marches de son immeuble sans ascenseur.

Il ferait mieux de penser à autre chose. Comparer ces deux femmes était injuste. Elles étaient différentes, venaient d'horizons différents, et elles n'avaient pas dû livrer les mêmes combats.

D'ailleurs, les Malone n'étaient pas vraiment dans la misère, eux non plus.

— Tu as reçu le courrier concernant le conseil de discipline ? demanda-t-il pour chasser ces pensées.

— Je l'ai posé en bas, sur la console dans le couloir. Je ne me sentais pas la force de le lire pour l'instant, soupira Marianne.

De nouveau, les comparaisons assassines l'assaillirent. Toutes ces craintes, ce refus d'affronter la réalité… Si Allison recevait une lettre pleine de méchancetés à l'égard de son fils, elle serait plutôt du genre à retrouver l'auteur de ce courrier et à lui arracher les yeux.

Ou à le traiter de chacal arrogant.

Ce souvenir l'amusait assez. Elle était vraiment impressionnante lorsqu'elle se mettait en colère. Si elle avait pu donner un peu de son caractère à Marianne…

Alors, peut-être que son amie aurait enfin éteint cette musique déprimante.

Soudain, la porte du salon s'ouvrit brutalement et Dylan fit irruption dans la pièce, le regard furieux et plein de larmes.

— Bon sang, maman ! Qu'est-ce que tu fiches ?

Il alla droit au lecteur de CD.

— Eteins cette saleté avant qu'on s'ouvre tous les veines !

Marianne se figea, un mouchoir en papier à la main. Dylan appuya si fort sur le bouton que le lecteur recula jusqu'au mur.

Red, même s'il était entièrement d'accord sur le fond, était néanmoins obligé de rappeler l'ado à l'ordre. Impossible de laisser passer ça.

— Dis donc ! Ne parle pas à ta mère sur ce ton !

— C'est vrai. Ne parle pas à ta mère sur ce ton.

Red se retourna et bondit de joie intérieurement. La cavalerie était arrivée pile à temps.

Elle se tenait à l'entrée du salon en la personne de Cherry Wigham, vingt-huit ans, fille que Victor avait eue de son premier mariage. Comme toujours, elle était habillée à la dernière mode de Los Angeles, ses cheveux noirs ondulaient comme des ressorts autour de son visage et ses yeux verts pétillaient de vie et d'énergie.

Quelques années en arrière, Dylan se serait jeté à son cou. Mais bien des choses avaient changé, décidément. En dehors de quelques visites à son père malade et de l'enterrement, Cherry n'était pas revenue de Los Angeles depuis trois ans. Dans la même période, Dylan avait atteint l'âge où il est si important d'être entouré.

Quant à l'homme qui les reliait l'un à l'autre, le seul être qui soit du même sang, il était mort.

Red perçut néanmoins un léger changement dans l'attitude de Dylan. Même Marianne sourit.

— Comment ? On ne se fait pas la bise ?

Cherry rejoignit son frère et l'attira dans ses bras.

— C'est affreux que tu grandisses si vite. Et cela ne te donne pas le droit de te croire trop grand pour embrasser ta sœur.

Elle se baissa et planta un baiser sur sa joue. Trop futée pour lui demander de lui retourner la pareille, elle se redressa, lissa la jupe droite de son tailleur bleu marine ultra-chic et alla droit à Marianne dans un cliquetis de talons.

Après avoir chaleureusement embrassé sa belle-mère, elle saisit la boîte de mouchoirs et l'envoya valser sur une jolie table en marqueterie où elle atterrit de guingois.

— Assez pleuré. Vous reprendrez les lamentations après mon départ si vous voulez, mais pas tant que je serai ici. Je ne peux rester qu'une ou deux semaines, alors je ne veux pas en perdre une minute.

Enfin, elle se tourna vers Red.

— Et toi, beau gosse de première classe… tu ne vas pas refuser de m'embrasser toi aussi ?

Il avait oublié combien elle lui manquait.

— J'attendais juste mon tour, beauté.

Il ouvrit les bras, Cherry s'y logea confortablement et lui planta un baiser sur la joue, à quelques millimètres seulement de ses lèvres — comme par hasard.

Dix ans auparavant, ils étaient sortis ensemble. Cherry, qui voulait donner une tournure sérieuse à leur histoire, lui avait pratiquement fait accepter le principe de s'engager et de se fiancer. Red s'était arrangé pour la faire déchanter très vite. Il venait de terminer ses études et n'était pas prêt à se caser. Elle l'avait « accidentellement » découvert avec une autre fille sur ses genoux à bord du *McGregor*, le bateau familial des Malone.

C'est alors qu'il avait compris le concept d'*acte manqué* cher à Freud. Il *voulait* que Cherry le découvre. Il n'était pas vraiment amoureux d'elle, et ni l'un ni l'autre n'étaient prêts pour le mariage. Il lui avait présenté des excuses, elle avait fini par lui pardonner. Victor aussi, qui savait que cette histoire n'avait pas vraiment brisé le cœur de sa fille.

Depuis ce jour, elle ne l'avait plus embrassé sur la bouche, bien sûr, mais ils éprouvaient une affection sincère et chaleureuse à chaque retrouvaille.

Ces baisers qui frôlaient ses lèvres étaient une manière de lui faire encore payer sa trahison. Cherry retourna s'asseoir près de Marianne et, sans demander ni permission ni explication, se mit à l'aider à trier boutons de manchette et épingles de cravate pour l'organisme de charité.

Cherry était une battante. Deux minutes plus tard,

elle arrachait un sourire à Marianne. Elle avait été le soleil de son père, il avait été son roc. Mais elle était trop forte pour s'effondrer.

Dommage, se surprit-il à songer, *qu'elle ne fasse jamais la connaissance d'Allison.* Elles avaient beaucoup de points communs malgré les apparences. Pour commencer, elles ne s'en laissaient pas conter par lui !

Mais pourquoi ses pensées le ramenaient-elles toujours à Allison ? Il ne l'avait pas revue depuis plusieurs jours. Avant qu'il ne quitte l'hôpital, Jimbo l'avait assuré qu'il aiderait celle-ci à rapatrier sa voiture. Le lendemain, lorsqu'il était venu travailler au bureau, au-dessus du restaurant *Diamante*, la vieille Civic avait disparu…

Le jour suivant, il avait eu des nouvelles de Lewis. Un avocat représentant Allison avait pris les dispositions nécessaires pour que le contrat soit signé en son cabinet de Windsor Beach. L'argent avait été viré sur le compte d'Allison, l'acte notarié remisé dans le coffre-fort de Lewis et toute cette histoire était officiellement terminée.

Red avait même récupéré sa Mercedes, dont le moteur ronronnait et dont la carrosserie avait retrouvé son aspect initial.

Affaire classée. Il se tourna vers Cherry. Qu'avait-elle prévu ce soir ? Pourquoi ne pas dîner avec une vieille amie ? Cherry avait de l'esprit et toujours quelques anecdotes à raconter sur les originaux qui demeuraient à Los Angeles.

Il passerait au moins une soirée distrayante. Il avait justement besoin de distraction.

C'était décidé, il ne prononcerait plus jamais le nom d'Allison York et ne penserait plus jamais à elle.

9

Allison était en adoration devant son nouveau réfrigérateur comme si, au lieu de glaçons, il fabriquait des diamants.

Ce n'était évidemment pas le cas et il était entièrement vide pour l'instant. Mais son père lui avait appris que le réfrigérateur était l'élément le plus important d'un restaurant. Il devait être suffisamment grand, fiable et surtout froid pour protéger cette précieuse cargaison qu'étaient les réserves de nourriture.

Celui-ci, fraîchement livré du matin, était tout simplement parfait. Elle avait acheté le plus gros et le meilleur que ses moyens lui permettaient. Large, solide, un mètre quatre-vingts de haut, divisé en trois parties. Une première vitrée, les deux autres dotées de portes opaques.

Eddie était particulièrement fasciné par l'affichage digital qui s'allumait sur la façade d'aluminium et qui faisait un peu penser à des commandes de vaisseau spatial. Il afficherait entre autres la température, la donnée la plus importante pour la conservation des denrées.

Allison elle-même ne pouvait détacher les yeux de

ce magnifique appareil à la carrure imposante. Elle n'arrivait pas encore à croire qu'il était à elle.

Elle avait passé toute la journée avec Eddie au *Summer Moon* — ou du moins dans les locaux du futur *Summer Moon*. Un œil non averti n'y aurait probablement vu que du chaos et du désordre, des cartons éparpillés au beau milieu des meubles à demi montés couchés dans la salle à manger.

Mais Allison savait quels progrès avaient été accomplis heure par heure et, même si elle avait travaillé à corps perdu et loué beaucoup de matériel, ces avancées étaient encore insuffisantes.

Au tout début, elle avait passé des heures à la mairie et dans les bureaux des Affaires Sanitaires pour vérifier qu'elle appliquait bien les règles anti-incendie, d'hygiène, et de construction. Puis elle avait engagé un architecte d'intérieur afin de tirer le meilleur parti de l'espace. Et pour finir, elle avait travaillé au café pendant des mois et passé une partie de ses nuits penchée sur des plans, des menus, des catalogues en tout genre.

Quand on avait commencé à livrer le mobilier et les appareils, elle connaissait déjà par cœur chaque centimètre carré de son futur restaurant et le visualisait aussi clairement que s'il existait déjà.

A présent qu'elle avait terminé son contrat au café et pouvait consacrer tout son temps au *Summer Moon*, les choses allaient enfin passer à la vitesse supérieure.

Elle sortit Eddie de son porte-bébé et le serra tout contre elle, ce qui le fit gigoter en roucoulant de plaisir.

— Trois semaines. Plus que trois semaines pour que ce rêve devienne réalité. C'est ton grand-père qui serait content !

— Je vous avais dit qu'on la trouverait ici. Cette fille ne sait pas s'arrêter.

Surprise, Allison tourna la tête. Bill Longmire venait d'entrer par la porte principale, suivi de Jimbo. Reconnaissant la voix de ce dernier, Eddie se mit aussitôt à gigoter et, poussant des pieds sur le ventre d'Allison, se tendit de toutes ses forces vers son ami. Jimbo se mit à rire, visiblement flatté.

— Tu as raison, mon vieux, dit-il en le prenant dans ses bras. Il est temps d'être un peu entre mecs. Un homme ne peut pas passer son temps dans la cuisine avec les filles.

Allison se retint de répliquer. Jimbo était tout sauf misogyne. D'ailleurs, c'était lui et pas elle qui allait bientôt passer son temps en cuisine ! Eddie ne risquait donc pas de grandir en pensant que la place des femmes était aux fourneaux et nulle part ailleurs.

Bill jeta un coup d'œil au petit calé au creux du bras de Jimbo, très occupé à regarder ses mains potelées pendant que celui-ci inspectait le réfrigérateur.

— Il a l'air en pleine forme, dit-il finalement avec soulagement. On ne devinerait jamais qu'il a été malade. C'est beau de guérir aussi vite.

— En effet, répondit Allison avec un sourire. Le voilà comme neuf ! Il n'a passé qu'une nuit à l'hôpital, pour éviter la déshydratation. Ensuite, les antibiotiques ont agi à la vitesse de l'éclair.

Inutile de préciser que, bien qu'Eddie ait guéri en quelques jours, elle était encore sous le coup de la frayeur. Elle se levait dix fois par nuit pour vérifier qu'il respirait bien. Elle consultait encore des pages internet sur la pneumonie pour tenter de comprendre pourquoi il avait rechuté. S'agissait-il d'une faiblesse de ses poumons, de son système immunitaire, de son alimentation ? Devait-elle faire quelque chose de plus ou s'y prendre différemment à l'avenir ?

— Il devrait faire l'affaire, reprit Jimbo.

Il semblait pleinement satisfait et referma la porte du frigo avant de se retourner vers elle.

— Tu as fait un bon choix. On devrait pouvoir faire un sacré boulot avec cette petite merveille.

Allison acquiesça. Ils avaient brièvement envisagé d'acheter du matériel d'occasion, plus économique, avant de décider qu'il s'agissait de fausses économies. Et si tout lâchait au bout d'un mois ? Hors de question de prendre un tel risque.

Jimbo lui rendit Eddie.

— Et maintenant, tu vas rentrer à la maison.

— Quoi ? fit Allison. Certainement pas. J'ai prévu de rester encore deux heures. Il y a tant à faire ici et si peu de temps pour y arriver. J'avais l'intention de déballer les ustensiles. Le râtelier a été livré aujourd'hui et…

— Demain, dit Jimbo d'un ton sans appel. Ce soir, repos. Dommage qu'il n'y ait pas de miroir ici : tu verrais les poches que tu as sous les yeux ! Bill et moi nous occuperons des louches et des tranchoirs après avoir accroché les lustres. Sue a dit qu'elle tâcherait de passer pour donner un coup de main si Flip ne la retenait pas trop tard au café et…

Il s'arrêta net, une expression indéchiffrable passa sur son visage, et il fit rouler son épaule tout en se tirant sur l'oreille, signe qu'il était gêné.

— Et quoi ? demanda Allison.

— *Rien*, répondit-il, l'air entendu. Alors ne te lance pas dans un interrogatoire en règle pour essayer d'interpréter des choses qui n'ont pas lieu de l'être.

— Ah, parce que c'est comme ça que tu me vois ! rétorqua Allison avec un demi-sourire.

— Je disais ça comme ça : c'est vrai que ça t'arrive. Bref, Meg Bretton a dit qu'elle passerait peut-être ce soir. On avait dit qu'on lui prendrait peut-être des melons, tu te rappelles ? Elle a pensé qu'elle pourrait passer ici pour en parler…

Allison sourit, tout en restant discrète. Si elle insistait, Jimbo était capable de rappeler Meg pour lui dire de ne pas venir.

— D'accord, fit-elle.

— Et arrête de faire cette tête. Ça n'a rien de personnel. C'est juste qu'elle a de beaux melons.

Bill s'esclaffa puis, comme Jimbo se retournait vers lui, il ouvrit de grands yeux et haussa les épaules.

— Excusez-moi. C'est juste que, de mon temps, quand on disait qu'une femme avait…

— Ça va, j'ai compris ! s'irrita Jimbo.

Il saisit un carton encore fermé, le laissa tomber sur un plan de travail déjà installé, sortit son couteau de poche et fendit le ruban adhésif.

— C'est purement professionnel avec Meg, grommela-t-il. Si quelqu'un doit se reprocher de se laisser distraire par le sexe opposé, c'est plutôt Allie, ici présente, pas moi.

— Vraiment ? s'exclama Bill avec un grand sourire. Tu as quelqu'un ? Raconte-moi.

— Non. Je n'ai personne, rétorqua-t-elle en fusillant son ami du regard. N'écoutez pas Jimbo. Il dit cela pour détourner l'attention de lui.

— Ah, dommage. Il te faut un homme, Allie. Ce n'est pas parce que ton mariage avec Chuck n'a pas marché qu'il faut te faire nonne pour autant, tu sais.

— Ha ! Chuck ! fulmina Jimbo.

Il l'avait détesté dès leur première rencontre, à l'époque où Allison n'avait que quinze ans.

Bien avant elle, il avait compris que Chuck n'était qu'un petit escroc doublé d'un play-boy, et pas franc du collier en prime, un paresseux qui ne se mettrait jamais au boulot et n'aiderait jamais Allie à réaliser son rêve d'avoir son propre restaurant. Chuck était incapable d'arriver à l'heure lorsqu'il travaillait pour le père d'Allison. Mais malgré ça, elle s'était laissé charmer par ses yeux verts et ses grands projets, et l'avait épousé dès qu'elle avait eu son bac.

Au cours des six années suivantes, Chuck avait essayé l'un après l'autre divers plans pour devenir riche, devenant plus aigri et plus irascible après chaque échec. Pour sa dernière tentative, un projet immobilier fumeux en Floride, il lui avait demandé d'investir l'argent qu'elle avait mis de côté pour son futur restaurant, des économies qu'elle avait commencées à douze ans avec son premier job de baby-sitter.

Comme il restait malgré tout son mari — même si le regard vert de Chuck avait perdu de son charme avec l'amertume et le mécontentement — elle avait accepté. Elle lui avait donné jusqu'au dernier centime.

Et il avait tout perdu.

Elle avait essayé de sauver leur mariage, mais il avait fini par se trouver une autre fille, une qui l'adorait et croyait dans ses grands projets. Il avait demandé le divorce.

Voilà pourquoi Jimbo prononçait toujours le nom de Chuck avec dégoût. Allison avait fini par pardonner à son ex-mari, mais son ami, lui, n'était pas du genre à passer l'éponge, pas pour quelqu'un qui avait fait autant de mal à un être auquel il tenait.

Ses sentiments à l'égard de Victor étaient pires encore. Et ce n'était pas le vocabulaire qui lui manquait pour parler de lui…

Bill, qui avait peut-être entendu parler de Chuck sans connaître l'histoire en détail, paraissait contrarié.

— Je ne plaisante pas. Ce n'est pas parce qu'elle a fait un mauvais mariage qu'elle ne peut plus tomber amoureuse.

— Peut-être, répliqua Jimbo. Mais ça veut dire qu'elle doit d'abord acquérir un meilleur jugement en matière d'hommes.

— Jimbo…, fit Allison sur un ton sans appel.

— C'est vrai et tu le sais, insista-t-il. Chuck était un vrai loser et Victor un salaud.

Il souligna ces mots d'un grand geste de son couteau et se tourna vers Bill.

— On peut à la rigueur l'excuser de s'être trompée sur Chuck, parce qu'elle était encore lycéenne et ne connaissait pas grand-chose à la vie. Comment aurait-elle pu deviner qu'il allait la dévaliser ? On peut peut-être même fermer les yeux sur Victor, parce qu'elle venait de perdre son père et que le restaurant allait fermer.

Bill se tourna vers elle avec un regard de chiot triste.

— Oh, mon petit…

— Mais cette fois, elle n'a aucune excuse, l'interrompit Jimbo. Il paraît que madame a renoncé aux hommes, qu'elle ne pense plus qu'à son restaurant. Et où est-ce qu'elle passe la soirée de dimanche ? Dans un café de San Francisco à faire du plat à une espèce de play-boy prénommé Red. *Red !* Ce n'est même pas un prénom !

— Red Malone ? Le garçon à la Mercedes ?

— Exact. Et un ami de Victor, qui plus est. Peut-on imaginer pire bêtise ?

Bill parut encore plus anxieux. Il se tourna vers Allison.

— Je crois en effet que ce n'est pas un garçon pour toi, mon petit. Sarge et moi avons discuté de lui quand il est arrivé en ville. Tes vieux barjos essayent toujours de trouver quelqu'un qui te rende heureuse, tu sais. Ce Malone est beau garçon, il a de l'argent — à moins qu'il n'ait volé cette Mercedes… Mais il n'a pas l'air, comment dire ?… Il n'a pas l'air du style à garder une femme et ce n'est pas le genre d'homme qu'il te faut.

Allison grommela. Eddie saisit ses joues dans ses petites mains potelées et y posa sa bouche baveuse à la suite.

Comme toujours, ce geste la charma et lui rendit sa bonne humeur. Elle frotta son nez contre le sien avec le petit roucoulement habituel.

Elle sourit et se tourna vers ces messieurs.

— Ecoutez, vous deux. Je me moque que Red Malone soit un bourreau des cœurs californiens car, malgré ce que Jimbo s'imagine, il ne m'intéresse absolument pas. *Personne* ne m'intéresse. C'est gentil de vouloir me marier, Bill, mais vous devriez arrêter, Sarge, Dickey et vous.

— Oh ! s'esclaffa celui-ci, Dickey n'essaie pas de te trouver quelqu'un : il espère encore pouvoir t'épouser ! On lui a dit que ça prouvait qu'il était sénile, mais…

Allison rit de bon cœur. Dickey la demandait en mariage presque tous les jours. Parfois, elle en était même à se demander s'il ne la prenait par pour sa défunte femme, disparue de nombreuses années auparavant.

— Oh, ça suffit ! fit-elle sur un ton faussement fâché.

Messieurs, je vous félicite. Vous venez de réussir en neuf minutes là où neuf heures de dur labeur avaient échoué : vous m'avez tellement épuisée que je rentre à la maison.

Parce que la famille Malone souhaitait profiter de la saison touristique estivale, Red avait engagé une équipe de douze ouvriers pour transformer la boutique *Bath Goddess* en restaurant *Diamante* le plus vite possible.

C'est pourquoi, douze jours seulement après la signature du bail, Nana Lina avait envoyé un gérant à Windsor Beach pour commencer à recruter et à former le personnel et les livreurs. La pizzeria pourrait ouvrir dans trois jours, sous réserve que les fournisseurs livrent à temps.

Ils avaient déjà fait paraître une annonce dans la presse locale et fait placer des prospectus sous les essuie-glaces de toutes les voitures garées au pied des immeubles à distance raisonnable. Un de leurs spots télévisés serait diffusé dès le lendemain.

Red, qui avait dû se rendre à Windsor Beach quatre fois en dix jours, était fier de n'avoir pas appelé Allison une seule fois. Pas même pour prendre des nouvelles d'Eddie. Il n'était pas venu prendre son petit déjeuner au *Peacock Café*, bien qu'il ne soit qu'à quelques pâtés de maisons de la pizzeria, et n'était pas passé non plus en voiture devant son immeuble.

Il avait cependant beaucoup entendu parler d'elle pendant ces dix derniers jours. Elle allait ouvrir son propre restaurant. Les habitants de la petite ville semblaient impatients de le découvrir. Après quelques recherches, Red avait trouvé que le père d'Allison avait lui aussi eu son propre restaurant, fermé uniquement parce que la rue où il se trouvait était menacée par des projets de construction. Malade, il avait dépensé ses dernières économies pour payer des médecins.

Red n'avait pas posé de questions afin de ne pas attirer l'attention. Mais il savait tendre l'oreille. Le *Summer Moon*, c'est ainsi qu'allait s'appeler ce nouveau restaurant. Il était situé plus loin, à l'angle de Smith Street et de Princeton Street. Une belle situation, bien visible et facile d'accès. Il avait songé à ce local pour *Diamante* quelques mois auparavant, mais il était trop grand pour un comptoir de pizzas à emporter. D'ailleurs, les propriétaires voulaient vendre et non louer.

Ce projet excitait sa curiosité. Ayant grandi dans le milieu de la restauration, tous les aspects d'une telle opération l'intéressaient. Mais il était fier d'avoir su se retenir. Il n'était même pas passé devant en voiture. Il se concentrait sur sa propre affaire, et il y avait largement de quoi le tenir occupé. La réserve de main-d'œuvre était restreinte dans cette petite ville et le gérant avait du mal à trouver du personnel suffisamment expérimenté. La direction de *Diamante* allait peut-être devoir proposer des mutations aux jeunes employés de San Francisco, mobiles et susceptibles d'être attirés par un poste dans une station balnéaire.

Oui, il était tout à son travail. Si ses pensées s'égaraient de temps à autre, c'est parce qu'il n'était qu'un être humain, après tout…

Le dernier soir, il dîna rapidement dans un bar près de la plage en écoutant un chanteur interpréter des reprises de Jimmy Buffett et en s'abreuvant de café pour rester éveillé jusqu'à San Francisco. Il avait avalé la moitié de son sandwich quand il remarqua une jeune femme qui mangeait seule à une table.

Son pouls s'emballa. L'inconnue lui tournait le dos, mais elle avait environ trente ans, des cheveux châtains brillants, mi-longs… et un bébé assis dans un porte-bébé à côté d'elle.

Red se leva. Se retenir, c'était bien joli, mais si le destin plaçait Allison York à quelques mètres de lui…

Il s'approcha de la table en se composant un sourire poli, pas trop enthousiaste.

— Allison ?

La jeune femme se retourna. *Ce n'était pas Allison* — à sa grande déception.

Elle lui sourit. Elle avait des dents d'une blancheur éclatante, des yeux bleu vif, un teint hâlé et des courbes avantageuses.

Elle était très jolie. Plus jolie qu'Allison, au sens strict du terme.

— Désolée, dit-elle entre deux fossettes. Je m'appelle Tania.

Il lui présenta des excuses sans se laisser impressionner par ses charmes, lui fit la conversation quelques instants parce que visiblement il ne lui déplaisait pas, mais refusa son invitation à se joindre à elle. Il retourna s'asseoir au bar et contempla la mer ridée par le vent où le coucher de soleil se décomposait en milliers de taches colorées, comme dans un tableau impressionniste.

Une sorte d'impatience s'était réveillée en lui. Le simple fait d'avoir cru que c'était elle avait réveillé quelque chose en lui.

Quelque chose de dangereux.

Il devait monter dans sa voiture et rentrer avant de faire une bêtise.

S'il était si agité, c'était sans doute parce qu'il avait travaillé dur ces derniers temps, sans s'accorder de distractions. Il avait besoin de s'amuser un peu. Appeler Cherry, voilà la solution ! C'était à se demander pourquoi il ne l'avait pas fait plus tôt. Il pourrait lui proposer d'aller en discothèque. Cherry adorait danser et elle était douée. Une belle soirée en perspective.

Mais il eut beau multiplier les arguments, le cœur n'y était pas.

Il appela le serveur et régla sa note, puis rejoignit sa voiture, sortit son téléphone et composa le numéro d'Allison.

Pas de réponse. Même chose sur son portable.

Il parcourut sa liste de contacts jusqu'à *Cherry*. Son doigt hésita au-dessus de la touche « Appel ». C'était pourtant la seule chose à faire. Il était sûr de passer un bon moment avec elle.

Mais il ne l'appela pas, éteignit son téléphone et se rendit tout droit à l'angle de Smith Street et Princeton Street.

10

C’était dimanche, il était plus de 20 heures, et la plupart des enseignes de Windsor Beach étaient donc fermées, les vitrines et les lumières éteintes. Le *Summer Moon* se détachait d’autant mieux dans ce silence visuel.

Il occupait un joli bâtiment indépendant recouvert de bardeaux vert pâle, orné de volets vert sapin et de deux faux pignons sur le toit qui ressemblaient à une paire d’yeux. Les fenêtres sans rideaux révélaient un intérieur si violemment éclairé que Red aurait pu compter toutes les chaises depuis le trottoir d’en face.

Allison, apparemment, se moquait qu’on voie son futur restaurant en plein chaos. Et quel chaos ! Quand comptait-elle ouvrir, déjà ? A moins d’être aidée par une armée, elle n’y arriverait jamais !

Partout, des cartons ouverts d’où s’échappaient des chips de polystyrène blanc. Un balai appuyé contre une table. Sur une autre, un robot culinaire pas encore assemblé. Mais pas d’Allison à l’horizon.

Red se gara devant le restaurant et toqua doucement à la fenêtre. Pas de réponse. Il poussa la porte, qui s’ouvrit sans effort.

— Il y a quelqu’un ?

— Ah, enfin ! Pourquoi est-ce que tu ne décrochais pas ? C'est l'inondation ici.

L'inondation ? Red se fraya rapidement un passage parmi les cartons, les chaises sans pied et les tables empilées. Des câbles électriques pendaient du plafond comme des serpents. Ils attendaient les lampes Tiffany entassées au fond de la salle…

Allison devait être dans l'autre pièce. Bien que le restaurant soit plutôt spacieux, il n'eut pas de mal à trouver la cuisine, surtout dès qu'il aperçut l'eau qui gagnait du terrain à vive allure.

Allison était tout au fond, penchée au-dessus de l'évier en inox d'où jaillissait un geyser, les pieds dans deux centimètres d'eau.

Elle-même était trempée et visiblement hors d'elle. Le robinet cassé l'aspergeait en pleine figure. On aurait dit qu'elle revenait d'une baignade, avec ses cheveux dégoulinants plaqués sur son crâne. Son jean était complètement imbibé et son T-shirt blanc tellement collé à sa peau qu'il était devenu invisible.

Eddie pleurait, mais où était-il ? Red l'aperçut dans son porte-bébé, qu'Allison avait posé en sécurité sur la table la plus haute, à l'abri des eaux.

Donc, la première chose à faire était de couper l'eau. Red repéra un seau, le saisit et le posa à l'envers sur le robinet en col de cygne. Au moins, cela dirigerait l'eau dans l'évier. Puis il se tourna vers Allison.

— Vous avez essayé de fermer l'arrivée d'eau ?

Elle était restée bouche bée en l'apercevant dans la cuisine et le contemplait, muette, à travers ses cils trempés.

— Allison, *l'arrivée d'eau*. Où est-elle ? répéta-t-il.

— J'ai déjà essayé.

Elle repoussa une mèche qui lui tombait sur le front et secoua sa main trempée.

— C'est la première chose que j'ai voulu faire mais ça ne marche pas. Ça tourne dans le vide, il ne se passe rien.

Red la croyait sur parole. Inutile de perdre du temps et d'essayer à son tour.

— Il doit y avoir une autre vanne dans la rue. Je vais tâcher de la trouver. Vous avez appelé un plombier ?

— J'ai appelé Jimbo. Il saura réparer ça. Peut-être même que moi aussi, si on arrive à couper l'eau. Ça ne doit pas être bien grave. Un plombier me demanderait une fortune un dimanche soir.

— Mais Jimbo ne répond pas au téléphone, c'est ça ?

— Non. Mais si j'arrive à arrêter l'eau, je suis sûre que…

— O.K.

Red avait bien perçu son anxiété. Encore un problème d'argent ? Et les cinquante mille dollars que Lewis lui avait fait virer la semaine précédente ?

— Restez là avec Eddie et empêchez ce seau de bouger. Je vais voir si je peux trouver l'arrivée principale.

Il mit du temps à mettre la main dessus à cause de la nuit qui était tombée et du manque d'éclairage de l'allée. Bien qu'il n'ait pas les bons outils, il réussit à tourner suffisamment la vanne pour que l'eau cesse de jaillir aussi violemment en éclaboussant tout.

Lorsqu'il regagna la cuisine, Allison avait transféré Eddie sur un plan de travail et s'apprêtait à le détacher de son porte-bébé. Elle avait trouvé une pile de torchons et en avait disposé un sur son épaule pour isoler le petit de son T-shirt trempé. Eddie, mouillé lui aussi, tout rouge et furieux, pleurait toujours, mais légèrement moins fort.

— Désolée, fit Allison. Il faut que je le…

— Oui, bien sûr.

Il avait souvent vu Matt calmer sa petite Sarah. Plutôt tranquille en général, la fillette pouvait hurler à vous percer les tympans. Dans ces moments-là, apaiser le bébé était une priorité absolue : sans cela, on n'arrivait même plus à penser à quoi que ce soit — à part se prendre la tête entre les mains.

Red se tut, de crainte qu'une voix masculine et inconnue ne rende l'enfant encore plus nerveux. Pendant qu'elle tapotait le dos de son bébé en fredonnant, il découvrit un placard heureusement déjà pourvu en matériel de nettoyage, dont deux balais à franges professionnels.

Il n'avait pas remarqué quel type de sol décorait la salle à manger. Quel qu'il soit, il n'était sûrement pas adapté aux immersions prolongées dans l'eau… Réunissant tous les torchons qu'il put trouver, il les empila à l'entrée de la cuisine, comme des sacs de sable faisant barrage à l'inondation.

Puis il se mit patiemment à éponger l'eau, essorant les balais dans l'évier, sans relâche.

Après quelques minutes, il remarqua qu'Eddie s'était tu, hormis quelques gémissements somnolents. Il leva les yeux. Allison le regardait avec une expression bizarre. Elle cessa de faire les cent pas et parut chercher ses mots.

— Red, je…

Presque instantanément, comme elle avait arrêté de marcher, Eddie protesta, relevant sa tête dodelinant de sommeil. Ses petites paupières peinaient à rester ouvertes. La partie était presque gagnée s'il ne se remettait pas à crier.

Red fit signe à Allison de marcher. Celle-ci hésita puis s'exécuta. Eddie eut un hoquet, poussa une dernière protestation, puis sa tête retomba lentement sur l'épaule de sa mère. Il fourra deux doigts dans sa bouche et téta un instant, puis s'endormit.

Ne voulant visiblement pas prendre de risque, Allison attendit encore un peu avant de le remettre dans son siège et de le rattacher.

— Je ne sais que dire, fit-elle à voix basse. J'ai été tellement surprise de vous voir. Je vous avais pris pour Jimbo.

— Désolé. Je ne suis qu'un succédané de Jimbo, fit Red en esquissant un sourire. Juste un type qui a quelques années d'expérience dans le nettoyage des cuisines professionnelles.

Elle rougit et posa la main sur le manche du balai pour l'empêcher de continuer.

— Vous n'avez pas à faire ça. Je vais prendre le relais.

— Je crois plutôt qu'on ne sera pas trop de deux, répondit-il. J'ai vu que vous aviez un autre balai à franges. Il ne faudrait pas que l'humidité pénètre et entraîne des problèmes de moisissure. Croyez-moi, c'est un vrai cauchemar quand ça commence.

— Je ne peux pas…

L'air consterné, elle repoussa ses cheveux mouillés.

— Je ne peux pas vous demander ça.

— Mais vous ne me demandez rien : c'est moi qui vous propose mes services.

Franchement, mouillée et dépitée comme elle l'était à présent, elle semblait à peine sortie de l'adolescence. On aurait dit une fillette qui aurait joué avec le tuyau d'arrosage.

Sauf qu'elle portait un soutien-gorge en dentelle

bleue parfaitement visible sous son T-shirt mouillé. Red s'imagina la petite culotte assortie collée à sa peau sous son jean détrempé. Non, décidément, ce n'était plus une fillette…

Et il s'égarait. S'il voulait garder la tête froide, il avait intérêt à ne pas la regarder plus bas que son petit menton pointu.

— Je vous assure que deux personnes valent mieux qu'une dans ce genre de situation.

Elle paraissait toujours gênée sans toutefois trouver d'objection. Hochant doucement la tête, elle alla chercher l'autre balai à franges et se mit au travail.

Il fallut beaucoup de temps pour sécher le sol. Les balais trempés étaient lourds à manier. Comment faisait-elle pour tenir le coup ? Elle devait avoir mal dans les bras et dans les épaules. Elle épongeait pourtant avec la même vigueur que lui.

Ils parlaient peu. Juste pour déplacer des objets et se mettre d'accord sur le prochain secteur à traiter. Il lui demanda si elle possédait des ventilateurs de plafond. Elle en avait effectivement, ainsi que quelques ventilateurs mobiles qu'ils feraient tourner plus tard afin que tout sèche entièrement.

Heureusement, Eddie ne se réveilla pas pendant ces opérations.

Au bout d'une heure, Red proposa une pause. Il en avait besoin, elle aussi. Cela se voyait à la transpiration qui mouillait son cou et à ses joues rouges. Mais c'était une dure à cuire. Elle aurait préféré s'écrouler de fatigue plutôt que de demander grâce.

Ils posèrent les balais contre le plan de travail en inox et s'y adossèrent en soupirant profondément.

Les mains de Red le brûlaient. A tous les coups, il

aurait des ampoules le lendemain. Il fallait croire que le travail au bureau le ramollissait. Le handball et le tennis étaient les exercices les plus violents de sa vie pépère. Rien ne valait les bonnes suées, le vrai travail tel qu'il le pratiquait à l'époque où il était encore lycéen. *Diamante* s'était agrandi depuis, et l'entretien était à présent effectué par une entreprise extérieure mais, à l'époque, Red et ses frères assuraient eux-mêmes le ménage à la pizzeria.

— Je tiens à vous dire ma reconnaissance, fit Allison à voix basse. Je ne sais pas où est passé Jimbo — il devrait être là, depuis le temps que je lui ai laissé un message. Je suis vraiment désolée de vous avoir entraîné dans cette inondation. Vous devez regretter d'être passé par ici ce soir.

Red ne répondit pas immédiatement. Que ressentait-il, exactement ? Il était mouillé, mal à l'aise et fatigué.

Mais était-il contrarié pour autant ?

Pas le moins du monde.

— Non. Je ne le regrette pas du tout, reprit-il. Je recommencerais, si c'était à refaire.

Allison faillit éclater de rire mais se ravisa en regardant Eddie.

— Alors, vous reviendriez éponger ma cuisine plongée sous les eaux ?

— Absolument !

Elle scruta son visage, comme pour y découvrir une réponse. N'y ayant apparemment pas trouvé ce qu'elle cherchait, elle fronça les sourcils.

— Pourquoi feriez-vous ça ?

N'ayant pas de réponse, Red opta pour la franchise :

— Je ne sais pas.

Il aurait voulu comprendre ce qui lui passait par la

tête. De toutes les personnes au monde qu'il aurait dû fuir, Allison York était bien la première. Elle pouvait probablement en dire autant de lui. Et pourtant… quelque chose chez elle avait commencé à lui rentrer dans la peau.

Elle n'essayait visiblement pas de le séduire. Et même, étant donné les circonstances, il ne lui restait pas une once de séduction. Elle était mouillée, épuisée, gênée, perplexe.

On aurait dit un chaton sauvé des eaux.

Pourtant, lorsqu'elle lui parlait comme ça à voix basse, il était troublé comme par une caresse. Ce trouble passait la barrière de la raison, son corps y répondait bien malgré lui.

S'il n'y prenait garde, son jean mouillé allait finir par révéler des détails embarrassants…

Son visage n'était qu'à quelques centimètres de celui d'Allison. *A cause d'Eddie*, naturellement, puisqu'ils devaient parler bas. Leur chuchotement n'était qu'une mesure de précaution et de bon sens.

Non, en vérité, il parlait bas pour des raisons bien plus égoïstes : parce que cela lui permettait de se rapprocher suffisamment d'elle pour l'embrasser.

L'embrasser, voilà ce qu'il désirait, ce dont il mourait d'envie…

Mauvaise idée, lui glissa une petite voix. *Oh, la ferme ! Embrasse-la donc*, rétorqua une seconde voix intérieure.

Ses lèvres charnues et roses, légèrement entrouvertes, l'attendaient.

— Allison…

Il pencha la tête, suffisamment pour lui faire connaître ses intentions, pour lui donner le temps de l'arrêter.

Elle ouvrit de grands yeux. Au dernier moment, alors qu'il restait tout juste assez d'espace entre eux pour pouvoir prétendre qu'il ne s'était rien passé, elle recula, cligna des yeux et s'écarta légèrement, comme si elle n'avait rien remarqué.

Red éprouva une pointe de déception, mais il devait se ranger à sa décision, se dire que c'était mieux ainsi. Les conséquences, s'il l'avait embrassée, auraient été…

Trop compliquées à prédire.

Les premiers instants furent gênants. Il la regarda jouer avec son manche à balai. Puis elle le dévisagea par-dessous ses épais cils noirs.

— Au fait, qu'est-ce qui vous amène ici ?

— Je ne venais pas vous harceler, je le jure, répondit-il après un bref instant de flottement. Je vous ai appelée, chez vous et sur votre portable, mais en vain. Comme tout le monde parle de votre nouveau restaurant, je me suis dit que j'allais y faire un saut avant de rentrer chez moi.

Elle accueillit cette réponse d'un air sceptique.

— Vraiment ? Cela n'a rien à voir avec Victor ? J'ai signé les papiers, vous savez. La semaine dernière. Je pensais que tout était terminé.

Et c'était le cas — normalement. Il aurait dû mettre un point final à cette histoire. Il n'avait aucune raison valable d'être ici.

— Ma présence n'a rien à voir avec Victor, je vous assure. Je voulais juste vous voir. Quand je vous ai quittée à l'hôpital, c'était d'une manière un peu bancale. Je sais que Lewis s'est occupé des papiers, mais j'avais envie… J'avais envie de voir comment allait Eddie.

Il s'interrompit. Cette explication inventée à l'instant devait sonner très faux.

— Je voulais savoir comment vous alliez, ajouta-t-il, plus sincère.

Allison parut plus convaincue par cette franchise. Elle lâcha son balai et se remit à respirer normalement.

— Eddie va bien. Moi aussi. Enfin, ça ira si le restaurant est prêt à temps.

Content que la conversation reprenne une tournure normale, Red enchaîna aussitôt.

— Ça a l'air très bien. On voit qu'il y a encore beaucoup à faire mais…

— C'est le moins qu'on puisse dire ! J'avais tout programmé, je croyais avoir tout prévu dans les moindres détails. Mais de nouveaux problèmes surgissent sans cesse ! Je commence à me demander si je serai prête dans les temps…

Red connaissait parfaitement ces difficultés. Ouvrir un restaurant, c'était comme partir en guerre. Les enjeux étaient immenses, les éléments susceptibles de mal tourner innombrables.

La plupart des personnes qui envisageaient de tenir un restaurant ignoraient tout de l'ampleur du travail que cela représentait. Elles s'imaginaient évoluant au milieu de la clientèle, servant des vins judicieusement choisis pour accompagner des côtelettes d'agneau entourées d'une jolie garniture, le tout tombé du ciel. Si Marianne, par exemple, décidait d'ouvrir un restaurant, elle ne tiendrait pas une semaine.

Allison, avec son menton volontaire, son regard intelligent et son habitude d'affronter les problèmes, semblait beaucoup plus réaliste. Hélas, malgré ça, tout nouveau restaurant restait une entreprise périlleuse.

Red fit un rapide inventaire de l'équipement. Elle avait déjà acheté les grosses pièces et fait d'excellents choix, s'il en jugeait par les appareils dont il reconnaissait les marques. Leurs surfaces en inox où se reflétaient l'eau et la lumière indiquaient qu'ils étaient neufs.

L'agencement était intelligent mais quelques espaces vides signalaient des indispensables encore manquants. Le freezer, le fourneau, le lave-vaisselle.

Sans parler du désordre qui régnait encore dans la salle à manger. Où en était-elle dans le recrutement, les formalités et les contacts avec les fournisseurs ?

— Quand avez-vous prévu d'ouvrir ? demanda-t-il à brûle-pourpoint.

— Nous faisons une pré-ouverture, juste pour les amis, dans dix jours, répondit-elle. La grande ouverture, c'est dans deux semaines. On ne peut pas repousser. On l'a déjà annoncée et, d'ailleurs, si on ne commence pas à faire rentrer de l'argent au lieu d'en dépenser, on court à la catastrophe.

Elle parlait comme si elle n'avait pas de matelas de sécurité.

— Et le chèque de Victor ? Ça ne vous donne pas de la marge ?

— L'argent de Victor est pour Eddie, coupa-t-elle. Je l'utiliserai pour les soins médicaux, en cas d'urgence, et c'est tout. Le restaurant ne doit compter que sur ses propres ressources.

Il aurait pu lui opposer dix arguments au moins, que les six premiers mois étaient toujours difficiles, qu'une affaire ne pouvait être rentable immédiatement, qu'il fallait parfois attendre deux ans… Il aurait même pu arguer que le succès du restaurant était important pour l'avenir d'Eddie.

Mais en la regardant, avec ses sourcils froncés, têtus, il ne put se résoudre à avancer la moindre remarque.

— Y a-t-il quelque chose que je pourrais faire pour vous aider ? demanda-t-il à la place.

Il était peu probable qu'elle accepte, mais tant pis, il avait envie de le lui proposer, de lui faciliter la tâche.

— *Diamante* ouvre une pizzeria à emporter dans le coin et nous avons beaucoup de main-d'œuvre sur place. J'allais demander à certains employés de repartir. Je pourrais vous les envoyer pour qu'ils vous donnent un coup de main…

Allison rougit.

— Merci, mais je ne peux pas me permettre de payer plus de monde. Je dois m'en tenir à mon budget.

— Mais vous n'auriez pas besoin de les payer. Nous les avons…

— Non.

Il n'insista pas. Fille de restaurateur, il aurait dû savoir qu'il ne lui ferait pas gober n'importe quel bobard, même bien intentionné.

D'ailleurs, elle n'était pas du genre à aimer qu'on lui dore la pilule. Elle savait avaler même les plus amères.

— Merci, ajouta-t-elle, mais je préfère me débrouiller seule.

Red acquiesça. Ils avaient oublié de chuchoter et Eddie commençait à geindre dans son siège, les yeux encore fermés. Sa bouche tétait doucement — pas besoin d'être père pour comprendre qu'il avait faim.

Son tête-à-tête avec Allison touchait à sa fin.

Allison l'avait remarqué aussi. Elle retroussa la couverture sous les pieds d'Eddie et éteignit le plafonnier placé au-dessus de lui, comme pour gagner quelques minutes.

Elle se tourna vers lui, le regard brillant d'un éclat plus sombre dans l'éclairage tamisé.

— Je crois que je dois vous dire une chose. Une chose importante. Du moins pour moi.

— D'accord, fit Red, en attente.

— Je ne cherche pas à dénigrer Victor. Je sais que c'était votre ami, que vous aviez une haute opinion de lui. Jamais je n'aurais cru que nous parlerions de ça, mais vous êtes là et…

Il comprenait. Ils se retrouvaient seul à seule, et ils avaient même été à deux doigts de s'embrasser.

— Et j'aimerais que les choses soient claires, acheva-t-elle.

— D'accord.

— Je ne sais pas ce que Victor vous a dit, mais je voudrais que vous sachiez que j'ignorais qu'il était marié. Je savais qu'il n'était pas amoureux de moi. De mon côté, je n'étais pas vraiment amoureuse non plus. Mais nous étions… J'ai cru que nous étions amis. J'avais terriblement besoin de quelqu'un à mes côtés à ce moment-là. Mon père venait de mourir, son restaurant allait fermer, bien qu'il ait travaillé dur pour le sauver…

Red avait déjà entendu la même version de l'histoire. Son père mourant, la faillite de son restaurant. Deux coups durs en même temps.

— Il était adorable avec moi. Il m'avait raconté qu'il sortait d'un terrible divorce, et qu'il était venu se terrer un moment à Windsor Beach, pour être seul. Je me disais que nous traversions tous les deux une mauvaise passe et pourrions peut-être nous épauler l'un l'autre. Nous avons eu une liaison pendant quelques semaines — je savais que ça ne durerait pas. Jimbo était absent. Il travaille avec des vétérans handicapés, vous savez. Ils partent parfois en déplacement. On allait chez moi, au lieu d'aller à l'hôtel de Victor.

A l'hôtel ? Victor possédait une superbe maison en front de mer aux abords de Windsor Beach. Pourquoi n'y avait-il pas emmené Allison ? La réponse n'était que trop évidente. Cette maison était remplie de photos de Marianne, Dylan et Cherry. Les placards de la chambre devaient être pleins de vêtements de femme, la salle de bains de parfums et de crèmes.

— Cela n'a duré que quelques semaines, comme je vous le disais. Puis il a cessé de venir. Cessé d'appeler. J'ignorais complètement l'existence de sa femme et de ses enfants jusqu'au jour où j'ai appelé pour lui annoncer que j'étais enceinte.

Red aurait voulu ne pas le croire. Comment Victor avait-il pu tromper Allison, lui cacher qu'il était marié, père de famille et même qu'il possédait cette maison ? C'était impossible. *Victor aimait sa famille.* Il était aussi incapable d'en nier l'existence que…

Payer sa maîtresse pour qu'elle taise l'existence de son enfant adultérin ?

Par quelque bout que Red prenne cette histoire, Victor avait fait une chose dont il l'aurait cru incapable.

— Je comprends que vous ne me croyiez pas, reprit Allison. Ça n'a pas vraiment d'importance. C'est juste que, je ne sais pas pourquoi, je tenais à vous le dire et…

— Je vous crois.

Et c'était vrai. Allison ne mentait pas. Il en avait la certitude comme il savait que Nana Lina ne mentait jamais. Comme Belle, Kitty et toutes les femmes entrées dans la famille Malone. C'était cela, la *tenue* dont parlait sa grand-mère. La capacité de dire les vérités les plus dures avec suffisamment d'autorité et de courage pour que tout le monde les entende.

Allison hocha lentement la tête.

— Merci. Mais il y a quelque chose que je voudrais ajouter. C'est à propos…

Elle se détourna et se mit à jouer avec une petite flaque d'eau restée sur le plan de travail, la poussant du tranchant de la main jusqu'à ce qu'elle tombe dans les mèches mouillées de son balai à franges. Les traces humides restées sur le plan de travail s'évanouirent rapidement.

— C'est à propos de tout à l'heure. Quand nous… Vous avez failli…

— Quand j'ai eu envie de vous embrasser ? osa Red.

Bizarrement, il était heureux qu'elle en parle. C'était bon de crever l'abcès.

— Je le regrette, reprit-il. Je sais que je n'en avais pas le droit.

— Ce n'est pas grave. Ce que je voulais vous dire, c'est que je ne peux pas me permettre de complications dans ma vie privée. Surtout avec les hommes. J'ai fait pas mal d'erreurs ces dernières années. Avant Victor, je me suis mariée et ça s'est mal terminé. Donc, comme vous vous en doutez, je préfère ne pas m'aventurer dans cette direction pour l'instant. Je veux me concentrer sur Eddie et sur mon restaurant.

Quand il leva les yeux, elle souriait à moitié.

— Je ne m'imagine pas que vous cherchiez à avoir une histoire avec moi. Un baiser, ce n'est jamais qu'un baiser. D'ailleurs, il n'y a même pas eu de baiser. Mais bon. Je voulais que vous sachiez à quoi vous en tenir… avant que la situation ne nous échappe.

— Parfait. J'ai pigé. Vous ne voulez pas de complications, résuma Red. Mais un ami ? Un ami aussi, c'est trop compliqué pour vous ? Parce que j'aimerais beaucoup être votre ami, peut-être vous donner un coup de main de temps en temps, venir voir Eddie…

Elle hésita.

— Un ami…

— Oui. Pas un ami comme Victor. Plutôt comme… comme votre copain Bill Longmire. En meilleur conducteur.

Elle secoua lentement la tête. Puis un rire étouffé lui échappa.

— Comme Bill Longmire, c'est ça… Comme si vous ressembliez à Bill !

Ce rire eut raison du sommeil du bébé. Eddie ouvrit les yeux plusieurs fois et se mit à gigoter, se tordant jusqu'à ce qu'il aperçoive sa mère. Enfin, il se mit à pleurer pour de bon.

— Il a faim, dit-elle. Je ferais mieux de…

— D'accord. Il faut que j'y aille, de toute manière. Alors, amis ?

Elle scruta furtivement son visage. Puis, comme à contrecœur, elle accepta la main qu'il lui tendait. La sienne était fraîche et menue, mais légèrement calleuse par endroits. Même ces stigmates de travailleuse le charmaient.

— Amis, dit-elle.

11

Allison avait accepté de devenir l'amie de Red Malone, persuadée que ce genre de promesse n'engageait pas à grand-chose avec quelqu'un comme lui. D'après son expérience, les hommes dans son style — c'est-à-dire play-boy charismatique et sûr de lui — n'avaient pas vraiment d'amies. Ils ne connaissaient que des femmes qui attendaient le moment où elles auraient droit à leur tour de manège.

Maintenant que la possibilité d'une liaison était écartée, il allait vite se désintéresser d'elle. Aussi ne fut-elle pas surprise de pas avoir de ses nouvelles pendant trois jours.

Elle ne pouvait pas être déçue non plus. Leurs relations éphémères s'étaient terminées en bons termes par rapport à la manière dont elles avaient débuté. En venant au restaurant le soir où la plomberie l'avait lâchée, Red cherchait visiblement à clore cet épisode sur une note amicale. Bien entendu, elle avait aussi apprécié son aide. Son intervention avait été providentielle, surtout étant donné que Jimbo n'avait répondu à son appel qu'après minuit.

Donc, Red avait évité l'inondation et pouvait la

quitter en toute bonne conscience après son intervention chevaleresque. Il allait retourner à sa petite vie dorée, à ses admiratrices, retrouver son country-club et la « vraie » famille de Victor.

Quant à Allison, elle allait retourner à ses moutons — en l'occurrence, une séance de dégustation d'entrées avec Jimbo et Meg Bretton, la productrice rencontrée au marché et en passe de devenir une excellente amie. Assise devant une petite table dans la cuisine du restaurant, Allison patientait pendant que Jimbo et Meg s'affairaient devant le fourneau enfin installé, concoctant des merveilles et se battant pour remporter son approbation.

Eddie était avec Sue pour l'après-midi. Cette compétition culinaire au milieu des brûleurs, des projections d'huile, des hachoirs et des couteaux en mouvement n'était pas un endroit pour un bébé.

— Et voici ! Côte de porc, sauce melon.

D'un geste théâtral, Meg déposa une assiette devant Allison. Un fumet appétissant s'en dégageait. Dans un cartoon, Allison se serait mise à baver, et la fumée se serait métamorphosée en une main lui faisant signe de s'approcher.

— Ne te gave pas, l'avertit Jimbo. J'ai, à suivre, un filet de saumon avec la même sauce.

— *Ma* sauce, précisa fièrement Meg. Tu te rappelles quand tu disais qu'elle aurait un goût d'eau croupie ?

Jimbo marmonna une réponse incompréhensible et se retourna vers le fourneau.

— D'accord, admit-il. Cette sauce n'est pas mal. En fait, Allie, on devrait lui proposer un contrat d'exclusivité.

Meg afficha un sourire triomphant.

— Non que les clients se bousculent à sa porte, ajouta Jimbo d'un air faussement sérieux.

— Ah oui ? Et comment peux-tu en être aussi sûr ?

Allison enfourna une bouchée pour cacher son amusement. Si Jimbo et Meg en étaient déjà à se chamailler affectueusement, c'était que leur relation progressait plus vite que prévu. Son ami réservait ses remarques désobligeantes à deux catégories de personnes : les gens qu'il ne pouvait pas sentir et ceux qu'il adorait.

— S'il y a aussi du saumon, vous allez devoir m'aider, annonça Allison en enfournant une seconde bouchée de porc.

C'était la cinquième entrée qu'elle goûtait. Avec les autres, elle s'en était tenue à une dégustation purement professionnelle, mais celle-ci les dépassait toutes.

— Meg, prends une fourchette et empêche-moi de finir.

Après le saumon, Jimbo, ayant terminé tous les plats du jour, put enfin se joindre à elles. Il sortit une bière et s'apprêtait à faire sauter la capsule quand il se figea.

— J'ai un doute. C'est toi ou moi qui garde Eddie ce soir ?

— C'est moi. Je croyais que tu avais une réunion avec le groupe de deuil.

— Euh… Ah, oui, exact.

Jimbo rangea sa bière sans l'avoir goûtée et les rejoignit à table. Sans s'embarrasser d'une fourchette, il se mit à picorer des miettes de saumon, de porc, de poulet et de tofu dans les assiettes à moitié vides, lançant chaque morceau dans sa bouche comme s'il s'agissait d'un jeu d'adresse.

Meg poussa la saucière dans sa direction et glissa discrètement une fourchette à portée de sa main.

— Tu fais partie d'un groupe de deuil ? fit-elle. Je ne savais pas.

— C'est un groupe de vétérans. Des types avec qui j'étais à l'armée, des amis à eux. La plupart ont perdu un membre de leur famille, épouse, mère, enfant.

Jimbo termina le verre d'eau d'Allison sans demander sa permission.

— C'est drôle. Ils ont connu le danger et la réalité de la mort sous les drapeaux. Ils quittent l'armée, tout est censé se passer sans histoire après et là ils perdent un être cher. Beaucoup d'entre eux sont dépassés.

Meg faisait grise mine. Allison comprit qu'elle se méprenait.

— Jimbo anime le groupe, précisa-t-elle. Il suit ces hommes depuis des années. C'est presque sa famille.

— Ah, je vois. Je croyais que… Enfin, je me demandais qui tu avais perdu et…

Jimbo répondit avec un haussement d'épaules.

— Non. J'ai perdu des proches, bien sûr, comme tout le monde. Mais cela ne m'a pas autant perturbé. Il est vrai que j'ai encore mes deux bras et mes deux jambes, contrairement à la plupart d'entre eux. Cela change beaucoup de choses quand il s'agit d'encaisser une nouvelle perte.

Ils mangèrent en silence pendant quelques instants, puis Jimbo s'éclaircit la voix.

— Au fait, Allie, je t'ai parlé de Carl Kelly ?

Il ne la regardait pas, occupé, semblait-il, à redresser les dents de sa fourchette. Sauf que les couverts étaient neufs… Jimbo essayait-il, l'air de rien, d'aborder un problème personnel ?

— Non. Ça fait des semaines que tu ne m'as pas donné de ses nouvelles. Qu'y a-t-il ?

— Il a attrapé la varicelle.

Meg et Allison sourirent instinctivement, puis celle-ci se rappela combien cette maladie infantile était terrible chez l'adulte.

— C'est affreux. Comment est-il ?

— Contagieux. Par conséquent, il ne peut pas emmener le groupe à Los Angeles ce week-end.

Jimbo contempla les assiettes vides puis, posant sa grande main à plat sur la table, il inspira profondément.

— Ils veulent que je le remplace. Ils ont besoin de quelqu'un qui soit déjà approuvé, qui ait tous les agréments pour les activités, etc. Je leur ai dit que ce n'était vraiment pas le moment, à cause du *Summer Moon*, qu'on ne serait jamais prêts pour l'ouverture si je m'absentais près d'une semaine et que…

Allison se mit à rire, tâchant de paraître insouciante malgré cette mauvaise nouvelle. Jimbo absent une semaine… Autrement dit, jusqu'à la pré-ouverture.

Comment allait-elle se débrouiller sans lui alors qu'il restait tant à faire ?

Elle y arriverait ! Elle devait trouver de l'aide, voilà tout. Un instant, un peu paniquée, elle songea même à appeler Red, pour voir s'il pouvait la mettre en contact avec les extra dont il n'avait plus besoin. Puisqu'il le lui avait proposé…

Mais elle n'en était pas à supplier, tout de même ! Du moins pas encore.

Elle répondit tout en songeant au taux horaire de la main-d'œuvre et à son budget.

— Ne fais pas l'idiot. Tu dois y aller. Nous avons presque terminé ici. Ça va aller.

— Non, tu as besoin de moi. Regarde-moi ça. On n'a toujours pas installé l'éclairage au-dessus des tables et le lave-vaisselle qu'on nous a livré n'est pas aux bonnes dimensions. Et je ne parle même pas du revêtement de sol ni de la tapisserie dans les toilettes. Sans compter qu'il reste une tonne de…

— Jimbo, relax, coupa-t-elle. Je m'en occupe. S'il le faut, j'appellerai des renforts.

— Qui ? Le Club des Vieux Barjos ? Ils devront s'y mettre à quatre rien que pour soulever les nouvelles toilettes. D'ailleurs, il paraît qu'ils ont dû appeler la nièce de Dickey O'Connor. Apparemment, Dickey n'a pas reconnu Sarge l'autre jour. Il va peut-être devoir aller en maison de retraite.

Allison savait que cela devait arriver un jour, comme elle le redoutait. Dickey aimait l'espace, les émotions fortes et le mélodrame. Il étoufferait dans un établissement pour personnes âgées. Mais non, peut-être y avait-il encore de l'espoir. Elle n'avait jamais rencontré sa nièce. Avec un peu de chance cette dernière avait hérité de l'âme des O'Connor et prendrait son oncle chez elle.

Après quelques instants, Meg prit la parole. Elle avait observé la discussion en silence, l'air neutre, les laissant se débrouiller.

— Je pourrais donner un coup de main. Je dois assurer le marché ce week-end mais, ensuite, j'ai du temps à revendre. A nous deux, nous devrions abattre de l'ouvrage.

— Ah, tu vois ? fit Allison à Jimbo.

Elle remercia Meg d'un sourire et fit comprendre d'un regard à son ami que la discussion était terminée.

— Qui sait ? Tu n'es peut-être pas aussi indispensable que tu le crois, le nargua-t-elle.

*
* *

Le calme régnait rarement sur la villa de Nana Lina à Belvedere Cove. Malgré ses quatre-vingts ans, la grand-mère de Red aimait toujours l'animation et les réjouissances. Elle organisait des fêtes pour le moindre prétexte.

Red et ses frères avaient tous un domicile officiel, de belles maisons plus proches de la ville et des bureaux de *Diamante*. Mais cette immense propriété en bord de mer, dans le comté de Marin, où leurs grands-parents les avaient amenés après la mort de leurs parents, resterait toujours pour eux leur vrai foyer.

Fidèles à la tradition familiale, ils y organisaient eux aussi des fêtes dès qu'ils avaient besoin de place. Matt et Belle s'étaient dit « oui » dans le jardin où, neuf mois plus tard, ils avaient célébré la naissance de leur fille en buvant du champagne rosé sous les arbres garnis de ballons blancs et roses.

Red avait toujours pensé qu'il se marierait ici aussi, un jour, s'il trouvait jamais une femme qu'il puisse supporter plus d'un an ou deux.

S'il se mariait ici, il souhaitait quelque chose de plus modeste, de plus intime. Les jours de fête, la propriété était splendide, décorée de lanternes japonaises, d'urnes débordant de fleurs, de cristaux et d'argenterie étincelant à la lumière des bougies. Mais lui il préférait ces lieux lorsque les invités étaient partis et qu'il restait seul avec sa famille et le clair de lune se reflétant sur l'eau.

Comme ce soir.

Il sortit dans le patio, agréablement fatigué après un long dîner. Cela avait été une petite réception par rapport à d'habitude : quatorze personnes environ. Juste Cherry, Marianne et Dylan, Matt et Belle, David et Kitty

Gerard, Colby et sa fiancée du moment — Red était presque sûr qu'elle se prénommait Mandi — attachée de presse dans un grand magasin et, bien sûr, deux ou trois amis de Nana Lina.

La soirée s'était bien passée et avait l'avantage de s'être terminée tôt, lui laissant le temps de se détendre et de souffler un peu. Il monterait dire bonne nuit à sa grand-mère dans un petit moment. Pour l'instant, il avait envie de rester debout dans l'obscurité, à écouter le bruit des vagues, avant d'aller se coucher.

Il était là depuis une bonne minute quand il s'aperçut qu'il n'était pas seul. Aussi immobile qu'une statue parmi les ombres du jardin, Colby, son frère aîné, occupait l'un des fauteuils en fer forgé.

Ce dernier devait l'avoir entendu ouvrir la porte donnant sur le patio. Red n'avait pas cherché à passer inaperçu, d'ailleurs. Alors pourquoi son frère n'avait-il rien dit ?

Et que faisait-il ici, à cette heure ?

— Hé, dit Red. Qu'est-ce qui se passe ? Où est passée Mandi ?

Colby se retourna, souriant. Ses yeux brillaient à la clarté de la lune mais tout le reste de sa personne n'était qu'une silhouette noire dans l'obscurité.

— Elle est rentrée chez elle. Heureusement qu'elle avait pris sa voiture.

Red se mit à rire. Inutile de demander à Colby d'où venait son soulagement. Mandi était très agréable à regarder et loin d'être idiote. Mais elle avait un regard de rapace et avait passé tout le repas à examiner la salle à manger, calculant la valeur des tableaux, de la porcelaine, des verres en cristal. En quittant la table après le dîner, Red l'avait même surprise à palper l'étoffe des rideaux…

Red ignorait quel genre de renseignement pouvait fournir le toucher d'une étoffe, mais il savait en revanche qu'il n'aurait pas aimé voir sa petite amie se livrer à ce genre d'examen.

— Il y a toujours quelque chose qui cloche, commenta Red avec un soupir. Avec les femmes. Au début, quand tu fais une nouvelle rencontre, tu te dis bon, oui, peut-être. Mais tu découvres toujours un défaut rédhibitoire. Tu ne l'as jamais remarqué ?

Colby regardait devant lui, comme hypnotisé par les branches des arbres penchés qui caressaient doucement la pelouse. Il souriait, comme le trahissait l'éclat de la lune sur ses dents.

— Oui, dit Colby. J'ai remarqué.

Un oiseau lança un hululement plaintif. Red s'adossa à un fauteuil en respirant profondément l'air pur. Quelque chose lui disait que son frère n'avait pas vraiment envie de se caser, pas plus que lui.

— Comment ça s'explique, à ton avis ? reprit-il. Est-ce que Matt et David ont mis la main sur les deux seules femmes bien de l'univers ? Ou est-ce que ça vient de nous ? Est-ce qu'on est trop difficiles ?

— Aucune idée, grommela Colby. Nana Lina dit que nous le faisons exprès, pour tout saboter. Selon son humeur, elle explique que nous avons peur de nous engager ou que nous sommes des imbéciles arrogants qui se croient trop bien. Parfois aussi elle prétend que nous n'avons pas assez d'estime de nous et pensons que nous ne méritons pas une femme bien. Tout un programme…

— Ben voyons ! C'est tellement logique… Je vais te

dire ce que je pense, moi. Je crois que l'impression de perfection vient ensuite, après être tombé amoureux.

— Je ne sais pas si ça a un sens mais c'est le genre de chose qu'on lit dans les magazines, ironisa Colby.

— Oui, on dirait. Mais, sérieusement, pense à Matt, insista Red. A David, aussi. Ils ne se sont pas dit dès le premier instant : « Ça y est, je viens de trouver la femme idéale. » Je me rappelle que lorsque Matt a rencontré Belle, il ne la croyait pas capable d'être une bonne attachée de presse et encore moins une bonne épouse pour lui. Et David et Kitty, tu te rappelles ? Tout le monde pensait que c'était une tordue, y compris David.

Colby n'était apparemment pas d'humeur à suivre son raisonnement.

— Où veux-tu en venir ? le coupa-t-il.

A vrai dire, Red ne le savait pas lui-même. L'idée venait juste de germer dans son esprit, ses contours étaient encore très flous. Ses frères et lui s'attardaient rarement sur ce qu'ils ressentaient. Colby accusait toujours de nombrilisme ceux de leurs amis qui s'épanchaient sans fin sur une femme et sur ce qu'ils éprouvaient pour elle.

— Ce que je veux dire… c'est que Matt et Colby ont dû faire preuve de patience. Ils ont dû passer outre certaines choses. Attendre que certains angles s'arrondissent, donner à l'amour le temps de se déclarer. Ils n'ont pas abandonné la partie sous prétexte que tout n'était pas parfait dès le début. Tu vois ce que je veux dire ?

Pas de réponse.

— Colby ?

Toujours rien. Ce qu'il pouvait être agaçant, parfois ! C'était bien joli de jouer les machos et les stoïques, de profiter de la vie sans passer son temps à tout décortiquer, mais après ?

Il pouvait penser ce qu'il voulait, mais quand quelque chose ne marchait pas, il fallait ouvrir le capot et vérifier les branchements. Parfois, quand on se sentait mal et que le malaise ne se dissipait pas, prendre du recul était nécessaire, qu'on le veuille ou non.

— Bon sang, Colby. J'essaie de te dire un truc. J'essaie de te dire qu'il se pourrait que toi et moi ayons déjà croisé la femme qu'il nous fallait sans nous en rendre compte. Que nous nous sommes laissé décourager par quelque chose, défaut ou problème, sans chercher plus loin. Tu comprends, oui ou non ?

Son frère ne se retourna pas. Il ne haussa même pas les épaules. Il semblait comme pétrifié.

Red allait jeter l'éponge et rentrer quand Colby lui répondit d'une voix froide et tranchante.

— Bien sûr que je comprends. Je ne suis pas idiot. Mais à quoi ça m'avance de le savoir ?

— Ça te permet de te dire qu'une femme qui de prime abord n'entre pas dans tes critères pourrait te paraître différente avec le temps. Et que peut-être, avec de la patience…

Cette fois, son frère se retourna franchement. Son visage était si vide, si désespéré… Red tiqua. Il avait parlé trop vite. Mais quel idiot !

Hayley. Si Red pensait depuis tout à l'heure à Allison, qui n'était qu'à quarante-cinq minutes en voiture, à Windsor Beach, Colby, lui, pensait forcément à sa petite amie du lycée.

Hayley, partie sans laisser de trace, peut-être mariée ou morte à l'heure qu'il était.

— Et quand la patience ne sert à rien, Red ? Quand tu as tout fichu en l'air ? Quand il est beaucoup trop tard ?

Prélud'

*J'accepte de recevoir ensuite chaque mois 4 livres de la collection Prélud' au prix exceptionnel de 5,61 € le volume (au lieu de 5,90 €), auxquels viennent s'ajouter 2,95 € de participation aux frais d'envoi. Je n'ai aucune obligation d'achat et je peux retourner les livres, frais de port à ma charge, sans rien vous devoir, ou annuler tout envoi futur. Il en sera ainsi tous les mois tant que je le souhaiterai.

ECOPLI
20g
Validité
permanente

T

HARLEQUIN
AUTORISATION 59031
59789 LILLE CEDEX 9

DETACHEZ SELON LES POINTILLÉS ET POSTEZ AUJOURD'HUI MÊME.

12

Quand le fournisseur d'électro-ménager lui livra un deuxième lave-vaisselle aux mauvaises dimensions, Allison faillit craquer. Elle se retint de justesse de hurler sur le livreur, qui voulait absolument que cet appareil soit celui qu'elle avait commandé, puisque c'était écrit sur le bon de livraison.

Il semblait se moquer éperdument qu'elle soit obligée de découper vingt centimètres de plan de travail en inox pour encastrer cette machine. Quand elle raccrocha le téléphone après avoir parlé au patron de ce dernier, elle bouillait littéralement de rage.

L'après-midi fut à l'avenant. Elle était fatiguée. Eddie, ayant subi un rappel de vaccin la veille, était énervé et elle n'avait pas dormi de la nuit. Aussi, quand le décorateur appela pour lui dire que l'encadrement des tableaux ne serait pas prêt à la date prévue, Allison fut prise du besoin urgent d'aller prendre l'air et se changer les idées.

Ignorant les cartons empilés et la montagne de paperasse, elle sangla Eddie dans sa poussette et mit le cap sur la plage. L'accès public était à quelque 800 mètres, mais Flip ne verrait pas d'inconvénient à ce qu'elle coupe par le parking du *Peacock Café*, à deux pâtés de maisons du *Summer Moon*. Les deux établissements, heureusement, ne proposaient pas du tout le même genre de cuisine et son ex-patron ne voyait pas en elle une dangereuse concurrente.

Le temps était idéal, ni trop chaud, ni trop venteux. C'était un de ces après-midi exceptionnels où un ou deux nuages cotonneux dérivent dans le ciel bleu. Elle se sentit mieux dès qu'elle atteignit le bord des dunes. Retirant ses baskets, elle détacha Eddie, le cala sur son épaule et avança dans le sable chaud.

Celui de Windsor Beach était presque aussi fin que celui de la plage de Carmel, beaucoup plus célèbre. Allison y agita ses orteils avec volupté. Elle croyait entendre son père lui parler des minuscules grains de quartz blanc et de feldspath vert et rose qui formaient ce sable moelleux et étincelant.

Un oiseau de mer tournait au-dessus d'elle avec un cri perçant. Elle leva la tête, espérant se rappeler son nom… Son père lui avait appris cela aussi. Il était fasciné par la nature, les poissons, les coquillages, les oiseaux. Après la mort de la mère d'Allison, il l'avait souvent amenée ici, où elle oubliait son malheur devant l'immensité du Pacifique et les mystères de la nature.

Il aurait tant aimé partager ses connaissances avec son petit-fils ! Si seulement il avait vécu plus longtemps… Maintenant, c'était à elle de prendre sa relève.

— Eddie, regarde !

Elle lui montra l'oiseau qui s'éloigna après un dernier cercle dans le ciel, tel un cerf-volant échappant à son maître.

— Tu as vu le bel oiseau ?

Eddie gloussa de plaisir tandis qu'une rafale de vent

soulevait ses fins cheveux, fouettant ses oreilles et ses joues. Allison l'embrassa en refoulant une montée de larmes. Bientôt, elle serait obligée de couper un peu ses mèches soyeuses. Son petit bout avait déjà quatre mois…

Elle marcha sur le rivage, sur le sable compact et saturé d'eau où chaque pas laissait une auréole éphémère. Le soleil étincelait sur l'océan, parsemant de mille paillettes la moindre crête de vague. Eddie regardait, fasciné. Il commençait à maîtriser ses mouvements de tête et tendait le cou en la faisant pivoter, visiblement ravi de ce nouveau pouvoir.

Il finit par s'endormir, bercé par la marche, et sa tête retomba sur l'épaule de sa mère. Il n'avait pas beaucoup dormi la nuit précédente et son sommeil était si lourd qu'il ne broncha même pas lorsque le téléphone d'Allison sonna.

Elle le sortit en hâte et répondit sans consulter le numéro qui s'affichait. Même s'il s'agissait du fournisseur d'électro-ménager, elle allait rester calme. Comme toujours, l'immensité de l'océan lui avait permis de relativiser ses problèmes.

— Allô ?

— Allison ? C'est Red à l'appareil.

Elle s'arrêta de marcher.

— Salut.

— Je suis à Windsor Beach. Je me suis dit que j'allais appeler pour savoir comment ça se passait.

— Tout va bien, merci.

Elle préférait mentir plutôt que de lui dire la vérité, auquel cas elle aurait eu l'air de lui demander de l'aide ou des conseils. Et pourtant… Jimbo était parti depuis deux jours et le chantier progressait, mais pas assez vite.

— Les choses se déroulent comme prévu, ajouta-t-elle après un silence un peu trop long.

Il répondit avec un rire sans méchanceté.

— Là, je suis sûr que vous me racontez des bobards. Ce serait bien la première fois dans toute l'histoire de la restauration qu'une ouverture se passe sans le moindre accroc. Il y a toujours des tas de pépins, c'est inévitable.

Allison hésita. Red, qui avait beaucoup plus d'expérience qu'elle en la matière, avait raison, bien entendu. Monter une affaire était toujours difficile, mais monter un restaurant était une aventure particulièrement périlleuse, c'était de notoriété publique.

— Si vous me disiez plutôt la vérité ? fit-il sur un ton encourageant. Comment ça se passe… vraiment ?

Il paraissait sincèrement intéressé par ses problèmes du quotidien. Mince. Elle aurait dû dire que tout allait bien *dans l'ensemble*, rester vague. Rien ne l'obligeait à lui révéler sa vie en détail.

— Eh bien, disons que tout ne va peut-être pas parfaitement bien, reprit-elle. La situation n'est pas catastrophique mais ce n'est pas évident non plus. En plus, Jimbo a dû s'absenter pour une semaine, ce qui n'arrange rien.

— J'imagine… Il se trouve que je suis à Windsor Beach pour quelques jours. Pour les derniers préparatifs avant l'ouverture de la pizzeria et pour repérer des emplacements dans le secteur. De quoi me retenir ici, mais pas de quoi être débordé. Ça vous dirait que je passe demain pour voir si je peux me rendre utile ?

— Non. Non, vraiment, répondit-elle vivement. Je ne veux pas abuser. C'est très gentil de votre part mais c'est inutile. Ça va aller…

— Ça me ferait plaisir, insista-t-il. Je ne vous le propose pas seulement par politesse.

Alors pourquoi le lui proposait-il ? Elle n'y comprenait rien. Peut-être souhaitait-il revoir Eddie. Ou peut-être n'avait-il pas encore satisfait sa curiosité concernant la femme que Victor avait cachée à sa famille, qui sait ?

A moins qu'il ne s'agisse d'un reliquat de culpabilité…

Pire : il s'imaginait peut-être que, puisque Victor avait couché avec elle, c'était une fille facile. Il comptait alors s'offrir un peu de distraction avec elle pendant son séjour forcé à Windsor Beach…

Non, c'était absurde. Red n'était pas le genre d'homme réduit à poursuivre les femmes esseulées et désemparées pour se payer des aventures en douce. Elle l'avait vu dans les journaux. C'était un défilé de blondes, de brunes et de rousses qui se pavanaient à son bras, aussi rayonnantes que si elles venaient de décrocher le gros lot.

Allison plissa les yeux à cause du soleil. Elle était partagée. Sans savoir pourquoi, elle sentait qu'elle devait protester, s'opposer à l'entrée de cet homme dans sa vie. Mais lorsqu'elle essayait d'imaginer en quoi il pouvait représenter un danger, elle ne trouvait aucune réponse rationnelle.

Il avait été l'ami de Victor. Et alors ? Elle aussi, autrefois.

Red lui avait présenté des excuses pour ses erreurs du début et paraissait la croire lorsqu'elle affirmait n'avoir pas su qu'il était marié. C'était apparemment un homme bien élevé, instruit, robuste, et qui en savait long sur le lancement d'un restaurant.

Il fallait être paranoïaque ou totalement incohérente pour refuser une offre comme la sienne. Elle accepta donc, sans être totalement à l'aise avec cette décision pourtant.

— Bon, d'accord. Je vous remercie. On se voit demain, alors.

Deux jours plus tard, en faisant le tour du *Summer Moon*, Red pensa pour la première fois qu'Allison allait peut-être y arriver. La pré-ouverture était dans trois jours et il restait environ trois semaines de travail, mais il avait appelé des renforts et rationalisé l'agencement de façon à lui faire économiser du temps et de l'argent.

Evidemment, il avait aussi découvert au plafond une tache prouvant qu'il y avait une fuite, et un problème de logiciel allait l'obliger à changer de système informatique. Mais il en allait toujours ainsi : deux pas en avant, un pas en arrière.

Il était environ 18 heures et il essayait d'aider le menuisier à comprendre pourquoi le podium d'accueil ne se calait pas bien contre le mur quand un inconnu pénétra dans le restaurant, le menton en avant. Red le dévisagea brièvement. Quarante, quarante-cinq ans. Un employé de bureau qui n'avait pas le temps de se distraire, surtout en plein air à en juger par son teint pâle. Des yeux de fouine qui paraissaient d'autant plus petits qu'ils étaient cernés de muscles contractés. Des lèvres minces presque invisibles à force d'être pincées et une plaque rouge sur chaque pommette.

En vingt ans de travail chez *Diamante*, il avait appris à reconnaître cette physionomie. C'était celle des ennuis. Celle de ceux qui s'estiment spoliés ou escroqués d'une manière ou d'une autre et viennent se plaindre bruyamment, jusqu'à ce qu'on trouve un moyen de les apaiser.

D'habitude, pourtant, ce genre d'individu ne passait pas la porte des restaurants pas encore ouverts.

— Bonsoir. Je peux vous être utile ?

L'inconnu rougit de plus belle.

— Non. Je cherche Allison York.

Red affichait un sourire tranquille et calme. A *Diamante* on ne supportait pas les gens de cet acabit. Et toute la famille Malone faisait en sorte qu'ils ne s'attardent jamais... Mais il n'était pas chez lui ici et ne pouvait pas jeter ce type dehors sans l'autorisation d'Allison.

— Dans ce cas, je peux peut-être vous aider. Si vous me dites ce que vous désirez, je pourrai peut-être la trouver.

— Je la trouverai moi-même, le coupa leur visiteur.

Red se campa fermement sur ses jambes, au cas où l'individu essaierait de le pousser pour passer. Mais Allison apparut au même moment, portant un carton, sans les remarquer ni l'un ni l'autre.

— Hé, vous ! fit l'inconnu. Vous êtes Allison York ?

Il parlait trop fort et sa voix résonna dans la salle à manger vide.

— Oui ? Que puis-je pour vous ?

Il parut se calmer légèrement, visiblement décontenancé par l'apparence d'Allison. Normal : avec son visage pas maquillé, sa queue-de-cheval, son jean retroussé jusqu'aux genoux, ses baskets Keds bleu marine et sa chemise en madras turquoise, on aurait dit une adolescente des années cinquante.

— M'écouter, répondit l'homme en reprenant ses esprits. Je m'appelle Hank Vanak.

Allison pencha la tête, visiblement pas plus avancée.

— Je suis le mari de Nell O'Connor.

Elle réajusta son gros carton en regardant du côté des toilettes, où elle avait visiblement l'intention de le déposer.

— Excusez-moi, mais je…

— Nell est la nièce de Dickey O'Connor.

Allison parut comprendre, posa son carton au beau milieu de la pièce et s'avança vers son visiteur, la main tendue.

— Ah, oui, bien sûr. Excusez-moi, Hank. J'ai rencontré Nell une ou deux fois mais je suis un peu perturbée en ce moment. Comme vous le voyez, c'est le chaos ici. Comment va Dickey ? Tout le monde se fait du souci pour lui.

L'homme recula d'un pas, comme pour se soustraire à la poignée de main, les bras raides le long du corps. Allison, intriguée, finit par baisser sa main.

— S'est-il passé quelque chose de grave ?

— Ça dépend.

— Ça dépend de quoi ?

L'inconnu croisa les bras sur sa poitrine.

— Ça dépend de la manière dont vous allez vous justifier.

Allison inspira lentement, les dents serrées. Elle était patiente, mais sa patience avait visiblement atteint ses limites. Pauvre Hank. Au cours des deux derniers jours, Red avait vu Allison avec des dizaines d'ouvriers — installateurs, électriciens, plombiers, fournisseurs — et il savait comment elle se comportait avec ceux qui travaillaient mal ou pas assez. Cela commençait toujours par cette petite inspiration et finissait en déconfiture pour l'ouvrier en question.

— Monsieur Vanak, je suis très occupée. Bien trop

occupée pour jouer aux devinettes. Si vous avez quelque chose à me dire, dites-le. Sinon, je retourne travailler.

Son interlocuteur ouvrit la bouche, la ferma, la rouvrit. Son visage était maintenant entièrement rouge de colère.

— Ça, je vous le déconseille, mademoiselle York. Je suis venu pour faire plaisir à ma femme, qui ne voulait pas que la police s'en mêle si nous pouvions l'éviter. Mais je suis persuadé depuis le début que nous aurions dû les prévenir et je me ferai une joie de les avertir immédiatement.

Red s'approcha le plus qu'il pouvait pour s'interposer entre Allison et ce type sans mettre un terme à leur échange.

— La police ?

Allison n'avait pas posé de question. Elle fixait des yeux Hank Vanak, l'air furieux, mais pas surpris. Red reprit d'une voix neutre, sans imiter l'insolente agressivité de son interlocuteur.

— Quel est le problème, monsieur Vanak ? Pourquoi voudriez-vous appeler la police ?

— Vous êtes… ?

Red sourit.

— Quelqu'un qui vous pose une question.

Vanak fronça les sourcils de plus belle.

— Elle sait pourquoi. Demandez-le-lui.

— C'est à vous que je le demande.

— Laissez, Red.

Allison releva la tête sans quitter Vanak du regard.

— C'est à propos des bijoux de Dickey, n'est-ce pas, monsieur Vanak ?

— Oui. A propos des bijoux *manquants*.

Allison se tourna vers Red, le visage durci, le regard fixe.

— Apparemment, ce monsieur croit que je suis une voleuse. Il croit probablement que j'ai profité de sa maladie d'Alzheimer et de l'affection que Dickey a pour moi.

Bien sûr. Le diamant que le vieux lui avait passé en douce le premier jour où Red était venu au *Peacock Café*. Quel était le fin mot de l'histoire ? Ce jour-là, il avait eu la même réaction que Vanak. Maintenant qu'il la connaissait mieux, il ne savait plus que penser.

— Des colliers, plusieurs bagues, reprit leur visiteur. Au moins une douzaine de pierres précieuses et semi-précieuses.

Il montra son alliance, au cas où ils ne sauraient pas ce qu'était une bague. Quel crétin.

— En quoi êtes-vous concernés par l'usage que fait Dickey de ses bijoux ? intervint Red.

— Dickey a légué ses bijoux à Nell par testament, parce qu'elle est la seule femme de sa parenté encore vivante. L'ennui, c'est que les pierres ont disparu. Il ne reste que la monture des bagues et d'un ou deux pendentifs. Dickey dit qu'il a donné ces pierres à Mlle York.

Red regarda malgré lui en direction d'Allison. Elle surprit son regard et le toisa avec dédain, comme s'il l'avait insultée.

— Il est vrai, reprit Vanak, que Dickey prétend également qu'il va épouser cette jeune femme. J'imagine que ce détail est inexact.

— Pauvre imbécile, fit Red. Il ne vous est pas venu à l'idée que le reste était aussi inexact ? Si cet homme a la maladie d'Alzheimer, nul ne peut savoir ce qu'il a fait de ses objets de valeurs.

— Arrêtez, intervint Allison. Merci, Red, mais il est inutile de prendre ma défense. Tout ce que dit M. Vanak est exact.

13

Red se défoulait à l'aide de la scie circulaire sur le podium d'accueil qu'il fallait retoucher. A travers ses lunettes de sécurité, il surveillait Hank Vanak qui arpentait le trottoir, apparaissant derrière une vitrine, disparaissant, réapparaissant derrière la vitrine suivante, puis recommençant son manège dans l'autre sens.

De temps en temps, il consultait ostensiblement sa montre. Allison lui avait promis des explications au sujet des bijoux, mais elle voulait s'expliquer en présence de Bill Longmire. Elle avait donc demandé à Vanak d'attendre dehors, tandis qu'elle vaquait à l'intérieur jusqu'à l'arrivée de Bill. Vanak avait accepté à contrecœur en précisant qu'il n'attendrait pas plus d'une demi-heure.

Une fois l'intrus sur le trottoir, elle avait ramassé son carton et disparu dans les toilettes sans un mot pour Red. Il avait bien pensé la suivre, mais quelque chose dans la raideur de son maintien l'en avait dissuadé. Il attendrait l'arrivée de Bill, donc. L'essentiel, c'était de s'occuper.

Il termina ses découpes avant l'arrivée de la fameuse Rolls Royce. Bill se gara en face du *Summer Moon*, non sans avoir mordu sur le trottoir, et descendit lentement de son véhicule, comme toujours, ignorant l'agacement évident de Hank Vanak, qui s'était approché avec de grands gestes. Ce dernier semblait s'être échauffé pendant l'attente. Red sourit en contemplant le tas de sciure qu'il avait produit pendant le même temps. Allison aurait mieux fait de donner de l'occupation à ce Vanak. Ils avaient besoin de main-d'œuvre et son visiteur-surprise avait besoin de se calmer les nerfs.

Ce cher Bill adressa un simple geste de bienvenu à ce dernier de sa longue main élégante et se dirigea sereinement vers le restaurant, sa dignité désuète n'étant nullement atteinte par son bruyant acolyte. Il portait une boîte noire plate et rectangulaire.

A sa remorque, Vanak parlait toujours malgré l'indifférence de son auditeur. Red surprit la fin de sa dernière phrase lorsqu'ils pénétrèrent dans le restaurant :

— … une grave erreur. Si vous n'étiez pas arrivé, j'appelais la police.

— Vous vous seriez couvert de ridicule, jeune homme…

Bill examina enfin son interlocuteur au visage rouge, à la mâchoire hargneuse.

— … d'ailleurs, j'ai bien peur que ce ne soit déjà le cas.

Allison, qui devait avoir été avertie de son arrivée, sortit aussitôt des toilettes, munie d'une clé à molette, la queue-de-cheval en bataille.

— Coucou, Bill.

Elle s'essuya le front d'un revers de la main. L'outil brillait au soleil comme une arme.

— Je suis désolée de vous avoir fait venir… Où est Steve ?

— Il a pris son après-midi… Rassure-toi, mon petit.

J'ai conduit très prudemment, comme un escargot, même si cela m'agace profondément. Il n'était pas question que je ne vienne pas sous prétexte que mon chauffeur m'a fait faux bond.

Comme si elle capitulait soudain devant tous les soucis qui l'accablaient, Allison s'assit sur une des chaises tapissées de neuf.

— Enfin, Bill… Vous voulez vous aussi qu'on alerte votre nièce ?

— Je n'ai pas de nièce ! s'esclaffa le vieil homme. D'ailleurs, il vaudrait mieux pour Dickey qu'il n'en ait pas non plus. Il semble que nous ayons commis une grave erreur en l'appelant.

Vanak s'empourpra de nouveau.

— Ecoutez, monsieur, je n'aime pas ce ton. Ma femme est très attachée à son oncle. Elle cherche juste à le protéger. Elle ne laissera personne profiter de sa maladie.

— Ce qu'elle veut surtout, me semble-t-il, c'est empêcher quiconque de faire main basse sur le magot. Dickey n'est pas encore mort, monsieur Vanak. Il n'a pas non plus été reconnu incapable de gérer ses affaires. S'il veut donner tout ce qu'il possède à Mlle York, jusqu'à sa chemise, ce ne sont pas des rapaces comme vous qui l'en empêcheront.

Vanak tressaillit, mais ne rendit pas les armes.

— C'est à la police d'en décider.

Bill se tourna alors vers Allison.

— Puis-je lui expliquer ?

Elle acquiesça.

Bill posa alors la boîte sur le podium que Red venait de recouper. Comme il se bagarrait avec le fermoir, Vanak s'approcha.

— Arrière ! gronda Bill. Faites au moins semblant d'avoir quelque empire sur votre cupidité.

Vanak recula, l'air penaud et vexé.

Bill ouvrit enfin la boîte d'un geste théâtral.

— Voici les bijoux de Dickey. Huit diamants, deux émeraudes et un saphir. Ils étaient sous ma garde. Quand Dickey a donné le premier diamant à Allie, elle me l'a apporté. Elle était inquiète, nous ne savions que faire. Dickey avait plaisir à lui faire des cadeaux et elle ne voulait pas lui faire de la peine, bien qu'elle n'ait aucune intention de les accepter. J'ai fait faire des copies. De belles copies. Ce n'est pas donné, mais ce ne sont pas de vrais diamants. Nous avons mis les faux dans la cachette de Dickey à la place des vrais. Ainsi, chaque fois qu'il voulait dispenser ses largesses, rien ne l'en empêchait.

Quelque part, Red comprenait que Vanak reste sceptique. S'il n'avait pas été témoin lui-même de la manière dont les Vieux Barjos se démenaient pour mettre du piment dans leur existence, il n'aurait pas cru un mot de cette histoire, lui non plus.

Vanak s'approcha, saisit un des diamants et l'examina en pleine lumière.

— Reposez-moi ça ! ordonna Bill. Il faut une loupe de joaillier pour savoir s'il est vrai ou faux. Il nous fallait des copies convaincantes : Dickey n'est pas un plouc, il ne se serait pas laissé abuser par des bijoux de pacotille.

Red adorait le langage de ces vieux messieurs et leur manière d'insulter les gens sans qu'ils le comprennent tout de suite.

Vanak le plouc reposa la pierre dans l'écrin.

— Allons chercher quelqu'un qui…

Sans le laisser terminer, Bill se tourna vers Allie.

— Si j'ai apporté ces bijoux ici, c'est pour une seule raison, Allie : je voudrais te demander si tu acceptes de les garder. Dickey voulait qu'ils soient à toi, tu le sais, et ils te reviennent donc de droit.

Allison rougit, mais sa rougeur ne ressemblait en rien à celle de Vanak. Elle avait celle, adorable, d'une cerise — alors que sa tête à lui rappelait plus les organismes congestionnés et en mauvaise santé.

— Ne dites pas de bêtises, Bill, fit-elle, gênée. Je n'en veux pas. Vous savez que si nous nous sommes donné tout ce mal, c'était pour les protéger, pour la famille de Dickey.

— Et pour lui laisser la joie de te les offrir, acheva-t-il en souriant.

Retrouvant tout son sérieux, le vieil homme poursuivit à l'intention de Vanak.

— Dickey a l'âme d'un mousquetaire, d'un chevalier. Il a besoin de magie dans sa vie. Il a besoin de vivre en grand, de terrasser des dragons, de sauver des princesses, de faire face à des mystères à résoudre, des conspirations... Mais vous ne comprenez pas un mot de ce que je vous raconte, n'est-ce pas, jeune homme ?

Vanak, qui avait bien la cinquantaine, se redressa à ce dernier qualificatif.

— Bien sûr que si : vous me demandez de cultiver les pathétiques rêves de grandeur d'un vieillard.

— Je savais que vous ne comprendriez pas, soupira Bill. Je ne saurais trouver les mots pour vous dire combien je regrette que nous ayons appelé votre épouse. Je crois que je ne vais pas vous donner les bijoux aujourd'hui. Ayant affaire à des individus paranoïaques, dont l'imagination ne sert qu'à se figurer comment les autres essaient de les flouer, j'estime préférable de les remettre à un bijoutier, qui les estimera. L'estimation terminée et documentée, je vous ferai savoir où vous pouvez les récupérer.

Red faillit éclater de rire. Vanak avait fait irruption ici en s'imaginant qu'il allait terroriser une petite serveuse de café en montrant les dents. Au lieu de cela, Allison et un vieillard octogénaire et arthritique l'avaient mis à genoux.

Un peu gêné, il regarda vers le sol. Et lui, quelle avait été sa réaction, le jour où il avait vu Dickey glisser un diamant dans la main d'Allison ? Accepter des bijoux de vieux messieurs affectueux semblait très compromettant, surtout quand on ne la connaissait pas. En quels termes Bill l'aurait-il fustigé, ce jour-là, s'il avait pu lire dans ses pensées ?

Il était clair que ces dispositions contrariaient Vanak, mais il semblait se raccrocher aux dernières paroles de Bill, selon lesquelles il pourrait un jour récupérer les bijoux.

— Bien ! aboya-t-il.

Réalisant probablement l'indigence de cette réplique, il tourna les talons et sortit à grands pas.

Tout le monde le regarda en silence regagner sa voiture, démarrer et s'éloigner. Puis Bill referma l'écrin avec un soupir éloquent et se tourna vers Allison.

— Je rentre à la maison. Je vois que tu es occupée et je suis une gêne.

— Vous n'êtes *jamais* une gêne et j'ai presque terminé, fit-elle en esquissant un sourire. Si je vous reconduisais ?

— Non, ça va aller…

Elle l'interrompit en posant la main sur son bras.

— Bill, vous aviez promis. Plus de conduite.

Le vieil homme marmonna dans sa barbe puis acquiesça.

— D'accord. Mais il faudra prendre la Rolls. Je ne veux pas la laisser coucher dans la rue. Mais toi, comment vas-tu rentrer chez toi ?

Elle réfléchit une seconde.

— Red, cela vous ennuierait de nous suivre et de me ramener ensuite ? Il faut que je sois rentrée à 19 heures car c'est l'heure à laquelle Sue me dépose Eddie. Je peux laisser ma voiture ici. Je la récupérerai plus tard.

— Pas de problème, dit-il en débranchant négligemment la scie circulaire.

Sa décontraction n'était qu'une façade. Il ne l'aurait jamais avoué, mais il avait éprouvé un immense et ridicule plaisir en s'entendant poser cette question. A son âge ? Il était en émoi simplement parce qu'elle lui avait demandé son aide au lieu de s'adresser à n'importe quel autre homme du coin ?

Il n'avait pas ressenti cela depuis l'âge de six ans, quand sa jolie institutrice l'avait choisi pour aller porter un mot au directeur.

Red était à la fois amusé et inquiet. Comment Allison s'y prenait-elle ? Elle ressemblait à une innocente petite voisine mais exerçait sur les cerveaux masculins une sorte de pouvoir magique.

Allison se mordit la lèvre. *Mais pourquoi avait-elle donc proposé à Red de rester dîner ?* Elle l'avait fait sans réfléchir, par politesse, quand il l'avait déposée chez elle. Après ces deux jours où il s'était montré si attentionné et l'avait si bien aidée au restaurant, c'était une manière de le remercier.

Sauf qu'elle espérait secrètement qu'il déclinerait l'invitation…

Et il ne l'avait pas fait. Il avait même accepté sans la moindre hésitation ! Elle était coincée.

Ce dîner lui avait paru interminable.

Au restaurant, pour un repas d'affaires, ils auraient été plongés dans le travail au sein d'une équipe, ils auraient parlé sans arrêt des mesures, de la date d'ouverture qui approchait, des équipements, de la facture de l'imprimeur, du stock. Tout aurait été balisé.

A présent que Red était chez elle, Allison était gênée, la langue comme paralysée. Elle trouvait soudain son appartement très petit. Un homme comme lui devait le trouver bien miteux.

Il n'avait certes montré aucune condescendance. Ils avaient opté pour une salade composée et, apprenant qu'elle n'avait jamais goûté de pizza *Diamante*, il avait appelé leur nouveau point de vente pour s'en faire livrer une. Ils avaient bu du thé glacé dans des gobelets en plastique et il allait se servir lui-même dans le frigo.

Tandis que la nuit tombait, il s'était mis à pleuvoir. Ils avaient mangé sur la table de la cuisine, la seule qu'elle possède. Elle avait donné le biberon à Eddie d'une main tout en mangeant de l'autre une part de cette délicieuse pizza.

Cette familiarité, cette promiscuité, étaient une expérience terriblement troublante. Leurs coudes se touchaient s'ils n'y prenaient garde et sa cuisse était presque collée à la sienne.

C'était trop. Allison était fatiguée, à bout de nerfs. Elle avait hâte de se lever et de débarrasser les assiettes en carton.

Red, en revanche, semblait parfaitement à l'aise. Elle

se rappela sa première visite, quand il s'était installé confortablement dans le canapé, comme chez lui. Il n'y avait pas à dire : il savait s'adapter.

Il mangeait avec un plaisir évident, se déplaçait avec aisance dans l'appartement, et papotait avec Eddie lorsque la conversation se languissait. Eddie l'avait pris en affection et parfois, au *Summer Moon*, Red arrivait même à l'apaiser quand Allison échouait.

Quel soulagement quand le biberon fut vide et la pizza engloutie !

— J'ai bien peur de n'avoir aucun dessert, dit-elle.

C'était un constat, mais aussi un discret encouragement à partir adressé à son invité. Bien qu'elle adore cuisiner, ses pensées étaient entièrement monopolisées par la carte du *Summer Moon* dernièrement.

Eddie commençait à geindre. Il avait besoin de faire son rot et de prendre son bain. Allison se leva et alla jeter la boîte de pizza dans la petite poubelle située sous l'évier.

— Je suis terriblement gênée, je crois que je n'ai plus de café non plus.

Red jouait avec les orteils du bébé, tentant apparemment de le faire patienter.

— Ce n'est pas grave. Je parie que j'arrive à concocter quelque chose avec ce que vous avez en stock. En tant que célibataire, je suis habitué à inventer des recettes avec n'importe quels restes.

— Eh bien… il faudrait qu'Eddie prenne son bain, fit-elle pour se défiler poliment.

— Parfait. Allez vous occuper de lui et je vais voir ce que je peux nous préparer. Ça ne vous dérange pas que je farfouille un peu ?

Que répondre ? Elle détacha Eddie de son siège et

le souleva. Il devenait vraiment lourd. Elle lui tapota le dos, comme chaque fois. *Pourvu que le rot vienne sans problème... et sans reflux.* Une mère était toujours tout attendrie par ce qui venait de son bébé, mais Red risquait de trouver cela nettement moins charmant.

Mais pourquoi ne saisissait-il pas l'occasion pour partir ? Rien ne l'obligeait à être témoin des rituels du coucher et de ses détails terre à terre !

— Avez-vous besoin de l'évier pour le bain ?

Il avait posé la question tout naturellement alors que, chez les Malone, les bébés devaient avoir leur propre suite avec eau courante et tout le reste.

— Juste pour remplir sa baignoire, fit-elle, un peu tendue.

Encore une fois, déballer devant lui cet aspect de la vie quotidienne la gênait. Elle était obligée d'installer la baignoire sur la table basse du salon, à quelques pas de la cuisine. Elle allait donc jouer avec le canard en caoutchouc d'Eddie et lui chanter des chansonnettes idiotes pendant que Red inspecterait les placards.

Comme un couple de parents...

Elle prépara les accessoires, remplit la baignoire rapidement pour débarrasser le plancher. Ce serait un bain bref car il était tard. Eddie était fatigué, il se frottait les yeux et geignait. Pour le distraire, elle lui chanta *Quand trois poules vont aux champs*.

A sa grande surprise, Red la fredonna avec elle sans quitter l'évier, où il lavait un reste de fraises. Elle ne put s'empêcher de rire à la fin du premier couplet.

— Qu'est-ce que vous croyez ? lui lança-t-il par-dessus son épaule. Mon frère Matt a un gamin de trois ans. Tonton Red est pratiquement incollable côté chansons enfantines. Je sais débiter *John Jacob Jingleheimer*

Schmidt à une vitesse impressionnante, toute modestie mise à part.

Et il le prouva sur-le-champ.

Eddie, qui apprenait à se tenir assis en attrapant ses pieds, se figea aussitôt, hypnotisé par ce débit fulgurant. Red avait une belle voix chaude et ronde de baryton que le petit semblait apprécier.

Quand le débit devint presque inintelligible à la fin de la chanson, Allison se mit à rire tandis qu'Eddie frappait joyeusement l'eau de ses mains. Un instant surpris par les éclaboussures qui atteignaient son visage, il comprit ce qu'il venait de faire et reprit de plus belle pour éclabousser le plus loin possible.

Allison lui prit les mains et les embrassa.

— Hé, ce n'est plus l'heure de s'amuser. C'est l'heure d'aller dormir, dit-elle doucement, avant de se tourner vers Red : Vous ne connaîtriez pas une berceuse ?

— Je parie même que j'en connais plus que vous !

Red entonna aussitôt *Au clair de la lune*.

Eddie frappa l'eau encore une ou deux fois mais, sensible au changement d'ambiance, se calma bien vite. Allison essuya rapidement ses doigts, ses orteils et ses adorables plis de bébé. Quand elle parvint à ses oreilles, le bain chaud et les caresses l'avaient à moitié sonné et ses yeux se fermaient tout seuls.

Red chantait toujours, mais de moins en moins fort. Quand elle enveloppa Eddie dans sa serviette et le serra contre elle, les dernières notes de la chanson s'éteignirent.

Red contemplait Eddie avec un sourire affectueux. Sa vie de play-boy lui plaisait-elle vraiment ? Son rôle épisodique de tonton lui suffisait-il ou rêvait-il d'avoir des enfants un jour ?

En tout cas, il ferait un bon père. Elle en était tellement persuadée qu'elle faillit le lui dire.

Heureusement, il choisit ce moment pour apporter le dessert, des fraises dans un saladier accompagné de deux ramequins. Voyant qu'Eddie s'était endormi, il lui montra la marche à suivre sans dire un mot. Il prit la plus grosse fraise, la trempa dans le ramequin de crème aigre, puis dans celui de sucre roux. Exhibant le résultat, il la lui tendit, l'invitant à y mordre.

Tout au fond d'elle, elle se mit à vibrer, sa respiration se fit hésitante. Ce n'était qu'une fraise, pas le fruit défendu du jardin d'Eden, tout de même ! Il n'y avait pas de mal à y goûter…

Mais quelque chose dans le regard de Red, dans sa main ferme tachée de rouge et de sucre intensifiait son trouble, comme si un courant électrique de plus en plus fort traversait son corps.

Elle ouvrit la bouche et mordit dans le fruit succulent… dont le jus coula sur son menton.

Red l'essuya d'un doigt. Le cœur d'Allison se mit à battre plus fort. Elle avait terriblement envie de lécher ce doigt couvert de jus et de sucre, et devait respirer par la bouche pour ne pas manquer d'air.

Les prunelles bleu foncé de Red brillaient d'un éclat nouveau. Le même trouble l'avait gagné, elle le sentait. Il tenait toujours en l'air la fraise entamée.

Mais Allison ne voulait plus de fraise. Elle voulait sentir ses lèvres sur les siennes. Elle venait de comprendre qu'elle aimait sa bouche, large, élégante, bien arquée, aux lèvres pleines, au contour énergique.

Elle fixait sa bouche, consciente que, sauf contre-indication de sa part, il allait l'embrasser. Elle le savait et n'avait pas la force d'empêcher que cela ne se produise.

Elle avait envie qu'il le fasse, une envie si forte qu'elle l'effrayait presque.

Il s'approcha lentement. Il sentait la fraise, la crème et le sucre. Son haleine sucrée atteignit sa peau. Elle frissonna.

Après une hésitation qui lui parut interminable, il posa enfin les lèvres sur les siennes. Doucement pour commencer, puis le baiser s'intensifia et elle se pencha vers lui.

Seules leurs lèvres se touchaient. Il ne posa pas la main sur sa tête, ne se rapprocha pas. Il prenait sa bouche avec autorité, caressant, convaincant. Les bonnes résolutions d'Allison abdiquaient. Sa poitrine se gonfla de bien-être… et d'un autre sentiment indéfinissable.

Ses bras et ses jambes étaient soudain sans force, comme en plomb. Elle dut serrer Eddie plus fort pour ne pas le lâcher.

C'est peut-être ce qui le réveilla, à moins que ce ne soit les battements fous de son cœur. Toujours est-il qu'il releva sa petite tête, heurtant la joue de Red. Surpris par cette présence dans un espace qu'il trouvait toujours libre, il se mit à crier.

Red se détacha lentement, comme à contrecœur, malgré les cris perçants d'Eddie. Ses lèvres étaient légèrement enflées, son regard voilé, comme si lui aussi avait du mal à retourner à la réalité.

— Je ferais mieux de le coucher, dit-elle en essayant de calmer l'enfant. Je crois que… vous devriez peut-être partir.

— Excusez-moi, fit-il aussitôt. Je sais que j'avais dit que je ne le ferais pas. Je n'ai pas oublié ce que vous m'avez dit et…

— Ce n'est pas grave.

Rassuré par quelques câlins, Eddie s'était légèrement calmé, ses cris étaient moins assourdissants. Il ne tarda pas à sucer son pouce, fixant Red comme pour l'avertir de ne plus envahir son territoire.

— Allison, je…

— Ne vous en faites pas, je vous assure, le coupa-t-elle. Nous nous sommes laissé légèrement emporter, je pense. La journée a été longue et…

— Non. Ce n'est pas pour cela que je vous ai embrassée.

Evidemment. Elle le savait. Mais c'était une excuse convenable.

— Vous ne voulez pas savoir pourquoi je l'ai fait ?

— Red, je ne crois pas que…

— Je vous ai embrassée parce que vous avez quelque chose de magique, Allison. Quelque chose de si doux et de si innocent que c'est irrésistible.

Elle ne savait plus que dire. Elle le contemplait, la main posée sur la tête d'Eddie. Avec un sourire, Red recouvrit l'épaule dénudée du bébé et lui caressa l'oreille.

Puis il rejoignit la porte et posa la main sur la poignée. Le salon étant minuscule, il n'avait eu à faire que quelques pas.

— Je sais que vous ne voulez pas de cela. Que vous n'accepterez que mon amitié. J'essaierai de ne pas recommencer, mais je voudrais que vous compreniez une chose : je vous ai embrassée pour la même raison, j'en suis sûr, que celle pour laquelle Victor a trahi sa famille et Dickey vous donne ses diamants.

14

Eddie fit sa nuit, pour une fois, mais Allison se retourna dans son lit jusqu'à l'aube. Dès qu'elle fermait les yeux, elle revivait le baiser de Red et croyait sentir encore un goût de fraise sur ses lèvres. Elle passa des heures de torture, tantôt craignant de ne plus jamais le revoir, tantôt se disant qu'il valait mieux qu'il retourne à San Francisco.

Lorsqu'elle arriva au *Summer Moon* le lendemain, il était déjà là. L'espace d'accueil avait été arrangé et il aidait à présent l'équipe à accrocher les immenses miroirs des toilettes.

Elle aurait préféré venir sans Eddie, mais Sue avait été appelée pour faire un extra au *Peacock Café*. Allison était donc lestée du bébé dans son couffin d'un côté et de son immense sac rempli de jouets, biberons et couches de l'autre.

Heureusement, le restaurant ne semblait pas déplaire à Eddie. Le bruit et l'agitation semblaient même le distraire, mais Allison était moins efficace lorsqu'il était là. Elle devait sans cesse le déplacer à l'écart et s'inquiétait continuellement. Si quelqu'un s'approchait de lui avec un outil à moteur ou cassait un miroir à côté de son couffin ? Si la sciure irritait ses poumons, sans parler de la poussière de placoplâtre chaque fois qu'on perçait ou plantait quelque chose dans un mur ?

Alors qu'elle tentait de passer incognito devant les toilettes, Red la héla.

Elle s'immobilisa. Juché sur le plan de travail, il traçait une marque au crayon sur le mur. Une visseuse sans fil dépassait de sa ceinture, comme un pistolet.

Dale, un des ouvriers, attendait à l'autre extrémité du comptoir tout en tenant le long miroir.

— Salut, fit-elle en s'efforçant de rester calme. Salut, Dale. Ça prend tournure.

— Vous avez oublié que nous avions rendez-vous chez *Diamante* ce matin ?

Ah, ça lui était complètement sorti de la tête ! Un ami de Red vendait une machine à glace toute neuve au prix de l'occasion et elle devait passer la voir. C'était le dernier gros appareil qui lui manquait et l'économie réalisée serait la bienvenue pour payer les ouvriers supplémentaires.

En vérité, toutes ces questions pratiques s'étaient évaporées de son esprit sous l'effet du baiser. Elle ne pouvait naturellement pas expliquer cela à Red, qui semblait allègre et détaché, comme s'il n'était plus le même que la veille.

— Je suis désolée. Ma baby-sitter m'a fait faux bond ce matin et, dans la panique, j'ai oublié un certain nombre de choses, expliqua-t-elle. Est-ce qu'il est trop tard pour y aller maintenant ?

— Non, ça va. Travis m'a dit qu'il attendrait.

Après avoir tracé une dernière marque, Red glissa son crayon derrière son oreille et sauta du plan de travail en atterrissant avec souplesse.

— Dale, je t'envoie Sandy pour t'aider à accrocher ce monstre.

Il tendit sa visseuse à l'ouvrier et se tourna vers Allison.

— Prête ?

Elle acquiesça.

Si elle n'avait pas encore visité la nouvelle pizzeria, Allison savait déjà, depuis qu'elle avait goûté la délicieuse pizza de la veille, qu'elle allait attirer une clientèle nombreuse. Heureusement pour elle que le *Summer Moon* ne proposait pas de pizza.

Elle reconnut l'endroit alors qu'ils s'approchaient en voiture.

— Oh, c'est l'ancien local du *Bath Goddess*.

— Oui. Une aubaine pour nous. Ce n'est pas souvent qu'un local se libère dans le secteur.

Des réflexions comme celle-là lui rappelaient que Red n'était pas du coin…

— On ne peut pas parler d'aubaine pour Lucy Milburn, qui tenait la boutique. Elle a eu une crise cardiaque. Elle n'avait que quarante-cinq ans.

Il termina de se garer et se tourna vers elle.

— Désolé, dit-il. Je l'ignorais. Parce que je n'ai pas posé de questions, je l'admets.

Bien sûr qu'il n'avait pas posé de questions ! Pourquoi s'interroger quand on a une chance insolente ? Il avait l'habitude de saisir les occasions au vol, comme cette chaîne de fast-foods qui s'était emparé du restaurant de son père, quand il avait dû le fermer.

Elle resta assise en silence, songeant à son père, à Victor, qui fréquentait le restaurant, lui faisait la causette, se disait son ami. Pendant tout ce temps, il observait son naufrage, la regardant couler lentement, attendant le moment où il pourrait profiter de sa détresse.

Elle songea aussi à Lucy Millburn, cette femme aux formes généreuses, maternelle et altruiste. Pendant la grossesse d'Allison, elle lui offrait des corbeilles de laits pour le corps, des shampooings parfumés et même des crèmes contre les vergetures.

— Allison, ce n'est pas moi qui ai provoqué cette crise cardiaque.

— Je sais.

Elle sourit, tentant de rejeter la tension qui s'était emparée d'elle. Red avait raison. Ce n'était pas sa faute s'il ne connaissait pas les habitants de Windsor Beach. C'était une petite plage de Californie comme les autres parmi celles où les Malone avaient ouvert une pizzeria *Diamante*. Une étape de plus dans leur implantation sur la côte. Demain, ils ouvriraient un autre point de vente à Pescadero ou Half Moon Bay.

Pourquoi cela l'agaçait-il, d'où venait ce sentiment de colère diffuse ? Pourquoi ce trait de caractère lui rappelait-il soudain Victor ?

C'était ridicule et injuste, d'autant qu'elle bénéficiait pour l'instant de la générosité de Red, comme elle avait bénéficié de celle de Lucy pendant des mois.

Pour éviter toute conversation embarrassante, elle descendit de la voiture et alla détacher Eddie de son siège auto. Red descendit à son tour et ils franchirent tous deux les portes ornées du célèbre logo au diamant.

Travis, le propriétaire de la machine à glace, les avait attendus patiemment, comme Red le lui avait demandé. Il avait visiblement tué le temps en bavardant avec la gérante, une dénommée Elsie avec qui Allison avait travaillé au *Peacock Café*. Tout le monde se salua, Red présenta des excuses pour le retard et ils sortirent examiner la machine, que Travis avait chargée à bord de son pick-up.

Quelques instants plus tard, Allison trépignait d'impatience : cette machine était une affaire en or. Elle correspondait exactement à ce qu'elle recherchait : encastrable, dotée d'une grande capacité de production et de stockage et — cerise sur le gâteau — d'une connexion vidange indépendante. Tout en écoutant Travis vanter ses mérites, elle le soupçonnait vaguement de lui proposer un prix défiant toute concurrence en vertu d'un accord avec Red, qui lui rembourserait la différence.

Elle cala Eddie sur son épaule pour caresser l'appareil, tout en essayant de ne pas trop s'emballer.

— Elle est encore sous garantie ?

— Affirmatif. Trois ans, pièces et main-d'œuvre. Garantie de cinq ans sur l'évaporateur et le compresseur.

Travis flatta l'engin d'une main affectueuse, comme s'il s'agissait d'un être vivant.

— Une sacrée affaire pour ce prix.

Mieux encore. Cette machine était *parfaite.* Elle ne laisserait pas Red lui faire un cadeau déguisé et insisterait pour payer le juste prix au vendeur, le cas échéant, mais il la lui fallait.

Comme Eddie commençait à se plaindre, ils ne s'attardèrent pas. Ils réglèrent les détails, elle remit un chèque à Travis, et Red expliqua à ce dernier comment rejoindre le *Summer Moon.*

— Ma parole, mais c'est Red Malone ! fit une voix féminine derrière eux. Tu peux te vanter d'être difficile à trouver !

Tous trois se retournèrent vers la porte. Eddie les imita, intrigué par cette voix. C'était celle d'une jeune femme au large sourire qu'Allison n'avait jamais vue. Superbe dans son tailleur vert trop seyant pour ne pas être sur mesure, elle avait des boucles brunes, des yeux d'un vert vif et une silhouette qui lui garantissait de n'avoir que des ennemies.

Red, au contraire, semblait la connaître parfaitement.

— Désolé. J'ignorais que tu me cherchais. Mais qu'est-ce que tu fais à Windsor Beach ?

Allison eut le sentiment fugace que la voix de Red trahissait deux sentiments bien différents : une surprise sincère et un plaisir… forcé.

Qui était cette jeune femme ? C'était bizarre, elle lui rappelait vaguement quelqu'un.

— Je suis ici pour l'après-midi, pour inspecter la maison, répondit l'inconnue.

Elle parlait avec une assurance joyeuse qu'Allison trouvait déjà irritante.

— Voilà des mois que personne n'y a mis les pieds et j'ai pensé qu'il serait sage d'y jeter un coup d'œil, pour vérifier qu'elle était toujours en état. Colby m'a dit que tu serais ici quelques jours pour votre nouvelle pizzeria, alors je me suis dit que j'allais te chercher pour me faire inviter à déjeuner.

Avant de lui répondre, Red donna à Travis le signal du départ. Le pick-up s'éloigna dans l'allée et disparut au coin de la rue. Puis Red s'approcha de l'élégante inconnue, passa un bras autour de sa taille et l'embrassa sur la joue.

— Je suis content de te voir…

De nouveau cette pointe de fausseté. Il se tourna vers Allison, très raide dans son attitude.

— Cherry, je te présente Allison York. Son fils, Eddie. Allison, je vous présente Cherry Wigham, une amie.

Allison crut que ses jambes allaient la lâcher. Sa tête bourdonnait. *Cherry Wigham ?* Elle comprenait mieux cet air vaguement familier. C'était donc elle, la fille que Victor avait eue de son premier mariage, celle qui était belle et forte en maths. Celle qui, disait-il, ne supporterait jamais d'apprendre que son père était un salaud qui avait trompé sa femme.

Et surtout, cette fille était la demi-sœur d'Eddie.

Il fallait qu'elle se ressaisisse. Vaguement consciente que Cherry lui souriait et lui tendait la main, elle tendit à son tour la sienne d'une manière mécanique.

Mais elle ne put la regarder en face car Cherry avait exactement les mêmes yeux que son père.

— Bonjour. Votre bébé est adorable.

Cherry regarda tour à tour Allison et Red avec un air vaguement soupçonneux qu'elle dissimula bien vite derrière un large sourire.

— Mais j'arrive peut-être au mauvais moment ? Je peux m'éclipser si vous étiez en train de travailler.

— Non, pas du tout, s'empressa de dire Allison.

Mais Red avait déjà pris la parole :

— Il vaudrait peut-être mieux qu'on se voie plus tard. Pour le dîner, si tout va bien. Allison et moi-même avons du pain sur la planche. Tu sais ce que c'est de lancer un restaurant…

Sans mentir effrontément, il avait su présenter les choses de manière à laisser entendre qu'Allison travaillait pour *Diamante*. Elle sentait qu'il la regardait intensément, peut-être pour lui faire comprendre qu'elle devait jouer le jeu, tandis qu'elle regardait Cherry.

Cette dernière approuva.

— Eh bien, je ne suis pas de la partie, mais je vous

ai déjà vus à l'œuvre, tes frères et toi. Ce restaurant a l'air chouette. Depuis combien de temps est-il ouvert ?

Red ne put répondre car Elsie, la gérante, passa la tête par la porte.

— Monsieur Malone ? Je crois qu'on a un problème avec la température du frigo. Ça vous ennuierait de jeter un coup d'œil ? Je ne voudrais pas gâcher toute cette marchandise inutilement.

Red hésita. Allison comprit : il ne voulait pas les laisser en tête à tête, ne serait-ce que quelques instants. La croyait-il capable de déballer tous les vilains petits secrets de Victor ici, dans cette ruelle malpropre ?

Il pensait peut-être que, malade d'envie devant l'héritière légitime de Victor, si élégante et pleine d'assurance, elle allait se mettre à table, oubliant le contrat qu'elle avait signé et le chèque qu'elle avait encaissé.

Il ne réalisait donc pas que ces secrets étaient aussi les siens ? Elle avait honte d'avoir couché avec un homme marié. Personne ne semblait comprendre qu'elle n'avait pas envie de le crier sur les toits.

— Entrons, ne restons pas en plein soleil, dit-elle en souriant. L'air est étouffant dans cette ruelle. Il fait bien meilleur à l'intérieur.

Red apprécia-t-il sa réaction ? Il n'en montra aucun signe en tout cas. Il avait même déjà rejoint Elsie dans la cuisine. Celle-ci étant exiguë, Cherry et Allison attendirent de l'autre côté du comptoir, où quelques chaises étaient prévues pour les clients en avance. Les murs étaient couverts d'affiches sous verre présentant la carte, les tarifs, et des photos alléchantes des pizzas *Diamante*.

Cherry devait avoir déjà vu de nombreuses enseignes

Diamante car elle ne prêtait attention à rien. Elle alla s'asseoir directement sur une chaise.

— Alors, dit-elle en croisant les jambes. Vous travaillez pour les Malone et *Diamante* ?

Allison fit sauter Eddie plusieurs fois sur ses genoux pour qu'il se tienne tranquille. Elle préférait dire la vérité, dans la mesure du possible.

— Non. J'ouvre un nouveau restaurant à Windsor et Red a eu la gentillesse de me donner un coup de main.

Cherry avait un regard aimable et des manières impeccables. Elle ne l'examina pas vraiment de la tête aux pieds, mais Allison se sentait jaugée, avec son bébé fatigué dans les bras, sa main sans alliance et ses derniers kilos pas encore perdus après la grossesse qui l'empêcheraient sûrement de se mettre en Bikini tout l'été.

Cherry jeta un bref regard en direction de la cuisine, où Elsie et Red étaient penchés au-dessus du thermomètre placé à l'intérieur du frigo au cas où le thermostat électronique tomberait en panne.

— Bien, dit-elle, toujours souriante. Je n'aime pas être trop directe, mais je ne suis pas non plus du genre à tourner autour du pot. Vous êtes ensemble, Red et vous ?

Allison faillit rire. La question était vraiment brute de décoffrage, mais elle préférait cela.

— Non. C'est juste un ami.

Cherry hocha la tête, visiblement satisfaite de la réponse.

— Bien, dit-elle, toujours franche, toujours souriante. Parce que je me disais que… Il y a eu quelque chose entre nous, il y a longtemps mais, comment dire, il était trop jeune. Et trop gâté. Toutes les femmes sont folles des frères Malone. C'est quelque chose de…

difficile à définir. Une espèce de pouvoir qu'ils ont. Vous comprenez ?

Allison resta impassible, mais elle comprenait parfaitement.

Cherry croisa les mains sur ses genoux, des mains aux doigts gracieux, aux ongles vernis de rose. Elle se pencha pour regarder ce qui se passait en cuisine avec un tel sourire qu'Allison ne put s'empêcher de regarder aussi.

Red s'était accroupi pour examiner l'étage inférieur du réfrigérateur, leur offrant une vue imprenable sur son postérieur et ses hanches parfaites. Allison détourna aussitôt le regard, bien décidée à ne trahir aucune réaction.

Elle avait tort de s'inquiéter pour cela : Cherry contemplait Red sans vergogne, agitant nerveusement ses pouces manucurés, soudain sérieuse et songeuse.

— S'il ne sort avec personne, je vais peut-être retenter ma chance. Je me dis…

Elle l'observa encore un instant en passant délicatement la langue sur ses lèvres.

— Je me dis que ce garçon a dû grandir un peu en mon absence.

15

Une demi-heure plus tard, Red se garait devant le *Summer Moon*.

— Désolé pour cet incident.

Allison n'avait pas pipé mot de tout le trajet, contemplant le paysage comme si elle visitait Windsor Beach pour la première fois.

— Cela a dû être gênant pour vous, reprit-il, pour la sortir de son mutisme.

Il essayait d'imaginer ce qu'avait dû être pour elle cette rencontre inopinée avec Cherry. Il ne fallait pas qu'elle garde tout cela pour elle.

— J'ignorais complètement qu'elle devait venir voir sa maison et jamais je ne me serais imaginé qu'elle essaierait de me trouver.

Allison se tourna enfin vers lui, pâle, les yeux cernés. Dormait-elle suffisamment ?

— Depuis combien de temps ? interrogea-t-elle. Depuis combien de temps ont-ils cette maison à Windsor Beach ?

— Hum… cinq ans, peut-être. Mais elle est souvent louée et ils y viennent rarement. Ils en ont une autre à Monterey. Marianne préfère aller là-bas.

— Donc, ils possédaient *déjà* cette maison quand je le voyais.

— Oui, admit Red.

— Il ne m'en a jamais parlé. *Jamais.*

Red ne pouvait s'empêcher d'être troublé et mal à l'aise chaque fois qu'il songeait au triangle amoureux formé par Victor, Marianne et Allison. Il ne savait que dire ni comment s'y prendre pour défendre son ami. Il commençait à penser qu'il était loin d'avoir connu Victor aussi bien qu'il le croyait…

En outre, il y avait quelque chose d'indécent à évoquer devant Allison ses deux superbes villas sur l'océan. Même la beauté de Cherry, son assurance et son appétit de vivre avaient de quoi déranger dans la situation actuelle.

— Allison, laissez-moi vous ramener chez vous, insista-t-il. Une demi-douzaine d'ouvriers s'occupe du chantier. Laissez-les faire. Vous avez besoin de repos.

Elle hocha la tête d'un air absent. Elle n'avait pas dû vraiment l'écouter car jamais elle n'acceptait si facilement de rentrer chez elle. Elle se retourna vers la banquette arrière, où Eddie dormait à poings fermés dans son siège auto, puis vers lui.

— Cherry ressemble à son père. C'est fou ce qu'elle lui ressemble. Son visage m'a tout de suite paru familier, avant même que vous ne me la présentiez.

— Oui, c'est vrai.

Victor était très fier de sa splendide fille et de cette ressemblance.

— Et son fils ? Est-ce qu'il lui ressemble aussi ?

— Dylan a davantage tiré de Marianne. Il est blond, ses yeux tirent plutôt sur le bleu. Il a aussi le caractère de sa mère. Cherry ressemble à son père au physique comme au mental.

— Comment prennent-ils la mort de leur père ? demanda Allison après une hésitation.

— Cherry adorait Victor, mais c'est une battante et elle s'en remettra. Marianne et Dylan m'inquiètent davantage. Ils n'ont pas sa force.

Allison hocha une nouvelle fois la tête. C'était comme un mouvement inconscient, le signe qu'elle essayait de comprendre.

Elle retomba dans le mutisme. Puis, soudain, elle brisa d'elle-même le silence.

— Ça ne vous a pas gêné de lui mentir comme vous l'avez fait ? Qu'est-ce que ça vous a fait de vous retrouver entre la fille de Victor et le bébé qu'il a eu en secret, et de faire comme si de rien n'était ? Comme si nous étions des inconnues ordinaires ?

Cette question lui laissait un goût amer. Qu'avait-il éprouvé ? Il revoyait le visage d'Allison apprenant qu'elle se trouvait face à la fille de Victor et serrant son fils tout contre elle. Il avait cessé de respirer un instant. Il avait si souvent surpris des ressemblances avec Victor sur le visage du bébé que Cherry allait sûrement les remarquer tôt ou tard, elle aussi.

Ils avaient le même père, malgré l'absence d'autres liens. Comment cette parenté pouvait-elle passer inaperçue ?

Pourtant, Cherry ne semblait avoir rien ressenti ni soupçonné. Il la connaissait suffisamment : son visage ne trahissait que la curiosité de savoir s'il y avait quelque chose entre Allison et lui.

D'abord soulagé, il avait soudain compris une chose.

Le baiser de la veille avait été une erreur monumentale, une bourde égoïste à ne pas reproduire. Faire une place quelconque à Allison dans sa vie aurait forcément quelque chose de sordide, ce serait douloureux, dangereux. Dans son univers à lui, elle serait en permanence exposée à rencontrer les Wigham, à se rappeler l'héritage dont Eddie ne bénéficierait jamais. Elle serait contrainte d'adopter une sorte de fausse identité qui consisterait à nier ses liens avec eux.

Impossible. En somme, il n'existait aucune solution acceptable leur permettant d'avoir une relation au long terme. Or, elle lui avait déjà fait clairement savoir que, en tant que mère célibataire, elle n'était pas intéressée par une simple aventure.

Il devait absolument juguler son attirance pour elle. Lui proposer d'être son ami dans ces conditions serait aussi insultant pour elle que la conduite de Victor l'avait été.

Pour en revenir à la question posée : qu'avait-il ressenti en tombant sans le vouloir nez à nez avec Cherry ?

— Ce que ça m'a fait ? fit-il avant de prendre une inspiration. J'ai eu le sentiment que c'était moche. Que c'était mal.

— Mais pas suffisamment pour lui dire la vérité ?

Red revit le regard suppliant de Victor, ses paroles fébriles proférées malgré un souffle défaillant. Il vit Marianne en larmes, Dylan le regard dur et froid.

Il songea même à Lewis Porterfield, mesquin, hargneux, et à la joie avec laquelle ce salaud attaquerait Allison pour rupture de contrat et salirait publiquement son nom.

— Non. Pas suffisamment pour lui dire la vérité, soupira Red.

Nuit et jour, en permanence, Allison entendait le

compte à rebours dans sa tête. La pré-ouverture du *Summer Moon*, qu'elle avait finalement dû repousser, aurait lieu dans quatre jours — enfin ! Elle aurait préféré s'éviter ce retard, car le but de cette pré-ouverture était avant tout de repérer les problèmes avant la « vraie » ouverture au public. A cause de ce changement, deux jours seulement séparaient cette répétition générale de l'inauguration. Quarante-huit heures, c'était peu pour corriger une éventuelle complication importante.

La bonne nouvelle, c'était que Jimbo rentrait dans trois jours, ce qui lui laisserait le temps de cuisiner pour le grand soir.

Red, lui, repartait pour San Francisco dans…

Elle ne savait pas quand, en fait.

Il ne lui avait jamais précisé combien de temps il comptait séjourner à Windsor Beach. Au début, il ne restait que quelques heures d'affilée au *Summer Moon*. Il devait passer le reste de ses journées à s'occuper de *Diamante*. Elle l'avait entendu à plusieurs reprises parler avec quelqu'un de San Francisco sur son portable. Il restait toujours vague quant à la date de son retour. *Il me reste encore quelques locaux à voir*, disait-il. *Je te tiens au courant*.

Au fil du temps, il avait passé de plus en plus de temps au *Summer Moon*, au point que tout le monde comptait sur sa présence et se reposait sur ses compétences. « On verra ça avec Red quand il arrivera », disaient les ouvriers quand ils tombaient sur un os.

Cette dépendance rendait Allison nerveuse. Si elle ignorait la date de son départ, elle savait bien par contre qu'il finirait par partir, tôt ou tard. Et il le ferait quand l'exigeraient les besoins de l'entreprise *Diamante* et non ceux du *Summer Moon*.

Son anxiété atteignait à présent son summum. Allison avait eu la chance d'hériter l'optimisme de son père et rien ne pouvait l'abattre d'ordinaire, ni la fatigue, ni le manque de sommeil, ni les anicroches dans les plans. Pourtant, depuis quelques jours, elle avait les nerfs à fleur de peau.

Elle venait de recevoir les menus de l'imprimerie. En ouvrant le premier, une coquille énorme sur la deuxième page lui avait aussitôt sauté aux yeux. Au lieu d'appeler Mary Jo, l'imprimeuse, et de lui expliquer qu'il fallait tout refaire, elle s'était retrouvée au bord des larmes !

Cela ne lui ressemblait pas. Allison York n'était pas comme ça. Son père aurait eu honte d'elle.

Sa rencontre avec Cherry avait-elle eu un effet toxique, un peu comme si elle avait sapé sa confiance en elle habituelle ?

Elle reposa soigneusement le menu dans le carton, plaqua ses deux mains sur le plan de travail en inox et compta jusqu'à cent. *Je vais y arriver. Je vais y arriver. Je vais y arriver.*

Une main vint se poser contre son dos.

— Tout va bien ?

C'était Red. Ce contact léger réveilla comme des picotements le long de son dos. Allison se redressa, gênée qu'il l'ait surprise dans un tel moment de faiblesse.

— Ça va, dit-elle en lui lançant un sourire un peu forcé. Je n'ai pas beaucoup dormi la nuit dernière et je suis rattrapée par la fatigue, c'est tout.

Aïe. Elle n'aurait pas dû être aussi franche. Red allait comprendre immédiatement pourquoi elle n'avait pas bien dormi.

A moins que l'idée ne l'effleure même pas… Peut-être ce baiser était-il sans importance pour lui.

Dans un cas comme dans l'autre, il eut la délicatesse de n'en rien laisser paraître et en vint à la raison qui l'amenait.

— Vous avez oublié votre téléphone dans la pièce voisine, dit-il en exhibant l'appareil. Je l'ai entendu sonner plusieurs fois. On dirait que quelqu'un cherche à vous joindre d'urgence.

— Merci, fit-elle en remettant un peu d'ordre à ses cheveux.

Elle prit l'appareil sans s'inquiéter outre mesure. Du moment qu'Eddie était avec elle, il ne pouvait guère y avoir de gros soucis. C'était peut-être Jimbo. Pourvu qu'il n'appelle pas pour lui annoncer que son retour était différé !

Elle parcourut la liste des appels manqués. Six, pas moins. Tous du même numéro.

— Qu'y a-t-il ? demanda Red.

— Les appels viennent tous de Dickey O'Connor, fit-elle d'une voix blanche.

Il n'avait laissé qu'un seul message. En l'écoutant, son sang ne fit qu'un tour.

— Appelez les secours, dit-elle à Red sans attendre la fin. Dites-leur d'aller chez Dickey. Ils connaissent l'adresse. Dites-leur… Dites-leur qu'il est probablement sur le toit.

Red avait déjà sorti son portable. Il composa le numéro et lui lança un regard en attendant que les urgences répondent.

— Sur le toit ?

— Oui, fit-elle dans un souffle.

Elle écouta les derniers mots de son message.

« Je voulais juste te dire au revoir, Allie. »

— Oh, Dickey…

Red avait quelqu'un en ligne.

— Oui, sur le toit. Le toit de sa maison. Il semblerait qu'il…

Il consulta Allison du regard pour connaître la suite.

— Il a dit qu'il allait sauter.

Il y avait déjà foule quand ils arrivèrent. La villa de Dickey, située sur la falaise au bord de l'océan, se découpait comme une forteresse noire sur le ciel violet rayé de jaune du couchant. Deux véhicules de la police de Windsor Beach bloquaient l'allée. Leurs gyrophares éclairaient les buissons par intermittence, inlassablement.

— Allez-y, dit Red. Je m'occupe d'Eddie.

Elle n'hésita pas une seconde à lui confier son fils, comme elle n'avait pas hésité quand il lui avait proposé de la conduire jusque chez Dickey. Sans savoir pourquoi et bien qu'ils ne se connaissent que depuis peu, elle avait confiance en lui. Il y avait bien une explication à cela — une explication troublante à laquelle elle n'avait pas le temps de réfléchir pour le moment.

— Merci, lui répondit-elle dans un souffle.

Elle sauta hors de la voiture, se fraya un passage dans l'allée et constata avec soulagement que l'un des policiers n'était autre que Larry, qui ne l'empêcherait pas d'intervenir. Ce dernier était livide mais stoïque.

— Allie, Dieu merci, vous êtes là. Est-ce qu'il est vraiment sérieux ? Qu'est-ce qu'il a dit exactement dans le message qu'il vous a laissé ?

Elle le lui fit écouter : c'était le moyen le plus rapide de le convaincre que Dickey ne plaisantait pas. Il se raidit tandis qu'il plaquait le mobile un peu plus fort contre son oreille.

« *Cette harpie n'est pas ma vraie nièce*, assénait Dickey d'une voix chevrotante. *C'est un imposteur qui s'est glissé dans la peau de Nell. Mais personne ne me croit. Ils vont la laisser me jeter dans ce donjon pour y croupir.* »

— Mon Dieu, fit Larry. Il a perdu la raison.

— Oui, acquiesça Allie sans le quitter des yeux.

Il ressentait la même chose qu'elle. Aucune fin ne pouvait être plus cruelle pour Dickey. La peur que lui inspirait sa nièce, celle d'aller en maison de retraite avaient finalement brisé la dernière barrière qui le séparait de la démence.

— Nous verrons ça plus tard, dit-elle, à bout de nerfs. Quelqu'un a-t-il pu lui parler ?

— Il ne répond pas sur son portable. Nous ne savons pas s'il l'a encore sur lui. Nous savons qu'il est là-haut parce que nous l'y avons vu avant la tombée de la nuit. Nous avons un homme au troisième étage, qui lui parle par la fenêtre, mais nous ignorons s'il nous entend ou…

Allison non plus n'avait pas réussi à joindre Dickey. Il ne devait pas avoir pris son téléphone car il lui aurait certainement répondu en reconnaissant son numéro.

— Il faudrait peut-être inspecter le sol en dessous de lui. Son téléphone est peut-être tombé.

Larry hocha la tête.

— Oui. Bonne idée.

Il continua à secouer la tête, comme si elle était montée sur ressort.

Allison effleura sa main qui tenait un talkie-walkie.

— Larry ? Dites à quelqu'un d'aller voir.

Il sursauta, appela un collègue et s'éloigna de quelques pas pour lui donner ses instructions. Sa voix était déjà plus assurée. Le policier avait repris le dessus.

Combien de temps s'était écoulé depuis que Dickey l'avait appelée ? Il commençait à faire froid, un vent inquiétant s'était levé. Les couleurs du ciel s'évanouissaient, comme un fondu dans un film.

Allison avança vers la villa jusqu'à ce qu'elle aperçoive un second policier, près de la porte.

— Elinor !

C'était son jour de chance. Elle ne connaissait pas tous les policiers locaux mais Larry et Elinor étaient des amis.

— Je voudrais monter et essayer d'atteindre une des fenêtres en pignon. Il accepterait peut-être de me parler.

La jeune policière repoussa sa casquette et s'essuya le front.

— Il y a déjà un de nos hommes là-haut. Il a pu voir Dickey mais pas le faire parler. Il y a un officier des renseignements qui parle avec la nièce de Dickey au deuxième étage. Tu pourrais peut-être lui apporter de l'aide, mais on laisse rarement les amis ou la famille parlementer.

— Allison…

Red l'avait rejointe, portant Eddie dans ses bras. Ce dernier paraissait étonné par les lumières et la foule, mais pas apeuré.

— Allison, ne faites pas de bêtise.

— C'est une bêtise d'essayer de sauver la vie d'un ami ? rugit-elle.

— Vous avez entendu : on ignore quels sont les plans de Dickey. C'est dangereux. Il pourrait décider de vous prendre en otage, Allie. Il faut envoyer un professionnel.

— *Quel* professionnel ? Vous croyez qu'on a des psychiatres sous la main pour des cas comme celui-ci à Windsor Beach ? Dickey a largement le temps de sauter avant qu'on trouve quelqu'un. Il ne me fera pas de mal. Il a peur, il est seul. Il a seulement besoin d'une présence amicale.

Red ne répondit pas, mais son visage trahissait son désaccord.

Allison s'en moquait. Résolue, elle se tourna vers Elinor.

— Votre homme, là-haut, m'empêchera de dire ou faire des bêtises. Je sais que ce n'est pas très réglementaire, mais il faut faire descendre Dickey de là avant qu'il ne commette un geste insensé. Ou qu'il ne glisse.

Elle ne pouvait songer sans angoisse à ce vieil homme à la merci du vent, du froid ou, plus fatal encore, d'une plaque de moisissure, d'humidité, ou d'une tuile mal arrimée.

— Bill…

Bill l'aiderait à trouver les mots justes.

— Est-ce que quelqu'un a mis Bill au courant ?

— Il est à l'intérieur, avec Nell et son mari.

Elinor souriait presque, ses yeux brillaient de malice parmi les gyrophares.

— Il est en train de leur passer un sacré savon !

— J'imagine… Il faut qu'il monte avec moi. Dickey et lui sont très proches. Je t'en prie, Elinor. Il faut me laisser essayer.

16

Une demi-heure s'était écoulée et Red se demandait s'il n'allait pas devenir fou. A la demande d'Allison, la police l'avait autorisé à pénétrer dans la maison, mais on ne lui avait pas permis de dépasser le deuxième étage.

— Nous ne voulons pas que ce soit la foire là-haut, avait décrété l'officier des renseignements.

Il avait dévisagé Eddie comme s'il craignait une explosion de sa part à tout moment.

Il avait raison, naturellement. Seules les personnes vraiment capables de débloquer la situation devaient monter. Red n'était rien dans cette histoire. Malgré ses sentiments naissants pour Eddie et Allison, il était étranger à Windsor Beach, n'avait jamais rencontré Dickey et connaissait à peine Bill.

Il ne lui restait plus qu'à attendre. On l'avait conduit dans la salle de jeu de Dickey, équipée du dernier cri télévisuel et technologique, ainsi que de quelques jeux d'arcade et d'un mini parcours de golf. Il s'était assis en face de Nell O'Connor-Vanak et de son mari, qui ne lui avaient pas adressé un mot.

Vanak avait dû expliquer à sa femme qui était Red et quel rôle il avait joué dans l'histoire des diamants, car elle le fixait sans ciller, comme si elle avait le pouvoir de le transpercer et de le clouer au mur.

Elle avait une bouche pincée, des mains décharnées. Peut-être Dickey n'était-il pas si dément, après tout. Cette femme avait effectivement tout d'une harpie. En tout cas, elle n'avait pas l'air très normale. Eddie, qui jouait avec ses pieds, se mit à pleurnicher dès qu'il la regarda. Elle ne semblait pas lui plaire non plus.

Red se leva et emmena Eddie jusqu'au flipper. Dickey avait visiblement une âme de gamin. Il y avait une salle de jeux comme celle-ci dans la villa de Nana Lina à Belvedere Cove. Tout le monde, y compris les sénateurs et les professeurs d'université, se battait pour y être invité. Qui n'avait pas besoin d'un lieu où redevenir un enfant de temps en temps ?

Ignorant les murmures agacés des Vanak, Red se mit à jouer au flipper d'une main tout en tenant Eddie de l'autre. Les lumières, les couleurs et les bruits de l'engin ravissaient le petit — et irritaient la nièce de Dickey.

Mais Red se fichait pas mal du score qu'affichait la machine. Son esprit était là-haut, avec Allison.

Il arrivait à bout de patience quand du bruit se fit entendre dans l'escalier. Abandonnant aussitôt sa bille de flipper, il cala Eddie sur son épaule et sortit dans le couloir. Nell et son mari s'étaient levés derrière lui.

D'abord, il aperçut un policier grisonnant qui descendait l'escalier, le visage inexpressif. Bill Longmire le suivait lentement. Ensuite, une grappe humaine au milieu de laquelle Red reconnut Allison. Elle souriait et entourait de son bras un petit homme trapu — celui-là même qui lui avait glissé un diamant au *Peacock Café*. Dickey O'Connor !

Red exhala un long soupir de soulagement.

Elle avait réussi. Que la police l'ait laissée parler à Dickey ou qu'ils aient simplement suivi les conseils d'Allison, elle avait joué un rôle décisif.

Red se remit à respirer normalement. Pendant sa longue attente, il avait tenté d'imaginer ce qu'elle éprouverait en cas d'échec, la culpabilité qu'elle porterait pour toujours.

Mais elle avait réussi. Red déposa un baiser sur le front d'Eddie.

Il se retourna pour annoncer la bonne nouvelle aux Vanak. Ceux-ci avaient déjà dû comprendre. Ils se regardaient face à face, croyant sans doute que personne ne verrait leur mine déçue.

— Le sale vieil énergumène, fit Vanak avec une moue dédaigneuse.

Red ne saisit pas ce que répondait sa femme, mais son visage exprimait des sentiments répugnants.

— Monsieur et madame Vanak, dit-il en allant ramasser le sac d'Eddie. J'aimerais vous expliquer une chose avant de partir.

— Et de quoi s'agit-il ? fit sèchement Vanak.

— Votre oncle est peut-être atteint de démence sénile, je ne suis pas compétent pour en juger. Mais si je me retrouvais à la merci de deux hyènes comme vous, je monterais moi aussi sur le toit et je sauterais.

Le personnel paramédical allait conduire Dickey à l'hôpital. Même au plus désespéré des négociations, pendant que le médiateur parlait à Dickey, Allison n'avait pas permis qu'on promette le contraire au vieil homme.

Elle ne les avait pas laissés lui mentir une seule fois. Quand Dickey avait déclaré qu'il craignait par-dessus tout qu'il y ait des rats dans le donjon de Nell, elle avait ravalé ses larmes et demandé qu'on lui dise qu'elle viendrait le voir tous les jours.

S'il y avait des rats, au sens propre ou figuré, elle sortirait Dickey de l'endroit où il serait hospitalisé.

Il l'aimait, il la croyait. Quand il avait enfin accepté que l'agent sorte pour l'aider à rentrer par la fenêtre mansardée, il avait froid, il frissonnait, et était très faible. On l'avait aussitôt allongé sur une civière.

Dickey avait tendu la main à Allison et elle l'avait accompagné jusqu'à l'ambulance. Elle n'en pouvait plus de retenir ses larmes, mais elle s'efforçait de lui sourire.

— Tout va bien se passer, Dickey. Il faut vous reposer cette nuit et je passerai vous voir demain.

— D'accord. On va les avoir, pas vrai, Allie ? Ils m'emmènent, mais je m'échapperai. Va chercher le diamant que je t'ai donné, le gros. On pourra l'utiliser pour acheter les gens qu'il faudra, si besoin est.

— Vous allez vous rétablir, Dickey. Nous allons nous occuper de tout, une chose à la fois. D'abord, il faut vous refaire une santé.

— D'abord, la santé. Ensuite, les diamants.

Elle lui serra la main, la gorge trop serrée pour répondre. On hissa la civière à bord de l'ambulance et elle dut le lâcher mais resta à côté du véhicule jusqu'au départ. Les Vanak avaient clairement fait savoir qu'ils ne l'autoriseraient pas à les accompagner à l'hôpital ce soir. Elle regardait Dickey par la vitre, espérant lui donner de la force et du courage.

Il sourit faiblement et lui envoya un baiser. Puis, comme toujours lorsqu'il mijotait quelque chose, il posa un index sur sa bouche et cligna de l'œil.

Allison céda aux larmes. Espérant que Dickey ne les voyait pas, elle imita son geste.

— A bientôt, Dickey.

On referma les portes de l'ambulance.

Elle se traîna jusqu'à la maison sans savoir où aller ni que faire. Les projecteurs et les gyrophares éteints, la nuit semblait complètement noire tout d'un coup.

— Allie ?

Elle ne vit pas tout de suite Red. Soudain, il apparut devant elle, tenant Eddie d'une main et lui tendant l'autre.

Elle ne parvint même pas à prononcer son nom. Il la rejoignit et l'enveloppa d'un bras ferme.

Quel soulagement de ne plus être seule ! Elle le prit par la taille et s'accrocha à lui comme une naufragée à un radeau de sauvetage.

Red prononça son nom une nouvelle fois et la serra plus fort. Elle enfouit la tête contre sa poitrine et laissa couler ses larmes.

Il caressa longuement ses cheveux. N'y avait-il pas déposé un baiser ? Elle ne savait plus, ne comprenait pas pourquoi elle se tournait vers lui.

Après quelques instants, il lui demanda doucement :

— Que puis-je faire, Allie ? Qu'est-ce que tu voudrais que je fasse ?

Elle ne pouvait se résoudre à le lâcher. Elle ne voulait pas quitter son odeur. Elle ne s'imaginait pas tenir debout sans son appui.

— Je voudrais que tu restes avec moi, murmura-t-elle dans son T-shirt en coton, abandonnant le vouvoiement à son tour sans vraiment s'en rendre compte. Je ne veux pas rester seule cette nuit.

*
* *

Il la reconduisit chez elle sans rien dire. Epuisé par toute cette agitation inhabituelle, Eddie s'endormit dès qu'il fut installé dans son siège auto. Red pensait qu'Allison en avait fait autant mais, dès qu'il se gara devant son immeuble et que la voiture frôla les hibiscus, elle s'étira.

— Je m'occupe d'Eddie, dit Red.

Elle acquiesça et ils grimpèrent ensemble l'escalier de bois qui menait au second. Un vent s'était levé, chargé d'une odeur salée. Il plaquait le T-shirt d'Allie contre ses seins et soulevait ses cheveux autour de son visage.

Il ne devait pas être plus de 22 heures, mais toutes ces émotions les avaient fatigués. Allison tourna prudemment la clé et ouvrit la porte comme une ado qui craint de se faire prendre par ses parents.

Toujours en silence, ils s'occupèrent de coucher Eddie. D'un accord tacite, ils oublièrent le bain et se limitèrent à changer sa couche et à lui enfiler une grenouillère. En trouvant le biberon vide dans le sac du bébé, Allison l'interrogea du regard.

Red hocha la tête pour confirmer qu'il avait nourri Eddie chez Dickey. Le bébé avait le ventre plein et était si fatigué qu'il était inutile de lui donner un complément.

Pendant qu'Allison couchait son fils, Red alla rincer le biberon dans la cuisine à l'aide du goupillon posé près de l'évier, tout en se félicitant de l'expérience acquise en tant qu'oncle.

En fermant le robinet, il se rendit compte qu'Allison était là, à quelques pas. Il aurait pu la toucher rien qu'en tendant le bras. Mais le souhaitait-elle ? La brusque envie d'étreinte qu'elle avait manifestée après le départ de Dickey était peut-être passée. Elle n'avait sans doute été provoquée que par le stress et l'adrénaline.

Alors il attendit qu'elle fasse le premier pas. Les arbres tourmentés par le vent agitaient leurs ombres sur le sol de l'appartement.

— Merci, fit-elle d'une voix étranglée. Je ne sais pas ce que j'aurais fait sans toi ce soir.

— Tu te serais très bien débrouillée, mais je suis heureux d'avoir été là.

La pièce était à peine éclairée. Seul l'affichage digital de la cuisinière et le halo de l'éclairage urbain y jetaient un peu de clarté. Sans distinguer nettement le visage d'Allison, Red la regardait et attendait.

— Red, je…

Elle porta les mains à ses tempes comme pour se calmer et trouver les mots justes.

— Quand je t'ai demandé de rester ce soir…

— Ce n'est pas grave. Je comprends parfaitement que tu aies changé d'avis.

— Non, ce n'est pas ce que je voulais dire. Je voudrais que tu restes. J'ai… j'ai besoin que tu restes, si tu veux bien.

— Oui, je le veux, répondit-il d'une voix douce.

— Merci… Mais…

Elle pencha la tête, hésitante. Un rayon de lumière tomba sur ses cheveux. Red se souvint de leur texture soyeuse sous ses doigts.

— Mais ?

— Je ne voudrais pas que tu croies que… Je ne te demande pas… Je voudrais que tu saches que je ne peux pas faire l'amour avec toi ce soir.

— Je sais. Ce n'est pas grave. Ça n'a pas d'importance.

Il le pensait sincèrement, tout en sachant qu'elle lui demandait presque l'impossible. Elle voulait qu'il passe la nuit avec elle, la serre contre lui, la regarde dormir…

tout en réprimant le désir dévorant qu'il ressentait chaque fois qu'il la regardait.

Un véritable acte de bravoure, en somme. Comme bien des femmes pouvaient en témoigner, Red Malone n'était pas un preux chevalier mais, pour cette nuit et cette nuit seulement, il voulait bien être tout ce qu'elle voudrait.

— Ce n'est pas que je n'en aie pas envie, reprit-elle. C'est juste que… je ne peux pas. Je ne peux pas prendre le risque de retomber enceinte. Tu sais… Victor et moi avions pris des précautions et cela n'a pas suffi. Alors…

Red faillit sourire. Décidément, elle jouait toujours la franchise. Même si la vérité était effrayante ou gênante, elle appelait un chat un chat. Il n'avait jamais rencontré de femme aussi franche.

— Je comprends. Pas de problème. D'ailleurs, tu as du chagrin ce soir. Je préfère coucher avec des femmes qui ne considèrent pas le sexe comme un anesthésiant.

Elle scruta son visage et dut comprendre son trait d'humour car elle soupira et son corps se relâcha.

— Allie, je suis là. J'ai envie de rester. J'ai envie de passer la nuit avec toi, qu'on fasse l'amour ou pas.

Elle acquiesça. Il tendit la main, leurs doigts s'entrelacèrent et il la conduisit jusqu'au canapé. Il s'y assit, elle s'installa près de lui en cachant ses pieds nus sous elle et tourna vers lui son visage d'une pâleur lumineuse.

Il posa une main sur sa joue. Elle était glacée comme une morte.

— Tu veux parler de Dickey ?

— Pas maintenant. Plus tard, peut-être, mais pas ce soir.

— D'accord. Si tu t'allongeais ? Ça te ferait du bien de te reposer un peu.

Elle le dévisagea avec de grands yeux brillants puis s'étendit lentement en posant la tête sur ses genoux.

— Installe-toi bien.

Red se tint à carreau le temps qu'elle se tortille pour trouver sa place et pose sa tête quelque part entre sa hanche et sa cuisse. Quand elle eut terminé, il se mit à lui caresser les cheveux.

Elle poussa un gros soupir proche du ronronnement, sa tête devint plus lourde et elle étira les jambes. Puis elle chercha l'autre main de Red et l'amena contre sa poitrine.

Puis, tandis que le vent redoublait de violence dans les arbres et faisait vibrer les vitres dans leurs vieux cadres de bois, elle s'endormit.

17

Le lendemain, alors que tout le monde faisait la pause déjeuner au *Summer Moon*, Jimbo réapparut avec deux jours d'avance.

Allison laissa tomber sa fourchette et se rua à son cou.

— Tu es revenu !

— Il me semble que ça se voit ! ironisa l'intéressé.

Et il la fit aussitôt tournoyer autour de lui et l'emporta en dansant jusqu'à la cuisine.

Là, il s'arrêta net.

— Waouh ! Vous avez vraiment bien travaillé !

Allison sourit, heureuse de le voir satisfait de leurs progrès.

— Evidemment ! Tu croyais qu'on allait se tourner les pouces en attendant le retour du grand Jimbo ? La pré-ouverture est dans trois jours, je te rappelle.

— Exact, mais les changements sont vraiment impressionnants.

Il pénétra dans la pièce, visiblement fasciné par l'inox étincelant et les appareils tout neufs. Il n'avait encore dit bonjour à personne, mais tout le monde comprendrait. Comme chacun le savait, la cuisine était tout pour lui.

Il rôda dans les moindres recoins, touchant chaque

objet, ouvrant chaque porte de placard, examinant chaque marque, chaque numéro de modèle, chaque casserole, chaque spatule. Il s'arrêta devant la machine à glace et se tourna vers Allison avec un sifflement.

— Comment t'as fait ? Tu as obtenu un prêt supplémentaire ? Je sais parfaitement que ce petit bijou ne rentrait pas dans le budget.

Allison se sentit soudain mal à l'aise. Elle avait réfléchi maintes fois à ce qu'elle dirait à Jimbo le moment venu, sans savoir si elle allait lui parler de Red ou non.

Son ami n'aimait pas ce dernier. Il serait mécontent d'apprendre que Red avait pris la tête du chantier en son absence. Il le serait encore plus d'apprendre que celui-ci avait passé la nuit précédente chez eux, même s'il s'était contenté de la réconforter chastement et tout habillée sur le canapé…

— Nous avons été bien aidés, dit-elle prudemment. Il s'est passé beaucoup de choses — il faudrait des heures pour tout te raconter. En résumé, j'ai eu l'opportunité d'acheter cette machine à un prix vraiment intéressant.

— Ah oui ?

Jimbo semblait soupçonneux. Il ouvrit la machine et examina l'intérieur.

— Tu l'as eue d'occasion ? On avait pourtant dit que c'était une fausse économie.

— Non, elle est neuve.

Inutile de repousser le moment de vérité. Jimbo la connaissait depuis toujours et la coinçait chaque fois qu'elle lui cachait quelque chose. Il prétendait que son œil gauche tremblait dans ces cas-là. Allison attribuait plutôt ce pouvoir de divination à son intelligence et à sa longue pratique de la vie avec elle. Il savait, voilà tout.

— Eh bien, Red Malone nous a aidés ces jours-ci,

lâcha-t-elle. Sa famille possède les pizzerias *Diamante*, comme tu le sais sûrement. C'est donc un expert en restauration et il a beaucoup d'amis. L'un d'eux, justement, un dénommé Travis, vend du matériel…

— *Une seconde*, coupa Jimbo. Parle moins vite et n'essaie pas de m'embrouiller. Je sais quel genre d'expertise possède ce type et ça n'a rien à voir avec la restauration. Tu dis que Malone s'est pointé dès que j'ai eu le dos tourné ?

Allison rougit. Elle était sur la défensive, et elle le savait.

— C'est un peu ridicule de présenter les choses de cette façon, bredouilla-t-elle. Mais oui, c'est à peu près ce qui s'est passé. J'avais besoin d'aide et Red a eu la gentillesse de m'offrir la sienne.

— Enfin, Allie, as-tu oublié qui était ce type ? C'est le larbin de ce salaud de Victor !

— Parle plus bas, l'interrompit-elle à son tour. Il est à côté, dans la salle. Je te demanderai de rester correct avec lui. Il a été très serviable. Il a été… gentil avec moi, Jimbo.

— Tu m'étonnes !

— Tu sais, Jimbo, tu l'insultes en me répondant comme ça. Et tu m'insultes aussi.

Jimbo planta ses deux grandes mains sur le fourneau.

— N'essaie pas de me faire taire avec ce genre d'arguments. Tu sais très bien que je ne cherchais pas à t'insulter. Ce mec est une ordure, il n'est même pas digne de faire la vaisselle dans ce restaurant. Et pourtant, on dirait qu'il fait ce qu'il veut ici !

— Non, j'ai seulement accepté une aide *dont j'avais besoin*, martela Allison. Une aide très gentiment offerte, si tu veux savoir, alors qu'il n'a absolument rien à espérer en échange. Je te remercie aussi…

C'est alors que Meg Bretton apparut à l'entrée de la cuisine. Avaient-ils suffisamment haussé le ton pour que leur querelle parvienne aux oreilles des autres membres de l'équipe ? Allison n'avait aucun moyen de le savoir. Toujours est-il que Meg venait visiblement en pacificatrice.

— Superbe, n'est-ce pas ?

Elle sourit à Jimbo comme si elle n'avait pas remarqué l'ambiance lourde qui régnait dans la pièce.

— Tu ne t'imagines pas comme Allie a travaillé dur.

— Et pas seulement elle, si j'ai bien compris, grommela-t-il.

— Je ne suis pas la seule à l'avoir aidée, dit Meg, la main sur le cœur. Il y a eu une véritable armée ici. Mais j'ai fait ma part, c'est vrai, et je te remercie du compliment.

Au clin d'œil que lui lança Meg, Allison comprit qu'elle avait délibérément mal interprété le commentaire de Jimbo. Elle lui en fut reconnaissante. Tout allait s'arranger avec le temps… Lorsqu'il comprendrait que Red ne manigançait rien du tout et s'apprêtait à rentrer à San Francisco, Jimbo se calmerait.

Allison ne pouvait en dire autant d'elle-même. Red allait lui manquer. En peu de temps, il était devenu un élément de sa vie. Un roc, un allié… un ami.

Et peut-être davantage.

En se réveillant ce matin, elle s'était retrouvée dans son lit, toujours vêtue de son jean et de son T-shirt de la veille. Red avait dû la porter dans sa chambre sans la réveiller. Quand elle était allée voir dans le salon, le canapé était vide, il était parti.

Stupidement, elle avait éprouvé une déception.

Il n'avait laissé qu'un mot sur la table de la cuisine indiquant le numéro de téléphone de l'hôpital, l'étage et le numéro de la chambre où Dickey avait été admis. Il avait ajouté quelques mots en dessous : « *Ils m'ont dit qu'il avait bien dormi. J'espère que toi aussi. R.* »

Elle avait longuement contemplé ce petit bout de papier en se demandant s'il avait hésité à ajouter « *Je t'embrasse* ». Elle se rappelait la douceur de sa main sur ses cheveux et le contact de sa cuisse sous sa joue. Comme une gamine idiote, elle avait passé le doigt sur les contours de la lettre R sur la feuille. Seuls les premiers babillages d'Eddie dans son berceau l'avaient tirée de cet état second.

Arrivée au *Summer Moon*, quand elle s'était rendu compte que Red y était déjà, une grande joie lui avait dilaté la poitrine, aussitôt suivie d'une frayeur. Comment avait-elle pu s'attacher autant à lui ? Un jour prochain, elle arriverait au restaurant et il n'y serait plus.

Elle n'y pouvait rien. Peut-être valait-il mieux qu'il reparte le plus tôt possible, d'ailleurs. Sinon, comme Jimbo l'avait deviné, elle risquait fort de commettre une très grosse bêtise.

— Bon, tout le monde en reveut, intervint Meg. Tu crois que tu pourrais nous rapporter de la salade ?

— Euh, oui, bien sûr, répondit Allison, distraite.

Elle en avait préparé d'avance, qu'elle avait mise dans le réfrigérateur.

— J'en ai fait assez pour nourrir toute la ville.

— Super, s'exclama Meg. Ramène-toi aussi, Jimbo. Tu ne vas pas te terrer ici. Tout le monde aimerait te dire bonjour.

Elle lui faisait penser à une mère poule rassemblant ses petits.

Jimbo lança un dernier regard à Allison et acquiesça. Il avait dû passer chez eux, car il avait enfilé une tenue de travail — un de ses sweats les plus ignobles. Elle avait bien fait de glisser le mot de Red dans sa poche. L'appartement ne gardait aucune autre trace de sa visite.

Ils retournèrent tous trois dans la salle à manger, également superbe, surtout en comparaison de l'état dans lequel Jimbo l'avait quittée. Dale, Sue, Bill et Sarge étaient présents. Red était assis à une autre table qu'Allie, juste derrière elle.

Occupé à faire faire son rot à Eddie, il sourit poliment à Jimbo qui vint se poster à côté de lui. Il se leva tout en tapotant le dos du bébé.

— Salut. Bienvenue chez vous.

— Merci, lâcha Jimbo.

Sa mauvaise volonté était évidente. Il tendit les bras.

— Vous permettez que je salue ce petit gars ?

— Bien sûr.

Red retourna Eddie face à Jimbo.

— Je vous conseille d'aller chercher un torchon. Il vient de vider un biberon et, quelquefois, il y a des remontées.

— Je connais le mode d'emploi, merci.

Puis, souriant au bébé :

— Coucou, mon grand ! Tu te souviens de tonton Jimbo ?

Eddie le contempla avec de grands yeux, comme s'il ne l'avait jamais vu. Puis sa bouche se tordit, il se mit à donner des coups de pieds furieux et à se cambrer pour se retourner vers l'épaule de Red.

Très gênée, Allison palpa le front du bébé. Il était déjà en nage.

— Eddie, mon chéri, c'est tonton Jimbo…

Mais aucune parole apaisante ne put éviter le désastre. Le petit refusait catégoriquement d'aller dans les bras du « nouveau venu ». Il poussait des cris stridents dès que Jimbo le touchait.

Red, du moins, eut la présence d'esprit de ne pas essayer de le reprendre — histoire de sauver les apparences. Voyant qu'Eddie était décidé à rejeter Jimbo, il le remit à Allison.

Le bébé se cacha le visage dans son cou. Elle caressa son crâne tout trempé de sueur. Comment expliquer cette réaction ? Il avait toujours adoré Jimbo, pourtant.

— Tu sais comment sont les petits, dit-elle pour dédramatiser. Hier, il n'en avait que pour Meg et ne voulait plus entendre parler de moi.

— Exact, confirma Meg. Mais il m'a déjà oubliée, la petite girouette.

— Ce n'est pas une girouette, répliqua Jimbo. Il est déstabilisé. Les bébés ont besoin de *stabilité*.

Il appuya sa remarque d'un regard acerbe à l'intention de Red.

Allison aurait voulu lui faire comprendre qu'il ne devait pas se formaliser. Elle secouait doucement Eddie, soulagée que ses hurlements aient fait place à de petits sanglots.

Red quant à lui affichait un visage tranquille.

— Bien entendu, fit Allison, conciliante. Mais ils ont aussi besoin de socialisation. Ou du moins d'un sain équilibre entre les deux.

— Non, rétorqua Jimbo.

— Non ?

— *Non.* Surtout au plus jeune âge, les bébés ont besoin de savoir sur qui ils peuvent vraiment compter. Quelles personnes vont jouer un rôle durable dans leur existence. Et lesquelles ne font que passer.

Dans d'autres circonstances, Red aurait peut-être trouvé amusant le côté protecteur tendance agressif de Jimbo. Ses frères et lui, quand ils étaient plus jeunes, avaient souvent été confrontés à des pères, frères, cousins ou ex-petits-amis les menaçant de représailles au cas où ils s'en prendraient à la fille qu'ils protégeaient.

Ils en plaisantaient même. Colby, notamment, se livrait à des imitations hilarantes du père version gorille : « Tu couches avec ma fille, mon gars, et tu iras dormir avec les poissons », marmonnait-il en serrant les dents. Ils riaient de bon cœur en jouant aux fléchettes dans le hangar à bateaux après avoir raccompagné chez elles les filles avec lesquelles ils sortaient. « Apprends à compter, gamin. Cinq minutes de retard égale t'es mort. »

Mais Red ne riait pas le lendemain matin en regagnant la maison de retraite, où il avait l'intention de récupérer Allison venue rendre visite à Dickey. Il était à cran et fatigué de s'être posé des questions toute la nuit. Parce que, pour une fois, le gorille n'avait pas tort.

Red était seulement de passage dans la vie d'Allison. Une montagne de travail l'attendait déjà à San Francisco. Il aurait dû être rentré depuis longtemps. Encore un jour, deux peut-être, et il devrait partir.

Cela serait peut-être plus facile maintenant que Jimbo était rentré. De bien des façons, Allison restait pour lui un mystère. Elle était forte, accrochée à des principes, et déterminée comme un pitbull. Mais elle était aussi innocente, naïve et vulnérable. Il n'aurait pas aimé la savoir toute seule dans son appartement.

Or, jouer les petits amis provisoires ou même le remplaçant du meilleur ami ne rendait service ni à Allison ni à Eddie. Il allait partir bientôt, donc, et ne reviendrait probablement jamais.

Inutile que Jimbo lui mette les points sur les *i*. Cette histoire était impossible. En tombant sur Cherry, déjà, il s'était dit qu'il fallait arrêter…

Tiens, en parlant de Cherry…

Il avait oublié de la rappeler la veille. Elle lui avait proposé un déjeuner, et il lui avait suggéré de la voir plutôt le soir. Il était sincère sur le moment. Mais Allison avait reçu ce coup de fil à propos de Dickey, il l'avait ramenée chez elle après le sauvetage et…

Cette soirée agitée lui avait fait oublier tout le reste. Red saisit son portable posé sur le siège passager et chercha Cherry dans son répertoire. Il n'avait pas commis une faute gravissime en oubliant de l'appeler… Il n'était pas son petit ami et ne lui avait rien promis, non ? Il ne lui devait rien de plus que la courtoisie élémentaire, mais il devait néanmoins s'y tenir.

Il tomba sur sa messagerie, dont elle changeait l'annonce quotidiennement. Celle-ci expliquait qu'elle était rentrée à San Francisco et rappellerait le plus vite possible. Il enregistra donc ses excuses, amicales, sans plus.

Pas de promesses. Pas question de la mener en bateau.

Tout en roulant, il s'attendait à recevoir un appel de Jimbo ou d'Allison lui annonçant qu'on n'avait plus besoin de lui ce matin. Quelques jours auparavant, Allison et lui étaient convenus de rencontrer le fournisseur qui livrait le lait frais, les yaourts et le fromage chez *Diamante*. Le représentant était dans le secteur ce matin et Red devait prendre Allison à 11 heures pour aller le voir avec elle.

Sauf si Jimbo — qui ne devait pas avoir envie qu'elle passe une heure avec lui, même pour parler lait de chèvre — ne la convainque de le laisser l'emmener lui-même.

Mais personne n'appela et, quand il pénétra sur le parking, Allison l'attendait devant la maison de retraite, munie d'Eddie et de son sac.

Il ne put s'empêcher de sourire en la voyant pour la première fois vêtue d'une robe. Une simple robe s'arrêtant sous le genou, dans un tissu fleuri assez léger, à en juger par la manière dont il bougeait. Ses cheveux lâchés brillaient au soleil et elle avait même mis un peu de rouge à lèvres.

Habillée ainsi, elle était si féminine et sexy qu'elle en réveillait son désir malgré lui. De toute manière, elle l'excitait quoi qu'elle porte. La queue-de-cheval qu'elle se faisait pour travailler n'avait rien d'érotique — une partie de ses cheveux, trop courts pour être attachés, dépassait sur sa nuque. Et pourtant, dix fois par jour, il avait envie de les caresser.

Il se gara et se pencha pour lui ouvrir la portière. Elle installa Eddie à l'arrière — il avait acheté un siège auto depuis longtemps en se disant qu'il en avait besoin pour le petit dernier de Matt — puis elle s'assit à côté de lui en souriant, enveloppée d'un parfum de savon au gardénia.

Il connaissait le parfum de son savon pour l'avoir vu dans sa salle de bains, à côté d'un flacon de shampooing pour bébé.

— Bonjour ! lança-t-elle, toute joyeuse. Si vous

voyiez Dickey ! En pleine forme. Les infirmières l'adorent déjà. Il ne pense plus du tout à son donjon. Aujourd'hui, il se prend pour un détective privé et croit que les infirmières travaillent pour lui, comme dans *Drôles de dames*.

— Incroyable, fit Red en esquissant un sourire.

Il était aussi heureux de la voir que s'il n'avait pas songé un instant à l'oublier, à sortir de sa vie le plus vite possible. Le courage et l'optimisme d'Allison faisaient plaisir à voir, surtout étant donné les soucis qu'elle avait actuellement.

— Ce Dickey est un vrai phénomène, dit-il en hochant la tête.

— Je ne vous le fais pas dire !

Elle attacha sa ceinture et renversa la tête en fermant les yeux.

— Quel soulagement ! Il semble avoir retrouvé un peu de sa joie de vivre d'avant !

Red redémarra, ridiculement heureux qu'elle n'ait pas annulé leur rendez-vous et un peu honteux de se sentir vainqueur d'une sorte de compétition. Il n'était pourtant pas en concurrence avec Jimbo !

Il aurait pourtant dû savoir qu'elle n'était pas du genre à se laisser dicter sa conduite par son grand garde du corps blond.

— Nous avons largement le temps, reprit-il. Tu aimerais peut-être passer quelque part avant le rendez-vous ?

Elle ouvrit les yeux et tourna la tête sans la soulever pour autant de l'appuie-tête.

— Combien de temps est-ce que nous avons ?

— Une vingtaine de minutes. Peut-être un peu plus : Jack est parfois en retard. Il ne peut pas calculer avec précision combien de temps vont durer ses livraisons. Qu'est-ce que tu dois faire ?

— Ce n'est pas quelque chose que je dois faire, commença-t-elle. Plutôt une idée qui me trotte dans la tête. Mais je ne sais pas si je peux te demander ça.

Elle avait piqué sa curiosité.

— Du moment que tu ne me demandes pas de transporter des cadavres, ça devrait aller. Je n'ai plus de place dans le coffre : il est déjà plein de fournitures pour ton restaurant.

Cette blague lamentable ne parut pas l'amuser, elle qui accueillait habituellement d'un sourire bienveillant ses tentatives humoristiques.

— Ce n'est rien de macabre. Je me demandais juste si…

Elle hésita un instant.

— Je me demandais si tu pourrais me montrer la maison de Victor.

Red ne répondit pas tout de suite. Le nom de Victor avait pourri l'atmosphère.

— Ce n'est pas grave, reprit Allison. Je trouverai l'adresse et j'irai une autre fois. Je me disais simplement que ce serait mieux de ne pas y aller toute seule. Une idée idiote. Ce n'est pas grave.

— Cela ne me dérange pas du tout, reprit Red un peu brusquement. Ta question m'a surpris, c'est tout.

— Tu es surpris que j'aie envie de la voir ? Ou que je ne l'aie jamais vue ?

— Je ne sais pas. Peut-être les deux.

Elle lui avait déjà demandé l'adresse le jour où il lui en avait parlé pour la première fois. Il lui faisait entièrement confiance à présent. Elle passerait peut-être devant par curiosité et ce serait tout. Il ne craignait plus qu'elle fasse le siège de la maison et cause des ennuis aux Wigham.

Alors, si elle voulait la voir tout de suite, pas de problème. Il vira à gauche pour s'engager dans la bonne direction. Il rejoignit la route de la plage et prit au sud. La maison de Victor, une grande bâtisse moderne, était située tout au bout de cette plage. Peut-être même n'était-elle pas sur la commune de Windsor Beach. Ils y seraient dans sept à huit minutes tout au plus.

La maison ayant été construite aussi près de la plage que l'autorisait la réglementation, on ne voyait pas grand-chose de la route. Seulement son toit en ardoise, conçu pour se fondre avec la falaise dans le style de l'architecte Frank Lloyd Wright, et quelques éclats de soleil sur des baies vitrées.

Quand il arrêta la voiture à l'entrée de l'allée sinueuse qui s'enfonçait dans la verdure, Allison parut déçue.

— Cherry est encore là ?

Il devinait la question cachée derrière. Elle voulait qu'il lui explique pourquoi il n'allait pas au bout de l'allée, jusqu'à la maison.

Cherry n'y était pas et il le savait grâce au message sur son répondeur. Quant à Marianne, elle ne venait jamais ici. Elle trouvait l'architecture de cette maison froide et repoussante.

Alors pourquoi rechignait-il à conduire Allison jusqu'à la porte d'entrée ? Le malaise qu'il éprouvait était absurde. Elle ne s'était jamais donnée à Victor dans cette maison dont elle ignorait jusqu'à l'existence avant que Red ne lui en parle. Et Victor n'était plus là pour en rougir.

Et pourquoi n'avait-elle jamais eu le droit de mettre les pieds ici, d'ailleurs ? Red éprouvait une colère contre son ami qui le surprit lui-même. *Une fille comme elle, Victor. Tu l'as traitée comme une moins-que-rien. Tu aurais dû avoir honte.*

Brusquement, il s'engagea dans l'allée, qui sinuait le long d'une côte abrupte jusqu'à la maison. S'approcher, c'était un peu mettre le nez d'Allison dans la richesse de Victor, mais puisqu'elle voulait savoir, autant voir les choses en face.

En atteignant la maison, il comprit immédiatement qu'il se passait quelque chose. Il y avait du verre brisé près du vaste garage et des feuilles écrasées sur le gazon à côté, comme si un pneu y avait mordu. Le long de l'allée menant à la porte, une élégante statue de héron en vol gisait par terre, brisée, au bas de son piédestal.

— Mon Dieu, fit Allison. Des vandales ? Nous avons eu des problèmes avec des adolescents qui pénétraient dans des maisons inoccupées l'année dernière.

Ces dégâts ne remontaient pas à l'année précédente. Cherry étant venue la veille, ils dataient probablement du jour même. Red était sur le point de faire marche arrière et d'emmener Allison à l'abri, au cas où les intrus auraient été encore là, quand un événement l'en empêcha.

D'abord, il aperçut quelqu'un qui contournait la maison en direction de la plage. On aurait dit… Il ne l'avait entrevu qu'une seconde mais aurait presque pu jurer qu'il connaissait cette tignasse blonde ébouriffée. Se pouvait-il que *Dylan* soit ici ?

Catastrophe assurée si Marianne y était aussi ! Il n'aurait jamais dû amener Allison ici. Jamais. C'était une grossière erreur. Comme si, inconsciemment, il avait recherché cette confrontation pour révéler malgré tout le secret de Victor.

Il n'avait pas terminé d'analyser sa conduite ni eu le temps de prononcer un mot quand son téléphone sonna. Bon sang. *C'était Marianne.*

Il répondit aussitôt. *Pourvu qu'elle n'appelle pas de la maison après avoir aperçu ma voiture dans l'allée.* En entendant sa voix paniquée et mouillée de larmes, il comprit aussitôt la situation. Marianne confirma ses soupçons.

— Red ? Tu es toujours à Windsor Beach ?

— Oui. Qu'y a-t-il ?

— C'est Dylan. Nous avons eu des mots ce matin, une dispute horrible. Il a pris la voiture de Victor et j'ai l'impression qu'il a emporté les clés de la villa. Pas celle de Carmel, celle de Windsor, où tu es.

— Et ce petit imbécile n'a pas encore son permis jeune conducteur ?

— Non, gémit-elle. Victor ne voulait pas à cause des ennuis qu'il a eus dernièrement. Mais je suis presque sûre qu'il sait conduire. Il a déjà volé la voiture auparavant, même si c'était seulement pour aller chez son copain Brock…

C'était de l'inconscience pure. Dylan conduisant pendant quarante minutes sur l'autoroute côtière… Le trafic était heureusement plus calme en semaine que le week-end.

— Tu as averti la police ? reprit-il.

— Non, je ne veux pas qu'ils s'en mêlent. Je suis sur la route, j'essaie de le retrouver. Mais j'en ai encore pour une demi-heure. Tu crois que tu pourrais aller à la villa, voir s'il y est ? Je ne sais pas s'il conduit bien… Il a pu se perdre en chemin ou… J'ai besoin de savoir s'il est sain et sauf, je t'en prie.

— Je suis sûr qu'il l'est, coupa Red. Qu'est-ce qu'il mijote ? Qu'est-ce qu'il voulait faire ?

— Je n'en sais rien, je n'en sais rien, répondit-elle, presque hystérique. Mais tu sais comme il a été imprudent dernièrement. J'ai peur qu'il ne fasse une bêtise. Il a peut-être de la drogue sur lui.

Dylan lui avait paru en forme la dernière fois qu'il l'avait vu chez lui. Révolté, mais pas incontrôlable. Il n'aurait pas dû rester si longtemps à Windsor Beach et rentrer à San Francisco, où il aurait pu voir l'adolescent tous les jours, le remettre sur les rails.

— Il en a repris ? interrogea-t-il. Pourquoi est-ce que tu ne m'en as pas parlé ? Je pouvais rentrer sur l'heure. Pourquoi est-ce que tu ne m'as pas appelé ?

— Non, il n'en a pas repris. Oh, Red… je n'en sais rien. On ne se parle presque plus. S'il te plaît. Je sais que tu es occupé, mais si tu pouvais aller à la villa et veiller sur lui jusqu'à ce que j'arrive…

Il regarda Allison, qui faisait grise mine. Elle savait naturellement avec qui il s'entretenait.

Eddie commençait à s'énerver. Il allait bientôt hurler. Elle jeta un regard inquiet dans sa direction, songeant visiblement aux explications qu'il devrait fournir à Marianne si elle entendait des pleurs de bébé.

Red se frotta les yeux. C'était la situation la plus ridicule dans laquelle il s'était jamais trouvé. Pourquoi n'avait-il pas dit à Victor de prendre ses responsabilités et de reconnaître *tous* ses enfants ?

Et pourquoi, sachant que sa première obligation était de protéger Dylan et Marianne, s'était-il rapproché d'Allison ?

Valait-il vraiment mieux que Victor ?

— Red ? fit Marianne d'une toute petite voix. Est-ce que tu vas aller voir à la villa ?

— Oui, bien sûr. J'y vais.

18

Red mit fin à l'appel et resta figé, fixant des yeux son téléphone.

— Ne t'inquiète pas, dit Allison. J'ai compris en gros ce qui se passait, ne t'en fais pas pour moi. Vas-y, va voir si Dylan n'a rien. J'appellerai Sue ou Jimbo. J'attendrai dans la voiture jusqu'à ce que l'un ou l'autre arrive.

Red demeurait impénétrable.

— Je regrette, dit-il finalement en se tournant vers elle. C'est incroyable, je t'assure. Pouvait-on imaginer pire malchance ? Arriver au moment même où…

— Ne dis pas cela, le rassura-t-elle aussitôt. C'est peut-être une chance, au contraire. Si Dylan court un danger quelconque, il aura sans doute besoin de toi. C'était peut-être écrit.

Elle s'efforçait de ne pas réagir égoïstement, de ne penser qu'à l'adolescent en difficulté.

Red secoua la tête en se pinçant la naissance du nez. Puis il ferma les yeux avec force, comme s'il luttait contre une idée ou une émotion insupportable. Enfin, il poussa un long soupir.

— Arrête, Allie. Ne réagis pas comme ça.

Sa véhémence la surprit.

— Comment ?

— Tu es trop gentille. Je me sens encore plus mal à l'aise de te voir dans cette situation impossible. Marianne est en route. Je n'aurais jamais dû t'amener ici.

— Je te rappelle que c'est moi qui te l'ai demandé, insista-t-elle. C'est moi qui avais envie de voir la maison de Victor. J'aurais dû y réfléchir à deux fois.

Red tambourinait nerveusement sur le tableau de bord, refusant visiblement d'accepter l'inévitable. Mais il fallait faire vite. Qui sait ce que Dylan fabriquait, là-haut ? Quant à Allison, elle avait un coup au cœur chaque fois qu'une voiture passait sur la route, se demandant si ce n'était pas Marianne Wigham.

En outre, Eddie s'agitait et allait se mettre à hurler si elle ne le distrayait pas dans les plus brefs délais. Il gigotait et se frottait les yeux. Il était probablement fatigué et devait commencer à avoir faim.

Red se tourna à son tour pour jouer avec les orteils du petit, ce que ce dernier adorait.

— Je vous ramène chez vous et je reviens ici. C'est l'affaire d'un quart d'heure et ça ne changera pas grand-chose.

— Bien sûr que si ! fit Allison en le regardant droit dans les yeux. Même le temps que nous perdons à discuter peut tout changer. Sue peut être ici en moins de dix minutes.

En vérité, elle ignorait totalement si Sue travaillait ou non ce matin-là. Elle était peut-être de service à midi au *Peacock Café*. Bon. Si elle n'arrivait pas à la joindre, Allison téléphonerait à Meg et, en dernier recours, à Jimbo. Et si aucun des trois ne pouvait venir, eh bien tant pis, elle appellerait un taxi.

D'une manière ou d'une autre, elle serait partie lorsque Marianne arriverait.

Le visage de Red se décrispa légèrement.

— Je sais ce que nous allons faire. Tu prends la voiture, puisque Eddie y est déjà installé. Tu seras plus vite chez toi de cette façon.

Il sortit de la Mercedes sans attendre sa réponse. Tandis qu'elle réfléchissait, il fit le tour et vint ouvrir sa portière. Il l'aida à descendre car il était garé à ras de la bordure.

— Allons, Allie, c'est la meilleure solution, tu le sais. Tu n'as qu'à laisser la voiture au *Summer Moon*. Si je termine tard et que tu es rentrée chez toi, verrouille les portes. J'ai des doubles.

Il avait raison. Allison accepta sa main à contrecœur et descendit de la voiture.

L'espace était si étroit entre le véhicule et la bordure qu'elle perdit l'équilibre et, serrant sa main plus fort, s'appuya contre son torse robuste.

Sa chaleur, son odeur l'assaillirent à l'improviste. Leurs regards se croisèrent et ils s'accrochèrent soudain l'un à l'autre comme s'ils étaient sur le point de se noyer. Red pressait si fort la main d'Allison contre son torse qu'elle sentait battre son cœur.

— Alli, fit-il d'une voix rauque et désolée.

Elle aurait voulu mémoriser son beau visage dans ses moindres détails, mais elle savait déjà que jamais elle ne pourrait, une fois qu'il aurait quitté Windsor Beach pour de bon, recréer le charme des angles et des ombres qui le composaient, ni le jeu du soleil dans ses cheveux et dans ses prunelles.

— Dépêche-toi, dit-elle en lui effleurant la joue. Tu

ne te le pardonnerais jamais s'il arrivait quelque chose pendant que tu… que nous…

Red hocha la tête et, sans lui lâcher la main, l'accompagna jusqu'au siège du conducteur. Ils se lâchèrent le temps qu'elle s'installe au volant, puis Red lui reprit la main.

Allison sourit, décidée à ne pas se laisser déborder par ses émotions.

— Une dernière consigne pour m'éviter de massacrer ta chère Mercedes ?

Il lui expliqua brièvement les particularités du véhicule. Allison ignorait si son subconscient était capable d'enregistrer aussi vite ces instructions. La partie consciente de son cerveau était en tout cas entièrement monopolisée par la voix sensuelle de Red et l'effet qu'elle produisait sur elle.

Comme c'était étrange… La plupart des gens pensaient sans doute que son côté play-boy charmeur et brillant, avec ses yeux bleus rieurs, ses fossettes et ses cheveux ébouriffés, constituait la facette la plus irrésistible de Red Malone. Elle le préférait pourtant discret et pensif, comme en cet instant. Lorsqu'il était ainsi, il lui paraissait plus réel, plus accessible — comme si elle était sur le point de découvrir quelque chose d'important sur lui.

Ce n'était qu'une illusion, bien sûr. Rayonnant ou tranquille, il vivait dans un autre monde, un monde auquel elle n'aurait jamais accès. Cette semaine — et quelle semaine ! — n'avait été qu'une parenthèse dans le cours des choses, rien de plus.

Ils se tinrent encore la main par la portière dont la vitre était baissée, comme des adolescents. Mais il avait terminé ses explications et devait y aller.

— Comment vas-tu rentrer ? Marianne te déposera ?

— Tout dépendra de ce qui va se passer avec Dylan. Je prendrai probablement un taxi jusqu'au *Summer Moon.*

— Quand tu arriveras au restaurant…

Elle dut s'éclaircir plusieurs fois la voix avant de poursuivre.

— Quand tu arriveras au restaurant, il vaudrait mieux que tu n'entres pas.

Elle devina qu'il comprenait à son regard qui s'obscurcit. Il ne devait pas entrer, ni aujourd'hui, ni jamais.

Le silence était si pesant qu'il comprimait sa poitrine, comme pour la forcer à ajouter quelque chose — ou à retirer ses derniers mots.

Mais c'était impossible. Même si ça faisait mal. En l'écoutant parler de Dylan au téléphone avec Marianne Wigham, elle avait éprouvé comme un sentiment d'envie qui l'intoxiquait. Alors, elle avait enfin compris combien elle avait été imprudente au cours de la semaine écoulée.

Elle avait commis une nouvelle fois une erreur stupide et douloureuse avec un homme. Mais celle-ci était la pire de toutes. Avec Chuck, elle avait perdu ses économies. Avec Victor, elle avait perdu le respect d'elle-même.

Mais avec Red Malone, elle avait perdu son cœur.

Elle était tombée amoureuse d'un homme vivant sur une autre planète, un homme lié à d'autres personnes, à d'autres lieux. Un homme qui avait de la sympathie pour elle, la désirait et avait peut-être même pitié d'elle, mais qui n'avait jamais envisagé la possibilité de l'aimer.

Le cœur gros, elle chassa la première pensée qui lui était venue lorsqu'elle avait compris tout cela. *Dommage qu'on n'ait pas fait l'amour. J'aurais au moins eu ce souvenir.*

— Allison, quand cette histoire avec Dylan sera terminée, nous devrions peut-être parler…

— Non, coupa-t-elle. Tu sais bien où cela nous mènera. Je t'en prie, Red. Soyons réalistes. Tu as été merveilleux et je te suis infiniment reconnaissante. Restons-en là avant de faire quelque chose que nous regretterions tous les deux. Une journée de plus, une semaine de plus… cela rendrait les choses encore plus difficiles pour moi, en fin de compte.

Red secoua la tête mais elle vit dans son regard qu'il comprenait.

— Je ne veux surtout pas te faire souffrir.

— Je sais, fit Allison d'une voix douce, mais tu ne veux pas les faire souffrir non plus. Regarde-nous. C'est cela que tu voudrais ? Me voir à leur insu ? Comme le faisait Victor ?

Le coup avait porté. Red se décomposa littéralement. Il contempla l'allée qui conduisait à la maison, puis se tourna vers elle en acquiesçant.

Avec un sourire triste, il déposa un baiser à peine perceptible sur sa main.

Puis il partit.

Red avait une clé de la villa, ce qui lui évita de frapper à la porte. Après avoir regardé Allison s'éloigner, probablement pour la dernière fois, il n'était pas d'humeur à tergiverser. Si Dylan avait des comprimés sur lui, pourquoi lui donner le temps de les jeter dans les toilettes ? Tout semblait calme. *Trop calme* pour une maison où se trouvait un adolescent perturbé. Les coussins étaient impeccablement alignés sur les sièges en rotin, tout respirait la propreté et l'ordre.

Dylan était peut-être dehors. Red aurait aimé croire

que son « neveu » était allé se défouler en surfant, ce qu'il faisait lui-même au même âge. C'était toutefois peu probable. Depuis quelque temps, Dylan semblait avoir complètement oublié les vertus thérapeutiques du défoulement physique.

Où était-il alors ? En train de se soûler près de la piscine ? Ou de fumer de l'herbe ? Etait-il sorti afin de ne pas laisser d'odeur suspecte à l'intérieur ? Intelligent comme il l'était, il devait savoir que sa mère n'allait pas tarder à rappliquer.

Red envisagea d'autres scénarios peu réjouissants mais les repoussa bien vite. Il ne s'y résoudrait que contraint et forcé.

Ouvrant les baies vitrées, il sortit sur la terrasse. Le soleil était à son zénith, le Pacifique s'étalait comme une plaque d'acier chauffée par le soleil. Mauvais jour pour surfer.

Comme il traversait la terrasse, une forme enveloppée d'une serviette-éponge bondit comme un diable hors de sa boîte.

— C'est pas possible ! fit Dylan. On peut pas avoir la paix !

L'adolescent avait l'air sain et sauf — et à jeun. Red eut envie de le prendre dans ses bras — ou de le secouer jusqu'à lui faire entendre raison. Il ne fit ni l'un, ni l'autre, naturellement.

Il opta pour une pose désapprobatrice mais calme, comme s'il était tout à la fois contrarié et las de l'attitude de ce dernier.

— Désolé, mon vieux. Tu as perdu ton droit d'avoir la paix depuis que tu as vidé l'armoire à pharmacie de ta mère et volé la voiture de ton père.

Dylan le fusilla du regard sans trouver de réplique.

Pas impressionné du tout, Red s'approcha de la rampe et envoya un rapide message à Marianne.

Il est là. Il va bien.

Peut-être conduirait-elle plus prudemment sachant qu'elle ne courait pas contre la montre.

Red rempocha son téléphone, se rapprocha de Dylan et prit une chaise. De plus près, à la clarté du soleil, il vit qu'il avait pleuré.

Beaucoup, même. Il avait les yeux rouges comme les zombies dans les bandes dessinées qu'il lisait autrefois. Sur son visage, les traînées de larmes quadrillaient des boutons d'acné que les dermatologues les plus coûteux n'avaient pas réussi à éradiquer.

Il était sain et sauf, peut-être, mais malheureux.

Hélas pour lui, Red n'était pas d'humeur à le prendre en pitié. Son cœur lui disait de rester calme, mais son instinct était d'avis que tout le monde avait oublié de mettre Dylan devant ses responsabilités à force de le ménager. Il observa les bras décharnés et le torse maigre de l'adolescent. Ce dernier serait un homme dans quelques années, mais il était encore loin du compte.

— Quel est ton problème, Dylan ? Tu cherches à te rendre intéressant, c'est ça ?

— Tu plaisantes ! s'écria-t-il d'une voix éraillée. Je suis venu ici justement parce qu'on ne me fiche pas la paix un instant ! Il faut toujours qu'elle me parle de papa, j'en peux plus. Je suis venu ici pour être tranquille, tu comprends ?

— Ah oui ? Alors tu aurais mieux fait de prendre le bus. Rien de tel que de voler une voiture pour voir rappliquer les parents et les flics.

Dylan se renfrogna.

— Elle va venir ?

Tiens ? Il n'avait pas pris au sérieux la menace des flics.

— Bien sûr qu'elle va venir. Qu'est-ce que tu croyais ?

Dylan haussa les épaules. Il avait détourné les yeux et grattait distraitement une vieille croûte qu'il avait au genou.

— Je sais pas… Je pensais que peut-être… Puisqu'elle sait que tu es là… Je pensais qu'elle t'appellerait et qu'elle serait cool sachant que je suis avec toi.

Avec lui ?

C'était donc cela, le fin mot de l'histoire ? Etait-ce parce que Red était absent depuis une semaine que Dylan était venu à Windsor Beach submergé par sa colère et sa vulnérabilité ?

Et lui qui pensait qu'il allait mieux ! Suffisamment en tout cas pour ne plus avoir besoin de le voir deux fois par semaine. Il avait appelé Marianne pratiquement tous les soirs et elle lui disait toujours que Dylan allait bien.

Apparemment, ils s'étaient trompés tous les deux.

Dylan avait l'air de craindre que Red ne l'abandonne et s'était semble-t-il imaginé qu'en faisant un peu de cinéma à Windsor Beach, Red s'en mêlerait et s'occuperait de lui.

Quelle attitude adopter ? D'un certain côté, Red compatissait. Dylan avait perdu son père, et s'affolait à l'idée de perdre aussi celui qui faisait office de figure paternelle. Mais si son stratagème fonctionnait, cela ne l'encouragerait-il pas à recommencer chaque fois qu'il aurait besoin d'attention ?

— Eh bien, tu te trompes, dit finalement Red. Ta mère ne peut pas être cool si tu voles une voiture. Si tu espérais passer un moment ici avec moi, tu t'y es pris comme un manche. Je dirais même que tu as tout fait pour que cela soit impossible.

— N'importe quoi, rétorqua Dylan. J'ai rien volé du tout. C'est *notre* voiture.

— Tsst. Encore faux : c'est la voiture *de ta mère*.

L'adolescent marmonna quelque chose mais Red laissa passer et ferma les yeux quelques instants, feignant de savourer le soleil, dans l'espoir que cette petite pause allait permettre à Dylan de se calmer un peu.

En l'entendant s'installer dans un fauteuil, il entrouvrit un œil. Dylan avait étendu bras et jambes et semblait relaxé. Red se jeta à l'eau.

— Bien, dit-il, les yeux toujours fermés. Pourquoi est-ce que tu ne supportes pas que ta mère te parle de ton père ?

D'abord, Dylan ne répondit pas. Red s'arma de patience.

— Je sais pas. On dirait qu'elle veut faire comme si tout allait bien entre eux. C'est débile.

Red posa les pieds sur une chaise longue près de lui. Les yeux toujours fermés, il murmura sur un ton vague et non agressif :

— Ah oui ?

— *Oui*.

Silence. Les mômes, quel boulot ! Dommage qu'on ne puisse pas les secouer comme les distributeurs automatiques pour leur faire cracher l'information recherchée.

— Oui, répéta Dylan d'une voix plus basse, comme s'il se parlait à lui-même. Ils se disputaient sans arrêt. Pas aussi méchamment qu'avant, mais papa en avait toujours après nous. On aurait dit qu'il détestait être avec nous. Ils auraient divorcé, s'il n'était pas mort.

Red rouvrit les yeux.

— Tu le supposes ou tu en es certain ?

Dylan rougit et se concentra sur sa croûte.

— Peu importe. Ils n'ont jamais prononcé le mot « divorce », mais c'était évident que papa nous détestait. Il a bien fait de mourir, finalement. Comme ça, il est débarrassé de nous.

Red eut un pincement au cœur. Que de douleur derrière ces paroles bravaches ! Comme c'était injuste de perdre son père en pleine crise d'adolescence ! A l'âge où l'on fait sauter tous les ponts entre nos parents et nous pour prouver qu'on peut se débrouiller tout seul. Perdre son père à cet âge-là, c'était être privé de l'occasion de tout réparer ensuite, une fois adultes.

Dylan ne pouvait pas le savoir. Red lui le savait. La dernière fois qu'il avait parlé à son père, qui était tout pour lui, c'était pour lui dire qu'il le détestait. Il avait mis des années à se le pardonner.

Les enfants étaient si vulnérables, à la merci du destin. C'était à se demander comment tant de gens sortaient indemnes de cette épreuve et arrivaient à devenir des hommes et des femmes responsables.

Red ne savait plus quoi dire mais ne pouvait pas rester silencieux devant tant de souffrance.

— Tu sais, je pense que ton père se savait malade depuis longtemps avant qu'il n'en parle à qui que ce soit.

— Peut-être, marmonna Dylan. Pourquoi ?

— Tu imagines la colère qu'on doit éprouver quand on sait qu'on va mourir ? Tu es triste, tu souffres beaucoup. Tu finis par t'en prendre à ton entourage. Même aux gens que tu aimes. Comment veux-tu garder pour toi toute cette rancœur ?

Dylan ramassa sa serviette et s'en entoura la tête, faisant mine de protéger ses yeux du soleil mais cherchant probablement à cacher son regard. On aurait dit un petit boxeur maigrichon après son premier combat.

— J'en sais rien, moi. Peut-être.

Dylan allait-il s'en sortir ? Peut-être. En attendant, l'heure tournait.

— Ecoute, Dylan, ta mère va arriver d'une minute à l'autre. Tu vas avoir de gros ennuis. Voler une voiture, ce n'est pas rien et je suis sûr que tu le sais, au fond. Il est temps que tu grandisses et commences à te soucier de ce que tu fais aux autres. Surtout à ta mère.

Dylan fixait toujours l'horizon, le visage figé.

— Qu'est-ce que ça veut dire ? Tu vas m'obliger à rentrer avec elle ?

— Je ne peux t'obliger à rien. Je ne suis pas ton père.

— Ouais, fit l'adolescent. Des fois, je préférerais que tu le sois.

Red se sentait comme un funambule sur sa corde. Quelle était la meilleure stratégie ? Il essayait de se rappeler les peurs de ses quinze ans, les mots que son grand-père avait su trouver quand ses frères et lui étaient arrivés, orphelins, à Belvedere Cove. C'était peut-être le moment de les réutiliser. Grandpa Colm était l'homme le plus sage qu'il ait connu.

— Je t'aime, Dylan. Je t'aimerai toujours, exactement comme si tu étais mon fils. Mais je ne te respecterai pas d'homme à homme si tu ne le mérites pas. Le respect, c'est le plus difficile à gagner. C'est ce qui peut nous permettre d'être amis aujourd'hui et égaux plus tard.

Dylan lui jeta un regard lourd d'attentes.

— Alors… qu'est-ce qu'il faut que je fasse ?

— Reprends du poil de la bête, mets-y du tien. Arrête de faire n'importe quoi. Et occupe-toi un peu de ta mère, au lieu d'être une source de soucis pour elle.

— Et pendant combien de temps ?

— Toute ta vie, gros bêta ! Mais, bon, on pourrait commencer par… une semaine entière. Une semaine où tu te débrouillerais tout seul et te fierais à ton propre jugement pour prendre des décisions. Après une semaine, je passerais te voir et tu me dirais comment ça s'est passé.

Une portière claqua au loin. Dylan se redressa sur son fauteuil, comme si ce bruit annonçait le Jugement dernier. Il déglutit, puis redressa ses épaules maigres et lui tendit la main.

— D'accord. Une semaine. Ensuite tu viens me voir. Marché conclu ?

Red acquiesça et serra sa main dont les doigts maigrichons disparaissaient sous les siens. Il revit soudain les petits doigts d'Eddie la première fois qu'il les avait refermés sur son index, avec une confiance aveugle. Deux fils sans père, vulnérables, absolument pas préparés à recevoir les coups de la vie — et Red, déchiré entre les deux, incapable de s'occuper des deux.

— Marché conclu.

19

Red était rentré à San Francisco depuis deux jours. Deux jours durant lesquels il n'avait pas arrêté une seconde.

Il était allé à trois soirées et avait laissé quatre femmes lui glisser leur numéro de téléphone — qu'il avait aussitôt jeté à la poubelle. Il avait sorti le voilier avec son ami David Gerard, fait du surf avec Colby puis, louant un bateau à moteur dont Matt avait pris la barre, il avait failli se casser la jambe en faisant du ski nautique. Ensuite, en boitant, il avait emmené Sarah, la petite de Matt et Belle, au Golden Gate Park, parce qu'il fallait absolument qu'elle voie l'alligator blanc.

A court d'imagination, il avait même travaillé quelques heures.

La seule chose qu'il n'avait pas essayée ? Se poser et réfléchir. Il était au bureau depuis quarante minutes et ne tenait déjà plus en place. Peut-être qu'une partie de handball…

— Salut, petit frère.

Red leva les yeux de sa paperasse, des statistiques démographiques qu'il étudiait dans l'éventualité d'une nouvelle implantation à Carmel. Le truc le plus assommant qu'il ait jamais lu. Pour une fois, il était carrément heureux d'apercevoir Colby à la porte de son bureau, arborant son éternel sourire ironique.

— Je pensais justement à toi, dit Red. Ça te dirait d'aller te défouler au handball cet après-midi ?

— Tu peux toujours rêver !

Colby allait repartir quand il s'arrêta et se replanta face à lui.

— Dis-moi, Red. Il ne te reste plus que quelques semaines à vivre, ou quoi ?

— Tu peux toujours rêver ! rétorqua-t-il à son tour.

— Non, sérieusement.

Chose rare, Colby avait effectivement l'air sérieux.

— Je n'ai jamais vu quelqu'un se démener autant en deux jours. Qu'est-ce qu'il t'arrive ?

— Rien. J'ai été absent un moment. Je rattrape le temps perdu.

— O.K.

Colby n'avait malheureusement pas l'air convaincu. Il allait donc persévérer jusqu'à ce qu'il obtienne la vérité... Le syndrome du grand-frère.

— Tu penses vraiment que le temps passé là-bas était du temps perdu ?

— Non, ça va, fit Red, évasif.

Colby retira sa veste en soupirant et l'accrocha au portemanteau posé dans l'angle du bureau. Il prit un siège et s'y installa. Une mise au point s'annonçait. Red se massa la tempe gauche, où venait de poindre une migraine.

— Tu vois, c'est ça que je ne comprends pas...

Colby croisa les jambes et frotta une saleté imaginaire sur son pantalon.

— J'avais cru comprendre que tu prolongeais son

séjour à Windsor Beach parce que tu en avais envie. Je sais que ce n'était pas à cause de *Diamante*. Ces autres locaux imaginaires que tu disais chercher… Je n'ai reçu aucun email à leur sujet.

Red fit un geste d'impuissance en direction de l'ordinateur. L'informatique…

Colby l'observa quelques instants en silence.

— Ecoute. J'ai compris que tu n'avais pas envie d'en parler. Mais je te connais et je suis inquiet. Qu'est-ce qui a bien pu se passer là-bas ?

— Que veux-tu dire ?

— C'est cette fille, n'est-ce pas ? Comment s'appelle-t-elle, déjà ? La pétasse à qui Victor a fait un gosse ?

— Colby ! rugit-il. Depuis quand est-ce que tu parles des femmes en ces termes ? Si Nana Lina t'entendait. Si tu…

Et voilà. Red se laissa retomber au fond de son siège. Il était tombé dans le panneau. Colby souriait fièrement.

— O.K. Maintenant je sais à quoi m'en tenir. Arrête de me prendre pour un imbécile et dis-moi ce qui s'est vraiment passé.

Red reposa son stylo. A quoi bon faire semblant de travailler ? Il avait soudain l'impression étrange que parler d'Allison à quelqu'un allait le soulager.

— Il ne s'est rien passé. Rien. Elle avait besoin d'aide, je l'ai aidée à aménager son fichu restaurant. J'ai changé les couches du bébé, je me suis fait vomir des trucs infâmes dessus. Je l'ai même aidée à s'occuper des vieux séniles qui composent son fan-club.

— Comme Bill Longmire, la terreur des pare-chocs ?

— Il n'y a pas que Bill. Ils sont toute une clique. Ils lui donnent des diamants, sautent des toits et sortent les couteaux dès qu'on menace de lui faire du mal.

— Excellent ! s'esclaffa Colby. Mais je ne vois pas ce qui a pu se passer de fâcheux avec un scénario de rêve comme celui-là.

Red rit à son tour. Présenté comme il venait de le faire, son séjour à Windsor Beach ressemblait à un séjour chez les fous. Pourtant, quand il y songeait, il avait l'impression d'y avoir été heureux pour la première fois depuis longtemps.

Colby revint à la charge, le regard aiguisé et pénétrant.

— Tu sais très bien que ce n'était pas le sens de ma question. Quand je te demande ce qui s'est passé, je voulais parler d'Allison et toi.

— *Rien.*

Son frère haussa les sourcils d'un air étonné.

— Je t'assure, insista Red. Il ne s'est rien passé. Bon, d'accord, je l'ai embrassée, mais juste une fois. Je lui ai pris la main. J'ai passé une nuit d'enfer chez elle, sur un canapé inconfortable, pendant qu'elle dormait la tête sur mes genoux.

— Toute la nuit ?

— Toute la nuit.

— Sans coucher ?

Red grommela. C'était l'Inquisition ou quoi ?

— Oui, sans coucher. Puisque je te dis qu'il ne s'est rien passé.

— Nom d'un… Pauvre maso imbécile. Tu es amoureux d'elle, c'est ça ?

Non, bien sûr que…

Le regard pénétrant de Colby l'empêcha de nier. Pour la première fois, il comprit.

Il avait vraiment commis cette bourde. Ce n'était pas du masochisme, c'était pire.

Il avait trente-deux ans, un avenir plein de belles

filles élégantes, consentantes et disponibles devant lui. Des femmes sans enfant illégitime, sans contrat les contraignant au silence. Des femmes qu'il pouvait amener chez Nana Lina ou chez les Wigham. Des femmes qu'il pouvait emmener partout.

Mais il avait fallu qu'il tombe amoureux du secret honteux de Victor Wigham. Cette fille fière et en colère qu'il avait contrainte par contrat à l'ombre et au silence.

Colby secouait la tête, incrédule.

— Ne me dis pas que c'est vrai, Red. Toute une nuit. Toute une nuit. Sans coucher.

Red ne put s'empêcher de rire.

— Ah, Colby, on est tombé bien bas si maintenant il faut ne pas coucher pour prouver qu'on est amoureux.

Ils rirent de concert quelques instants. Mais le sens des réalités reprit bientôt le dessus et Red se retrouva devant l'impossible vérité.

Quand ils eurent longuement contemplé en silence les murs du bureau, Colby se tortilla sur son siège et reprit la parole.

— Je vais peut-être le regretter, mais je vais te dire une chose que je te conseille de ne jamais répéter à personne.

Red chercha une réponse ironique. Le sarcasme était pratiquement de mise entre ses frères et lui mais, pour une fois, il n'avait pas envie de plaisanter. Colby avait l'air… bizarre. Dur. Il paraissait soudain plus vieux de cinq ans au moins et beaucoup plus vulnérable. Ça faisait un choc de le voir ainsi.

— Bien. Alors ?

Colby se mordilla un instant l'intérieur de la joue, comme s'il hésitait encore à partager son secret.

— Tu sais où je vais aller tout à l'heure après le travail ?

— Aucune idée.

— J'ai rendez-vous avec le père d'Hayley Watson.

Red en resta bouche bée.

A sa connaissance, Colby n'avait pas prononcé le nom d'Hayley Watson depuis dix-sept ans. Red suspectait bien son frère de penser toujours à elle, mais Colby lui faisait penser à l'océan par une journée ensoleillée : on sait que, quelques mètres sous la surface, un courant violent retourne le sable. Il y avait un courant sous-marin chez son frère mais peu de gens le savaient, et même ceux de la famille avaient souvent l'impression de marcher sur des œufs avec lui.

Pendant dix-sept ans, l'instinct des Malone leur avait permis d'éviter le sujet Hayley Watson.

Et voilà que Colby prononçait ce nom comme si de rien n'était, et son instinct disait à Red de ne pas faire remarquer à son frère que c'était une grande première.

— Tu te souviens de Ben Watson, je suppose ?

— Bien sûr, fit Red avec un rictus méprisant. Comment oublier ce salaud brutal, doublé d'un ivrogne ?

— Eh bien, ce dernier prétend savoir où se trouve Hayley. Il prétend qu'il va me le dire. Mais uniquement contre cinq mille dollars.

Red ne trouvait plus les mots. Quelle était la bonne réponse à une nouvelle pareille ?

— O.K., dit-il prudemment. Et tu lui as répondu…

Colby se leva.

— J'ai répondu : « Vous préférez des espèces ou vous acceptez les chèques ? »

Red avait complètement perdu l'usage de la voix. Il contemplait son frère sans rien dire.

Colby alla chercher sa veste.

— J'espère que tu as saisi le message, petit frère. Je ne sais pas ce que tu fiches ici, à essayer désespérément de t'occuper l'esprit. Je ne sais pas pourquoi tu as si peur de te retrouver seul avec ta conscience. Mais je le devine.

— Colby…

Il devait pouvoir dire quelque chose, un mot de sympathie — tout sauf rester là bêtement, bouche ouverte !

Colby enfila une manche, puis l'autre, ajustant sa veste d'un habile mouvement d'épaule.

— Je n'ai pas envie d'en parler. Considère-moi comme le *fantôme des Noëls futurs*. Je n'ai qu'une chose à te dire : si tu ne veux pas finir comme moi, tu as intérêt à trouver une solution à ton problème de Windsor Beach.

Red avait persuadé Marianne d'envoyer Dylan dans une colonie de vacances d'entraînement intensif au football. Cela lui ferait du bien de se défouler physiquement et, d'ailleurs, il était plutôt doué pour ce sport. S'il se débrouillait bien, il était presque sûr d'être accueilli à bras ouverts par la *Baker Country Day School* — qui fermerait les yeux sur ses dérapages passés. Le conseil de discipline avait été repoussé et Dylan était en période probatoire.

Les directeurs d'école faisaient toujours des exceptions pour les sportifs les plus performants. Un bon camp d'été pouvait transformer un paresseux talentueux en sportif d'élite.

Entraînement cinq jours par semaine, de 9 heures à 16 heures. C'est pourquoi en garant sa voiture devant chez Marianne, ce jour-là, Red s'attendait à la trouver seule.

Elle parut surprise de le voir, ce qui n'avait rien d'étonnant car il passait rarement sans avoir préalablement appelé. Marianne n'avait aucune raison de se douter que ce jour ne serait pas un jour comme les autres. Et pourtant…

— Excuse-moi de ne pas avoir appelé avant, mais je voulais te voir pendant que Dylan n'était pas là. J'espère que tu as un peu de temps. J'aimerais te parler d'une chose importante.

— J'espère que c'est moins grave que ça n'en a l'air, fit-elle avec son habituel sourire timide.

Elle lui tendit sa joue, puis l'entraîna à travers le salon en marbre orné d'un lustre en cristal.

— Viens. Nous venons juste de terminer le déjeuner mais, si tu as faim, je peux te faire un sandwich.

Nous ? Red hésita. Marianne étant toujours très habillée, sa robe bleue, sa ceinture argentée et ses sandales assorties ne signifiaient pas forcément qu'elle avait de la visite. Elle était peut-être simplement avec Dylan.

Mais si ce gosse séchait déjà le camp de foot…

Red sourit, cachant sa déception.

— « Nous » ?

Il perçut un mouvement dans le salon et reconnut Lewis Porterfield se levant du canapé en brocart vert, tenant à la main une tasse à café cerclée d'or.

— Bonjour, Malone.

Lewis ne souriait pas, visiblement mécontent de le voir. Il fallait au moins lui laisser ça : il n'était pas du genre hypocrite.

— Marianne et moi examinions les comptes de Victor.

Celle-ci, qui n'avait jamais paru éprouver aucun dégoût à l'égard de Lewis, entraîna Red dans le salon, sans paraître rien remarquer.

— Nous parlions de la *Baker School*. Lewis a accepté de représenter Dylan lors du conseil de discipline.

— S'il a jamais lieu, observa ce dernier. Je soupçonne les administrateurs de cette école de n'être pas très solides, légalement parlant, et d'utiliser ce conseil de discipline comme une menace. Quoi qu'il en soit, nous nous tiendrons prêts à toute éventualité.

Marianne le gratifia d'un large sourire, comme s'il s'agissait de son sauveur. Il ne restait plus qu'à espérer que Lewis ait vu juste et que ce conseil de discipline n'ait jamais lieu. L'avocat, avec son teint de vampire et son manque de diplomatie, ne serait pas franchement un atout pour Dylan.

— D'ailleurs, reprit Marianne, si tu as quelque chose d'important à me dire, c'est peut-être une bonne chose que Lewis soit là. Je lui ai tout dit, ne t'inquiète pas. Il sait que Dylan a volé la voiture et fait une fugue à la maison de Windsor Beach.

Red jeta un regard à Lewis. Ce dernier était déjà en train de l'examiner, comme s'il tentait de deviner sa réaction.

— J'ai cru comprendre que vous vous trouviez justement à Windsor Beach quand ce jeune homme s'y est rendu. Quelle heureuse coïncidence.

C'était le genre d'humour que cultivait Lewis. Agacé de le voir plaisanter de cet incident, Red resta impassible.

— Oui, j'étais là-bas, répondit-il sèchement. Marianne, ce que j'ai à te dire n'a pas de rapport avec Dylan. C'est personnel. Pourrions-nous discuter seul à seule ?

Elle ouvrit de grands yeux. Elle n'était pas habituée

aux approches frontales, du moins plus depuis qu'elle évoluait dans le milieu de Victor. Pour jouer selon ses règles à elle, Red aurait dû parler de la pluie et du beau temps pendant que Lewis terminait son café, puis attendre qu'il parte pour lui parler en tête à tête.

Mais il n'avait pas le temps. D'ailleurs, une fois que Lewis se douterait de ses projets, il serait impossible de lui faire quitter cette maison.

— Vous souhaiteriez que je parte ? dit ce dernier sans hausser le ton. Marianne et moi étions convenus de cette rencontre depuis huit jours. Tandis que vous... vous étiez occupé ailleurs. A Windsor Beach, si je ne m'abuse. Comment vous avez pu échapper à l'ennui dans cette bourgade pendant une semaine, cela reste pour moi un mystère.

— Cela m'étonnerait, rétorqua Red d'un ton cinglant. Je serais même prêt à parier que vous avez passé beaucoup de temps à vous l'imaginer en détail !

— Red !

— Ne t'inquiète pas, Marianne, reprit Lewis d'une voix doucereuse. Monsieur essaie de faire de l'humour.

Il esquissa un sourire.

— L'ennui, Malone, c'est que c'est vous qui vous incrustez, en l'occurrence. Pas moi.

— Red...

Marianne était visiblement très mal à l'aise et commençait à s'inquiéter sérieusement.

— Tu sais que je n'ai pas de secrets pour Lewis. Tout ce que tu as à me dire, tu peux le dire devant lui. Est-ce que... il s'est passé quelque chose ? Quelque chose de nouveau, je veux dire ?

Red songea un instant à remettre sa démarche. Puis

il se rappela Dylan, le visage quadrillé de larmes, et ses paroles bouleversantes.

Pas aussi méchamment qu'avant, mais papa en avait toujours après nous.

— Bien. J'avais pensé qu'il valait mieux te le dire en privé mais, finalement, c'est peut-être une bonne idée de mettre Lewis au courant. Si on s'asseyait ?

— Non, coupa Lewis.

Mais Marianne l'arrêta d'un regard.

— Bien sûr.

Ouvrant la marche, elle alla s'asseoir sur le canapé. On aurait dit un tableau. Sa robe bleue, le brocart vert, ses cheveux dorés. Et tous ces biens matériels autour d'elle censés protéger cette triste petite famille et qui n'avaient servi à rien.

Red s'assit à côté d'elle.

Lewis resta debout, les épaules roulées en avant, le menton tendu.

— Que vous apprêtez-vous à faire exactement, Malone ?

— Ce que j'aurais dû faire depuis des mois, rétorqua Red.

— Vous n'avez pas le droit. Vous *savez* que vous n'avez pas le droit.

Red dévisagea l'avocat. Il ressemblait à un poisson dans la lumière pâle qui filtrait entre les rideaux verts. Un poisson mort verdâtre.

— Et pourquoi pas ? le défia Red. Je n'ai rien signé, Lewis. Vous n'avez pas acheté *mon* silence.

— Et votre promesse ? Elle ne compte plus ?

— Non, elle ne compte plus.

Il avait passé deux jours à laisser son subconscient l'accepter. Il avait affronté beaucoup de réalités, notamment le fait qu'il avait commis une terrible erreur. Il avait aussi laissé Victor en commettre une. Parce que Red avait perdu son père très jeune, son ami était devenu comme un second père pour lui. Et comme Red avait dit des choses terribles à son premier père juste avant l'accident, il n'avait pas voulu en faire autant avec le second.

Mais en fin de compte, Victor s'était lourdement trompé. Sans doute parce qu'il était malade, qu'il souffrait et avait peur de mourir. Peut-être, s'il avait pu réfléchir sereinement, n'aurait-il jamais demandé qu'on achète le silence d'Allison.

Ou peut-être n'aurait-il pas agi différemment. Red ne le saurait jamais. Victor n'était pas parfait, même quand il était en bonne santé. Il était temps pour Red de l'admettre. Il pouvait fermer les yeux sur ses défauts et l'aimer malgré tout. Mais il pouvait aussi braver ses dernières volontés pour le bien de tous.

Parce que ces dernières volontés étaient une erreur.

Les mensonges et le silence n'avaient jamais rien guéri. Seuls l'amour et la vérité avaient ce pouvoir.

Dylan savait que ses parents ne s'entendaient plus. Ce n'était pas cette mésentente qui lui faisait le plus mal, c'étaient les faux-semblants censés les camoufler.

On dirait qu'elle veut faire comme si tout allait bien entre eux. C'est débile.

— Vous êtes donc de cette race ? persifla Lewis. Celle des hommes capables de violer la promesse faite à un ami sur son lit de mort ?

— Oui, en effet, répondit Red sur un ton glacial.

Il se tourna vers Marianne et lui prit les mains, qu'elle avait glacées.

— Marianne, tu te rappelles m'avoir dit que Victor et toi vous vous disputiez ?

Elle le regarda sans comprendre et déglutit avec peine, devinant apparemment que le reste n'allait pas être drôle. Mais elle gardait l'œil sec. Elle ne semblait pas au bord des larmes, pour une fois.

— Je voudrais te parler de ces problèmes.

— Malone, vous…

— Taisez-vous, Lewis, l'interrompit Marianne.

Relevant la tête, elle affronta le regard de Red sans flancher, même si cela devait lui demander un effort surhumain.

C'est bien, Marianne. Il lui pressa les mains pour lui donner du courage. *Tu vas y arriver. Tu es plus forte que tu ne le crois.*

— Malone, je vous conseille de bien réfléchir avant de dire des choses que vous allez regretter.

Marianne regarda l'avocat d'un air intrigué, comme si elle ne le reconnaissait plus, subitement. Elle semblait ailleurs.

Dans un ailleurs douloureux.

Et si elle en savait plus que Lewis et lui ne le croyaient ?

— Marianne ? Marianne, est-ce qu'on peut en parler ? Ces problèmes étaient plus graves que tu ne me l'as dit, n'est-ce pas ? Peux-tu m'expliquer tout franchement ?

— Je ne sais pas grand-chose. Je… Un jour, j'ai engagé un détective privé.

— Quand ?

— Il y a… environ un an.

Elle cligna des yeux mais ne semblait pas sur le point de pleurer.

— Qu'a découvert ce détective ? Il faudrait en parler,

ma grande, fit Red d'une voix douce. Je sais que c'est difficile, mais…

— Ça n'a plus d'importance.

Elle se tourna vers Lewis sans dégager sa main.

— Je suis fatiguée, Lewis. Fatiguée de faire semblant.

Quand elle se retourna vers Red, ses doigts frémirent comme pris d'un spasme nerveux, puis s'immobilisèrent.

— Tu veux parler de cette femme, à Windsor Beach ? Tu veux parler d'Allison York ?

20

Le soir de l'ouverture officielle, le *Summer Moon* était, dans tous les sens du terme, un endroit de rêve.

Après des semaines de sueur et de frayeurs, tous les éléments avaient convergé à la dernière minute pour un résultat parfait. Allison ne regrettait aucun de ses choix. Certes, elle avait dépensé plus que prévu pour les gravures encadrées qui ornaient les murs. Mais ces belles reproductions d'œuvres abstraites, avec leurs formes géométriques élégantes dans des tons apaisants de vert, se démarquaient nettement des œuvres fades et politiquement correctes habituelles. De l'argent bien dépensé en somme.

Un parquet couleur miel recouvrait le sol. L'éclairage projetait des ovales lumineux au-dessus des tables, recouvertes de nappes vert et melon au tombé parfait. La vaisselle, le premier de ses achats, s'ornait d'une lune jaune au-dessus d'une prairie verte qui lui avait inspiré le nom du restaurant.

Jimbo s'approcha derrière elle tandis qu'elle survolait la pièce du regard.

— Eh, oui. Tu t'es bien débrouillée, petite.

Les larmes montèrent aux yeux d'Allison. C'était la

formule qu'employait toujours son père, comme Jimbo le savait parfaitement, bien sûr. Il essayait de lui dire que son père aurait été fier d'elle.

— Merci, dit-elle.

Elle passa son bras sous le sien. Jimbo sentait délicieusement bon le miel, le poulet, la pomme et tous les mets délicieux qu'il avait cuisinés.

— Tu crois qu'ils vont venir ?

Son ami ne répondit pas tout de suite. Puis, avec un sourire amusé, il fit :

— *Ils ?* Ils viennent déjà tous les jours, surtout depuis la pré-ouverture. Mais tu veux peut-être parler de *lui* ? Est-ce qu'*il* va venir ?

— Non. Ce n'est pas du tout ce que je voulais dire, je t'assure, répondit-elle, confuse. Il ne viendra pas. Je lui ai dit que je ne voulais pas.

— Ben voyons ! Comme s'il était du genre à recevoir des ordres !

Elle ne lui avait pas donné d'ordre à proprement parler. C'était une décision mutuelle. Elle avait revécu cet instant cent fois au moins. Le moteur qui tournait, Eddie qui geignait sur la banquette arrière, et l'autre fils de Victor tout près, quelque part dans la villa, sur la falaise.

Toute relation entre Red et elle était vouée à l'échec. Ils avaient fini par le comprendre tous les deux.

En revanche, elle n'avait pas prévu qu'il serait aussi difficile de l'oublier. Elle songea à leur première rencontre. Il avait fallu bien peu de temps pour qu'il devienne indispensable à son bonheur.

Quelques semaines auparavant, ils étaient ennemis. Ils étaient devenus amis, puis…

Il avait passé une semaine au restaurant, l'aidant à

faire de son rêve une réalité. Une semaine. Jour après jour, il l'avait fait rire et lui avait apporté la force, l'entrain et le courage nécessaires. Et par-dessus tout, l'étonnante et apaisante sensation de n'être plus seule.

Elle ne pourrait plus jamais passer cette porte sans avoir l'impression qu'il l'attendait déjà, assis à une table ou occupé quelque part en cuisine.

— Bon, Allie, si tu dois continuer à te morfondre et à faire une tête d'enterrement, tu ferais mieux de l'appeler, marmonna Jimbo. Sinon, tu vas couper l'appétit à la clientèle.

— Je ne me morfonds pas, répliqua-t-elle. Et je ne fais pas une tête d'enterrement.

Elle était même fière de ne pas s'être laissé abattre. Elle avait travaillé dur, s'était accrochée, et avait ri des petits incidents, malgré le stress à cause des problèmes techniques, comme d'habitude.

Si elle rêvait de Red, si elle se réveillait au beau milieu de la nuit en se sentant meurtrie, c'était son problème. Elle ne le faisait pas rejaillir sur les autres.

Jimbo leva les yeux au ciel.

— Ça ne se voit peut-être pas à l'extérieur, mais là-dedans ?

Il posa un doigt sur son cœur.

— Je parierais qu'il est en miettes, fit-il d'un air entendu. Je m'étonne même qu'on n'entende pas tinter les morceaux quand tu marches.

Pour changer de sujet, elle consulta sa montre.

— 7 heures moins 5. Tu ne devrais pas être en cuisine ? J'aperçois des voitures sur le parking : ce serait ennuyeux de n'avoir rien à servir.

Jimbo lui prit le menton avec une grande douceur.

— Allie, écoute. N'oublie pas que je te connais par

cœur. Je ne t'ai jamais vue comme ça, ni avec Chuck, ni avec Victor. Tu sais que je ne suis pas un grand fan de ce Red Malone. Et pourtant, je te le dis : appelle-le.

— Ce n'est pas aussi facile, soupira-t-elle.

— D'accord. C'est difficile. Et alors ? Tu n'es pas idiote, lui non plus. A vous deux, vous devriez résoudre le problème.

— Jimbo, ça va être l'heure…

— Qu'est-ce qui te bloque ? L'argent ? Tu sais que ce restaurant va t'en rapporter. On n'a pas besoin du chèque de Victor pour élever Eddie. Rends-le.

— Je ne suis pas sûre qu'un contrat le permette, fit-elle en regardant le sol.

Jimbo retira son tablier avec humeur.

— Alors prends un avocat pour trouver une solution. Mais qu'est-ce qui t'arrive, Allie ? Tu es une battante. Je ne t'ai jamais vue fuir devant quelque chose qui comptait pour toi.

Ce n'était pas le moment de flancher. Pas maintenant, pas ce soir.

— Justement, Jimbo. Ça compte pour moi. Mais lui, il n'a jamais dit… il n'a jamais dit que ça comptait pour lui.

Jimbo la fixa comme s'il n'en croyait pas ses oreilles.

— Jamais dit… Ah oui, c'est vrai, Monsieur Je-t'aide-à-monter-ton-restaurant-gratuitement ne t'a jamais donné aucun signe…

Puis il se mit à rire, à rire de tout son cœur. Toujours hilare, il tourna les talons et regagna lentement la cuisine en secouant la tête.

Perplexe, elle le regagna s'éloigner puis consulta sa montre. Avec une profonde inspiration, elle lissa la robe blanche qu'elle avait achetée pour l'occasion et s'obligea à mettre ses soucis de côté.

Il était temps d'ouvrir.

Les quatre heures suivantes passèrent comme un rêve et Allie s'aperçut soudain qu'ils n'étaient plus qu'à cinq minutes de la fermeture.

Cette soirée avait été une réussite totale. Une heure avant le dernier service, Sue avait amené Eddie pour qu'il profite de l'ambiance. Le Club des Vieux Barjos avait fait livrer des bouquets de clochettes d'Irlande et de mufliers jaunes, et au moins deux cents personnes étaient venues déguster la merveilleuse cuisine de Jimbo.

Ce dernier avait raison : le *Summer Moon* allait être un succès. Il ne restait plus que deux clients, quelques employés et lui. Allison s'adossa un instant au mur dans le petit couloir qui séparait la cuisine de la salle à manger. Elle serra Eddie tout contre elle et déposa un baiser sur sa tête. Son cœur allait-il déborder de bonheur ?

Pour ça, il ne lui manquait qu'une chose.

— Ah, vous êtes là, mademoiselle York.

Cindy, la jeune et jolie hôtesse, s'approcha, menus à la main.

— Quelqu'un vient d'arriver. Je lui ai expliqué que nous allions fermer mais il dit qu'il veut juste vous voir.

Allison sourit. Elle pouvait s'estimer heureuse d'avoir de vrais amis. Aucun n'avait oublié de passer lui rendre visite ce soir. Comment pouvait-elle se plaindre de l'absence d'une certaine personne alors que le destin la comblait ?

— Je soufflais juste un instant, lui répondit-elle. Vous avez fait du beau travail, Cindy. Vous pouvez partir. Je vais voir cette personne.

Au bout du couloir, elle l'aperçut.

Il était près de la porte, grand, athlétique, superbe. Elle avait l'habitude de le voir en jean et en T-shirt, il était éblouissant en costume élégant. Il semblait tout droit sorti d'un magazine avec sa veste cintrée, sa chemise blanche et sa cravate dont le bleu rehaussait celui de ses yeux. Il portait un bouquet de roses jaunes.

Soudain, tout le chagrin qu'elle réprimait depuis des jours remonta à la surface. Elle voulut avancer lentement mais se surprit à courir à demi, Eddie dans les bras, comme si elle craignait que Red ne soit qu'une illusion qui allait s'évanouir avant qu'elle ne l'atteigne.

Qu'importe les raisons pour lesquelles il était venu. Il était là, c'est tout. Mais en se rapprochant de lui, elle fut prise d'une gêne, ralentit le pas et, lorsqu'elle ouvrit la bouche, ne trouva rien d'autre à dire que :

— Bonsoir.

— Félicitations, dit-il en lui tendant les fleurs. Tout est superbe.

Elle prit le bouquet d'une main tremblante et le huma. Ces roses qui devaient être hors de prix sentaient divinement bon.

— Merci. Comme tu le sais, nous n'y serions jamais arrivés sans ton aide.

Quelle réponse guindée et bête ! Ce n'était pas ce qu'elle aurait voulu lui dire. Pas ces mots qu'elle avait déjà répétés à des dizaines de personnes au cours de la soirée. Elle avait bien d'autres choses à lui dire.

Mais toutes ces paroles restaient coincées dans sa gorge. Tant d'émotions demandaient à s'exprimer qu'elle ne savait par où commencer.

Sur son épaule, Eddie contemplait en silence le nouveau venu en s'agrippant au col de sa robe. Soudain, comme si la voix de Red éveillait enfin un souvenir, il se pencha vers lui tout content.

Ce dernier le prit dans ses bras en riant et Eddie se mit immédiatement à jouer avec son nœud de cravate, le portant à ses lèvres en babillant joyeusement.

Les revoir tous les deux ensemble, Eddie de nouveau dans les bras de Red…

Elle devait se ressaisir. Ne pas s'imaginer quoi que ce soit. Red avait eu la gentillesse de venir, mais cela ne signifiait peut-être rien d'autre que sa volonté de soutenir ce restaurant dans lequel il avait investi du temps et de l'énergie.

— Tu vas bientôt devoir ôter ta cravate si tu le laisses baver dessus comme ça.

— Ça ne fait rien, répondit Red avec un sourire. Si ça l'amuse.

Il embrassa la petite main d'Eddie et croisa le regard d'Allison par-dessus la tête du bébé.

— Allison… Tu es superbe, toi aussi. Tu m'as manqué. Vous m'avez tellement manqué tous les deux.

— Toi aussi.

Elle s'efforça de sourire, au cas où les deux derniers clients les observeraient, mais elle mourait d'envie de se jeter dans ses bras et de pleurer comme si elle avait l'âge d'Eddie.

— Ça a été… dur. J'ai cru… J'ai cru que je ne te reverrais jamais plus.

— Je sais. Excuse-moi.

— Non, ce n'est pas ta faute, reprit-elle en relevant la tête. Je t'avais dit de partir. J'ai cru que c'était la seule chose à faire, sur le moment. Je devais penser que si tu t'en allais, si tu n'étais plus là, j'arriverais à t'oublier et à tourner la page.

— Et alors ? As-tu réussi à m'oublier ? fit-il, le regard taquin.

— Non. Je ne pourrai jamais.

— Je suis heureux de l'entendre ! Parce que c'est ce que j'ai éprouvé aussi, dit-il, avant d'ajouter d'une voix douce : Je pensais à toi à chaque instant.

Il se rapprocha. Ils n'étaient plus séparés que par Eddie.

— Tu sais ce que je me disais ? reprit-il. Je me disais que je t'aimais terriblement. Que je t'aimais tellement que j'allais devenir fou si j'essayais de vivre sans toi.

— Red…

Elle s'appuya d'une main tremblante sur le poste d'accueil. Heureusement que Red l'avait arrangé, car à ce moment précis c'était la seule chose qui l'empêchait de tomber.

L'espoir gonfla sa poitrine. *Elle n'était pas la seule.* Il éprouvait pour elle la même chose qu'elle pour lui.

Le fait de le savoir allait-il les aider quand ils admettraient la réalité et poursuivraient leurs chemins chacun de leur côté après ce soir ? Ou cela allait-il rendre les choses encore plus difficiles ?

— Je voudrais pouvoir t'enlever tout de suite d'ici, reprit Red d'une voix rauque. J'ai tant de choses à te dire. Et à faire.

Allison baissa la tête, espérant cacher son trouble et sa rougeur aux éventuels observateurs. Ce restaurant avait beau être son rêve, elle aurait donné n'importe quoi pour faire comme s'il n'existait pas et être complètement seule avec lui. Ils coucheraient Eddie, et ensuite…

Ensuite, même s'ils ne devaient passer qu'une nuit ensemble, elle lui dirait qu'elle l'aimait et le lui montrerait.

Elle posa une main dans le dos du petit, pour faire

croire aux gens autour d'eux qu'ils discutaient simplement du bébé. Leurs doigts se touchèrent. Un frisson parcourut son bras en se prolongeant jusque dans son bas-ventre.

— Tu restes à Windsor Beach ce soir ?

— Oui.

— Tu peux venir chez moi ? osa-t-elle demander.

Red jeta un regard en direction de la cuisine.

— Et Jimbo ?

— Oh… je l'avais oublié.

Il sourit.

— Ce n'est pas grave. De toute manière, ce n'était peut-être pas le moment idéal. J'ai l'impression que tu vas être très occupée ce soir.

Les deux derniers clients se levèrent, rangèrent leur ticket dans leur portefeuille et se dirigèrent vers la sortie. Elle leur adressa son plus beau sourire en les remerciant de leur visite. Ils échangèrent quelques amabilités, la complimentèrent sur la cuisine de Jimbo et partirent enfin. Comme s'ils devinaient qu'elle avait besoin de rester un peu tranquille avec Red, les employés regagnèrent la cuisine.

Ils étaient enfin seuls, ne serait-ce que pour quelques instants. Elle se tourna vers lui, terriblement impatiente et incapable de le cacher.

— Je ne suis pas si occupée que ça, tu sais. Nous fermons tout de suite. En me dépêchant, j'aurai terminé à minuit. La paperasse attendra demain…

— Je ne faisais pas allusion au restaurant mais à… Oh, et puis, il vaut peut-être mieux que je te montre, répondit Red, mystérieux.

Extirpant sa cravate des menottes toutes mouillées d'Eddie, il lui remit le bébé entre les bras. Puis il alla jusqu'à la porte, qu'il entrouvrit, laissant passer un tourbillon d'air frais qui fit voler les pages du registre des réservations.

Il leva la main comme s'il faisait signe à quelqu'un, et s'effaça en tenant poliment la porte ouverte.

Indifférent à ce qui se passait, Eddie se mit à tirer sur les boucles d'oreilles d'Allison, des petits croissants de lune verts et brillants. Elle en retira machinalement ses petites mains avant qu'il ne mette les boucles à la bouche.

Elle était entièrement concentrée sur la porte.

Cela ne pouvait pas être…

Une grande blonde, fine et élégante, entra, suivie d'un adolescent tout aussi blond — son fils, à en juger par leur ressemblance frappante. Ils semblaient tous deux posés, mais nerveux.

Allison cessa tout bonnement de respirer. Comment cela se pouvait-il ? Pas ici ! Savaient-ils seulement *qui* elle était ?

Sûrement.

Red ne les aurait pas amenés dans son restaurant s'ils ignoraient tout.

Qui donc les avait mis au courant ? Elle avait juré de se taire et ne reviendrait pas sur sa promesse. Elle n'avait jamais cherché à leur nuire, et malgré ça elle leur avait fait du mal sans le savoir. Elle acceptait de payer le prix de cette terrible erreur.

Ils étaient là, devant elle, et pourtant leur regard ne lançait aucune accusation, leur attitude n'avait rien d'agressif. Le cœur d'Allison manqua un battement. Serait-il possible qu'ils soient venus dans l'espoir d'arranger les choses entre eux ?

L'adolescent était à cet âge où le corps, dégingandé,

semble plus jeune que le visage. Il détourna aussitôt les yeux d'Allison en déglutissant, repoussant une mèche de cheveux qu'il semblait détester.

Il se tourna ensuite vers Red, en une prière muette.

Ce dernier hocha la tête sans un mot. On aurait dit un père encourageant son fils à monter sur scène pour jouer dans la pièce de l'école. Ce qui allait suivre semblait avoir été soigneusement répété.

Allison plaignit l'adolescent et, curieusement, sa mère aussi. Leur venue ici était un acte de courage, de générosité et de pardon.

A son tour de faire un pas. Elle s'avança, le cœur cognant dans sa poitrine.

— Bonsoir. Je suis Allison York.

— Bonsoir, fit l'adolescent. Hum… Je suis Dylan Wigham. Je regrette de vous déranger un soir comme celui-ci mais…

Il s'interrompit, visiblement paniqué. Il devait avoir un trou de mémoire. Il chercha, chercha et, tandis qu'il tentait de se reprendre, son visage changea d'expression. C'était comme si l'homme qu'il allait devenir prenait le dessus pour l'aider à gérer l'incident. Enfin, il reprit avec une assurance dont son père aurait été fier.

— Si vous n'y voyez pas d'inconvénient, mademoiselle York, j'aimerais beaucoup faire la connaissance de mon petit frère.

21

Trois mois plus tard.

Allison n'était certes pas la personne la plus objective pour en juger mais, d'après elle, le *Summer Moon* était l'endroit parfait pour une fête de mariage. Les murs verts mettaient idéalement en valeur les roses blanches et les nœuds de satin blanc. Des bougies étaient allumées sur toutes les tables et des guirlandes éclairées de lumignons encadraient les baies vitrées.

A l'intérieur, les assiettes attendaient les côtes de porc sauce melon de Jimbo, devenues rapidement le plat le plus demandé du restaurant. Dehors, un guitariste jouait des chansons d'amour en attendant les invités, qui n'allaient pas tarder à danser dans la rue.

Dommage que le marié, Jimbo, ait refusé de laisser quiconque faire la cuisine à sa place. Il était coincé en cuisine tandis qu'on attendait 19 heures, le moment où les invités à la cérémonie et la cinquantaine de personnes invitées uniquement à la réception allaient passer ces portes.

En attendant, ils prenaient tous le frais pendant que les mariés préparaient le festin. Ils n'auraient laissé à personne le soin de cuisiner, même le jour de leur propre mariage !

Jimbo, en smoking, maniait le couteau de boucher tout en se chamaillant avec Meg, toute de blanc vêtue, à propos de la quantité de coriandre.

— Stop ! intervint Red. Arrêtez de vous disputer. Vous n'allez quand même pas divorcer avant la nuit de noces ? Une pincée ou une touche, quelle est la différence ?

Meg, qui avait noué son voile afin qu'il ne prenne pas feu, se retourna d'un air furibond.

— Ça ne fait peut-être pas de différence dans une pizza, mais dans cette recette…

— Vulgaire pizzaiolo ! renchérit Jimbo en agitant son couteau.

Allison se mit à rire. Ils plaisantaient, bien sûr. Jimbo avait fait la paix avec Red depuis longtemps et les deux hommes étaient même devenus de grands amis. C'est juste qu'ils avaient cette habitude bien masculine de se prouver leur affection par des insultes…

Allison, pour sa part, éprouvait l'envie toute féminine de passer un moment dans les bras de son fiancé avant que la soirée ne prenne une tournure trop déchaînée.

— Viens. Laisse-les. Ils se méritent bien l'un l'autre ! J'ai envie de danser.

Red la suivit en souriant, éblouissant dans son smoking de garçon d'honneur. D'ailleurs, il était sublime quoi qu'il porte.

Et même sans rien, d'ailleurs…

Une fièvre subite monta en elle. Les portes du restaurant étaient ouvertes et les accents de la guitare filtraient dans la salle. Au beau milieu du restaurant, sans attendre d'être dehors, elle s'arrêta et lui tendit les bras.

— Je n'en peux plus. Je viens d'imaginer comment

tu étais sous ce smoking et, si tu ne me prends pas dans tes bras tout de suite, je m'évanouis, promis.

Red, qui ne lui refusait jamais ce genre de demande, se pencha à son oreille avec un sourire canaille.

— Petite dévergondée.

Elle sourit à son tour. Hum... Elle n'était pas seule à avoir des pensées coquines.

Pendant quelques minutes, il la fit tourner doucement au rythme de la musique. Ses mains caressaient lentement le bas de son dos, de sorte que chaque pas de danse amplifiait son envie. Il déposait des baisers insistants dans son cou et, bientôt, un feu agréable lui réchauffa le ventre.

Elle se blottit contre son épaule tout en essayant de reprendre son souffle. Ils étaient momentanément seuls, mais...

— Tu ferais mieux d'arrêter parce que, si le guitariste se retourne...

— Il ne nous regarde pas. Et même s'il le faisait, il ne verrait que deux amoureux qui dansent.

Il resserra son étreinte et embrassa son épaule. Allison ronronna de plaisir, oubliant qu'elle était censée résister.

— Voyons, reprit Red en consultant sa montre. Un quart d'heure ? C'est largement suffisant.

Puis, avec un sourire prometteur, il la plaqua contre lui si adroitement qu'elle poussa un petit cri. Elle était en feu.

Visiblement conscient de son trouble, il l'entraîna en dansant derrière la caisse. Là, il l'embrassa. La tête d'Allison lui tournait. Lorsqu'il glissa sa langue entre ses lèvres, ç'en fut fait d'elle.

Agrippée à ses épaules, elle frémit tandis qu'il plongeait en elle. Fermant les yeux, elle s'efforça de rester immobile et silencieuse tandis qu'une onde de plaisir parcourait chaque nerf de son corps.

Il la soutint tout en la stimulant par des mouvements discrets qui prolongeaient son plaisir. Quand le dernier spasme fut passé, il sourit en l'embrassant encore.

— Je ne sais pas si je te l'ai déjà dit, mais tu es merveilleuse.

— Et toi, tu es un démon irrésistible. Tu le sais, ça ?

— Hum, oui. Tu me le dis chaque fois.

Allison soupira de plaisir. Il venait de lui faire passer un moment délicieux — et elle prendrait sa revanche plus tard. Elle se blottit dans ses bras, dos à lui, en entrecroisant ses doigts dans les siens.

La dispute se poursuivait en cuisine. Ils écoutèrent distraitement. Jimbo et Meg étaient comme ça, mais ils s'aimaient follement.

Allison reposa sa tête contre la poitrine de Red. Elle n'avait jamais été aussi heureuse. Leur mariage était prévu pour Noël. Ils avaient préféré attendre un peu. Dire que leur relation avait tellement mal commencé ! Pour l'instant, ils avaient besoin de prendre un peu de temps pour eux.

Il s'était avéré que Marianne savait depuis longtemps que son mari avait une aventure avec une serveuse à Windsor Beach. En revanche, elle avait eu un choc en apprenant l'existence d'Eddie. Pendant plusieurs semaines, Allison l'avait vue faire des efforts surhumains pour accepter sans rancœur cet enfant illégitime qui faisait subitement irruption dans son univers.

Allison n'avait pas mis longtemps à comprendre qu'elle aimait beaucoup Marianne. Plus le temps passait, plus celle-ci s'apaisait, révélant une force intérieure qui étonnait tout le monde — à commencer par elle-même. C'était comme si elle grandissait et mûrissait sous leurs yeux.

Il leur restait un long chemin à parcourir avant de devenir amies intimes mais, avec l'aide de Red, elles avaient fait les premiers pas. Allison commençait à croire qu'un jour, peut-être, la veuve de Victor et son grand fils pourraient les considérer, Eddie et elle, comme des membres de la famille à part entière.

Et puis, il y avait les Malone. Allison avait été encore plus impressionnée de faire leur connaissance que celle des Wigham. Ils formaient la famille la plus soudée qu'elle ait jamais connue, mais ils ouvraient leurs bras sans condition à ceux qui rejoignaient leurs rangs.

Allison les avait tout de suite adorés, surtout la grand-mère de Red.

Elle avait été infiniment flattée et soulagée quand, à l'issue du premier dîner chez eux, Red lui avait annoncé que Nana Lina approuvait son choix. Elle aimait la manière dont Allison disait ce qu'elle pensait.

Ainsi, à Noël, la cérémonie aurait lieu chez celle-ci, bien qu'ils aient décidé de vivre à Windsor Beach à cause du restaurant. Red ferait des allers-retours à San Francisco et Allison s'était engagée à venir dîner à Belvedere Cove au moins un vendredi sur deux.

Red avait déjà acheté une nouvelle voiture, un crossover familial à moteur hybride, économe en carburant et prêt à recevoir une flopée de sièges pour bébés.

Bizarrement, c'est à Cherry qu'il avait été le plus simple d'annoncer la nouvelle. Elle l'avait accueillie sans histoire, comme si elle s'en doutait un peu depuis le début.

— Je savais qu'il y avait quelque chose entre vous, avait-elle déclaré à Allison, sans rancœur. Heureusement que je n'avais pas vraiment des vues sur lui. Je vous en aurais fait voir de toutes les couleurs !

Belle comme elle était, Allison n'en doutait pas une seconde. En vérité, parfois, lorsqu'elle regardait Red dormir, avec son profil élégant et parfait comme une sculpture qui se découpait sur l'oreiller, son corps vigoureux dont le clair de lune soulignait les contours, elle se demandait ce qu'il faisait avec une fille ordinaire comme elle.

Puis, comme s'il devinait ses pensées, il se réveillait et lui faisait l'amour avec une telle passion qu'elle ne se sentait plus ordinaire du tout. Quand il la touchait et déposait des baisers sur sa peau, elle avait l'impression d'être adorée comme une idole.

— Au fait, je t'ai dit qu'Eddie avait prononcé son premier mot aujourd'hui ?

Elle leva la tête pour le regarder. Son cœur bondit dans sa poitrine en contemplant son visage sexy et tendre.

— Non, je suis certaine que tu ne me l'as pas dit. Je regrette de ne pas avoir été là ! Qu'est-ce qu'il a dit ?

— Eh bien, je me trompe peut-être, mais je suis pratiquement certain qu'il m'a regardé en disant pa-pa. Enfin, il l'a répété des dizaines de fois, donc c'était plutôt pa-pa-pa-pa-pa-pa-pa.

Allison rit. Comme Red le savait aussi bien qu'elle, Eddie répétait cette syllabe sans arrêt. Elle faisait partie de son babillage habituel et lui servait à désigner aussi bien la purée de carottes que son doudou.

— Idiot. Ne me fais pas ce genre de farce. Ce serait terrible pour moi de manquer son premier mot.

Red resserra légèrement son étreinte.

— Et ce serait si terrible que ça si son premier mot était « papa » ?

— Non, bien sûr. Je préférerais que ce soit « maman », mais je tâcherai d'être magnanime, fit-elle avec un sourire.

— Ce que je veux dire, c'est… ça ne t'ennuierait pas ? Qu'Eddie m'appelle *papa* ?

Elle se retourna entièrement pour le regarder en face.

— Bien sûr que non.

Red n'ajouta rien, mais elle devinait ce qu'il n'osait avouer. Comment pouvait-il imaginer qu'elle lui refuse ce nom qu'il avait si amplement mérité ?

Elle fut prise d'un brusque élan d'amour pour cet homme prêt à tant donner sans rien demander en retour.

— Tu es son papa, Red. Je ne vois pas quel autre nom il te donnerait.

Elle leva la tête, quémandant un baiser mais, au même moment, un groupe d'invités fit irruption dans la salle, riant, s'extasiant devant la décoration et les saluant.

Ce fut le début d'une folle soirée.

Sue était venue, ainsi qu'une partie du personnel du *Summer Moon*. Le *Peacock Café* était également représenté par Moira, Sven et Flip. Même Larry Longmire les avait rejoints, encore en uniforme de policier. Les amis de Meg, qu'Allison ne connaissait pas encore, étaient également venus en force.

Le Club des Vieux Barjos était naturellement de la partie. Sarge Barker se trémoussait déjà sur la musique, au grand désespoir de Bill. Stuart Phipps levait les yeux au ciel ; Dickey, arrivé au bras d'un ange qui devait être son infirmière particulière, exhortait le guitariste à jouer *Danny Boy*.

Après un bref baiser, Red et Allison se séparèrent pour vaquer à leurs occupations. Elle partit chercher les plateaux de hors-d'œuvre, il alla servir le champagne au bar. Un toast salua le premier bouchon qui sauta. Même si les futurs mariés étaient toujours en cuisine, la fête était officiellement lancée.

Quelques instants plus tard, alors qu'Allison songeait à aller chercher d'autres crostinis à la menthe et au crabe en cuisine, Dickey surgit à côté d'elle.

— Bien joué, fit-il tout bas.

Il désigna Larry de la tête.

— C'est toujours bien d'avoir un uniforme dans la salle. On ne sait jamais qui pourrait s'incruster.

Son œil pétillant indiquait qu'il était dans un moment de lucidité et ne cherchait qu'à plaisanter.

— Exact. Dites-moi, Dickey, lequel des invités vous paraît le plus suspect ?

Ce dernier fit mine de survoler l'assemblée du regard, puis désigna furtivement Red, qui servait le champagne.

— Lui. A ta place, je me méfierais de cet individu. J'ai l'impression qu'il a des vues sur toi.

— Je l'espère bien ! fit-elle en riant.

Allison se pencha pour embrasser la joue ridée du vieil homme. En se redressant, elle croisa le regard de Red. Il lui sourit et un frisson la parcourut de nouveau.

Elle lui aurait lancé des « Je t'aime » par centaines.

Comme s'il le devinait, ce dernier hocha solennellement la tête. Puis, clignant de l'œil, posa l'index sur sa bouche.

Ce qui signifiait : « Moi aussi. »

Prélud'

Le 1er Octobre

Prélud' n°325

Comme une envie de chocolat - Jeannie Watt

Avoir le célèbre chef Tom Gérard dans sa cuisine, c'est un peu comme aller aux Oscars au bras de Brad Pitt. Un rêve ! Cela dit, Reggie ne s'y trompe pas : si Tom est là, c'est juste parce que sa carrière est au point mort... pour l'instant. Mais le destin n'a pas dit son dernier mot : Reggie est enceinte de Tom. Et, quelque part entre les épices et le chocolat, elle et Tom sont peut-être plus près qu'ils ne le croient de savourer ensemble... la recette du bonheur !

Prélud' n°326

SÉRIE : « LA DYNASTIE DES HARDIN »

Mariés... sous contrat ! - Linda Warren

Si Cadde veut diriger la compagnie Shilah Oil, il faudra d'abord qu'il épouse Jessie. Jessie, la belle et indomptable Jessie. Cadde se serait bien passé de cette « formalité ». Mais après tout, que risque-t-il ?... Eh bien, Il ne va pas tarder à le savoir. Car Jessie, n'est pas du genre à apprécier qu'on l'ait « marchandée »...

Prélud' n°327

SÉRIE : « TRINITY HARBOR »

Un été à Trinity - Sherryl Woods

Stop ! Jenna en a plus qu'assez de jouer les secrétaires pour son père, riche promoteur de Baltimore. Alors, elle se lance un défi. Mais, pour réussir, il lui faut obtenir le soutien de Bobby Spencer, l'influent homme d'affaires de Trinity Harbor. Celui qui exaspère Jenna en ignorant royalement ses innombrables appels ! Comment attirer enfin l'attention de cet homme ? Soudain, une idée germe dans l'esprit de Jenna ! Un moyen efficace mais totalement fou...

Prélud' n°328

Passion sans préavis - Carly Phillips

Quelques jours plus tôt, Ryan a appris que la petite Sam Costa est sa nièce biologique. Pour l'approcher sans la bouleverser, il a décidé de jouer les invités mystère à son anniversaire, et s'efforce de passer inaperçu car personne ne doit deviner qui il est vraiment. Personne. Et surtout pas Zoé, l'aînée des Costa, qui l'a tout de suite attiré et qui, s'il ne se montre pas prudent, a tous les atouts pour le démasquer...

A paraître le 1er septembre

Best-Sellers n°526 • roman

Le temps d'un été - Emilie Richards

Trois femmes – Tessa, sa mère et sa grand-mère – se retrouvent dans la propriété familiale, une grande demeure de Virginie, chargée d'histoire et de souvenirs, où ont vécu plusieurs générations avant elle. Tessa, la plus jeune des trois, noyée dans le chagrin d'avoir perdu sa petite fille, s'est éloignée peu à peu de son mari. Nancy, sa mère, n'a quant à elle jamais cessé de lutter pour échapper à ses origines. Mais à présent qu'elle mène une vie confortable et mondaine, elle est persuadée que son mari ne l'a pas épousée par amour, et qu'elle a trahi celle qu'elle est vraiment. Helen, la grand-mère, est une battante qui a fait face aux épreuves toute sa vie durant, mais s'est murée dans une solitude têtue, prétendant n'avoir besoin de personne et négligeant ses talents artistiques. Toutes trois, bien qu'unies par un lien indestructible, se sont repliées sur leurs propres blessures. Mais si chacune est hantée par un secret douloureux, elles vont tenter, le temps d'un été, de se remettre à croire en l'espoir.

Best-Sellers n°527 • roman

Un été au lac des Saules - Susan Wiggs

A vingt-sept ans, Olivia Bellamy a déjà deux fiançailles annulées derrière elle. Et alors qu'elle s'attend à une demande en mariage, son petit ami lui annonce leur rupture. Pour tromper son désespoir, elle accepte la proposition de sa grand-mère : passer l'été au lac des Saules pour remettre en état le camp de vacances appartenant à ses grands-parents et où, enfant, elle a passé tous ses étés. Pour la décoratrice de talent qu'elle est, la mission est passionnante. D'autant plus que l'endroit est paradisiaque et empreint de nostalgie... même s'il ne lui évoque pas que de bons souvenirs. Adolescente mal dans sa peau et fragilisée par le divorce de ses parents, elle y a, à l'époque, beaucoup souffert. Une seule personne, alors, l'aidait à supporter le rejet des autres... une personne à laquelle elle se refuse de penser : le passé est passé. Mais voilà que, le jour où se présente l'entrepreneur venu l'aider à réaliser son projet, elle reconnaît avec stupéfaction Connor Davis, le garçon qu'elle a secrètement aimé durant son adolescence... et qui lui a brisé le cœur.

Best-Sellers n°528 • thriller

Jusqu'au bout du mal - Michelle Gagnon

A peine remise d'une grave blessure et déterminée à retrouver sa confiance en elle après avoir frôlé la mort, l'agent spécial Kelly Jones refuse l'idée de ne pas reprendre le travail sur le terrain. Aussi décide-t-elle envers et contre tout d'accompagner Jake Riley, son fiancé, ainsi que son équipe d'élite, pour d'une périlleuse mission de libération d'otage. Une mission qui la conduit dans les bas-fonds de Mexico. Mais malgré son courage, Kelly redoute secrètement de ne plus être à la hauteur. C'est alors que dans les bidonvilles de Mexico, elle retrouve l'homme qu'elle recherche depuis des années. Un tueur machiavélique qui semble désormais mettre en scène un effroyable rituel macabre en choisissant ses victimes, des enfants, dans la frange la plus pauvre de la société. Horrifiée et décidée à saisir cette ultime chance de faire ses preuves, Kelly se sépare momentanément de Jake et de son équipe pour se lancer seule dans une mission plus périlleuse que jamais…

Best-Sellers n°529 • thriller

Noire était la nuit - Lisa Jackson

Le jour de son quinzième anniversaire, à La Nouvelle-Orléans, Abby Chastain a vu sa mère se jeter par la fenêtre de l'hôpital psychiatrique Notre-Dame-des-Vertus où celle-ci vivait enfermée, victime d'hallucinations. Et personne n'a jamais su quelle terrifiante vision avait bien pu pousser Faith Chastain à commettre l'irréparable. Vingt ans plus tard, Abby est encore hantée par le souvenir de cette tragédie. L'hôpital, désormais abandonné, est promis à la destruction. Mais Abby pressent qu'il n'a pas révélé tous ses secrets. Et, lorsque des meurtres en série sont commis, elle comprend que les démons du passé sont en train de se réveiller : toutes les victimes ont un lien avec elle, ou avec l'hôpital. A commencer par son ex-mari, sauvagement assassiné. Un lien secret que l'inspecteur Montoya va devoir comprendre pour empêcher le dangereux psychopathe de poursuivre sa série macabre. Mais le tueur, lui, a d'autres plans…

Best-Sellers n°530 • thriller

Elles étaient si jolies - Andrea Ellison

Quand le lieutenant de la brigade des homicides de Nashville, Taylor Jackson, découvre la scène de crime qui l'attend au bord d'une autoroute par une étouffante journée d'été, elle reconnait instantanément la signature de l'Etrangleur du Sud : une victime jeune, jolie, et des indices macabres qui ne laissent aucun doute sur l'identité du meurtrier. Profondément choquée par cette effroyable mise en scène, Taylor est prête à tout pour arrêter l'assassin, avec l'aide de son amant Jack Baldwin, un célèbre profiler du FBI. Car elle ne s'est pas dévouée corps et âme à ce métier pour se laisser manipuler par un tueur psychopathe qui la provoque en laissant derrière lui des poèmes. Des poèmes qui vont la mener dans les beaux quartiers de Nashville qu'elle connaît bien, là où les secrets sont si bien préservés au nom des apparences.

BestSellers

Best-Sellers n°531 • suspense

Noire révélation - Brenda Novak

Madeline, rédactrice en chef du journal de Stillwater, n'avait que 16 ans lorsque son père, le respectable Révérend Barker, a mystérieusement disparu de la petite ville. Vingt ans ont passé depuis, et tout le monde, y compris sa belle-mère et son demi-frère, lui conseille d'oublier ces douloureux souvenirs. Mais un hasard vient bouleverser leur existence et raviver le drame : la voiture de Barker est retrouvée au fond d'une carrière abandonnée. Contre l'avis de tous, Madeline engage Hunter Solozano, un détective privé, pour l'aider à remonter cette piste. Mais de sulfureux indices sont retrouvés dans la voiture de Barker, qui laissent Madeline perplexe. Et sa propre famille, au lieu de lui venir en aide, se mure dans le silence et cherche à la détourner de son enquête. Comme si tous étaient complices d'un passé trouble, soigneusement caché à Madeline ces vingt dernières années. Comme si le démon qui s'était emparé de la ville vingt ans plus tôt était sur le point refaire surface…

Best-Sellers n°532 • historique

Le secret d'Elysse - Brenda Joyce

Irlande, 1839

Si Elysse De Varenne occupe une place d'honneur dans la haute société irlandaise, elle n'ignore pas les cruelles rumeurs qui circulent sur son mariage. Des rumeurs qu'elles s'efforcent de démentir par tous les moyens. Pas question d'admettre qu'elle n'a pas vu son époux depuis le jour où ils ont échangé leurs vœux, et encore moins que leur union n'a jamais été consommée ! Car on ne tarderait pas alors à découvrir le scandaleux secret qui a poussé le ténébreux Alexi De Varenne à l'épouser six ans plus tôt… Hélas, son personnage de parfaite épouse vole en éclats lorsqu'après six ans d'absence, Alexi décide de rentrer en Angleterre. En effet, comment continuer à faire croire en leur mariage quand l'irrésistible Alexi refuse de lui adresser la parole ?

Best-Sellers n°533 • historique

Le mystérieux fiancé - Shannon Drake

19ème siècle, Londres.

Sous la protection des Carlyle depuis son enfance, Ally a grandi dans un havre de paix, loin des troubles qui agitent le royaume. Et si cette existence dorée a des inconvénients – comme celui d'être promise à un inconnu –, Ally a bien conscience que ses origines modestes auraient pu la conduire à un sort moins enviable. Aussi est-ce résignée qu'elle se rend au bal qui officialisera ses fiançailles avec Mark Farrow, l'époux que son parrain lui a choisi. Mais alors qu'elle est en chemin, sa voiture est attaquée par un ténébreux bandit. L'homme, aussi inquiétant que séduisant, fait aussitôt naître en elle un désir implacable. Un désir qu'elle s'efforce de réprimer pour lui tenir tête : comment ose-t-il s'en prendre à elle, Alexandra Grayson, pupille du puissant comte de Carlyle ? Son argument, elle le sait, est peu convaincant… Pourtant, contre toute attente, l'homme la libère dès qu'il apprend son nom, visiblement bouleversé par sa découverte…

Composé et édité par les

éditions HARLEQUIN

Achevé d'imprimer en août 2012

BRODARD & TAUPIN

La Flèche

Dépôt légal : septembre 2012

N° d'imprimeur : 69232

Imprimé en France